TRANZLATY

El idioma es para todos

Language is for everyone

Cuentos populares de Bengala

Folk Tales of Bengal

Primera parte
Part One

1 / 2

Lal Behari Day

Español / English

Published by Tranzlaty

ISBN: 978-1-80572-842-9

Original text by Reverend Lal Behari Day

Folk Tales of Bengal

First published in 1912

www.tranzlaty.com

Cuentos populares de Bengala
Folk Tales of Bengal

El secreto de la vida
Life's Secret

Había una vez un rey.
Once upon a time there was a king.
Este rey se había casado con dos reinas.
This King had married two Queens.
Las dos reinas se llamaban Duo y Suo.
The two queens were called Duo and Suo.
Ambas reinas no tenían hijos.
Both of the queens were childless.
Un día un faquir llegó a la puerta del palacio.
One day a Faquir came to the palace gate.
El faquir había venido a pedir limosna.
The Faquir had come to ask for alms.
La reina Suo fue a la puerta.
Queen Suo went to the door.
Y le dio un puñado de arroz.
And she gave him a handful of rice.
El mendigo le hizo una pregunta.
The mendicant asked her a question.
"¿Tienes hijos?"
"Do you have any children?"
La reina no tuvo hijos.
The queen had no children.
"Me gustaría tener hijos, pero no tengo ninguno"
"I wish had children, but I have none"
El hombre santo se negó a aceptar limosna de ella.
The holy man refused to take alms from her.
En estos tiempos había diferentes tradiciones.
In these times there were different traditions.
Y la gente creía muchas cosas diferentes.
And the people believed many different things.
No aceptes limosna de manos de una mujer sin hijos.
Don't take charity from the hands of a childless woman.
Estas manos eran ceremonialmente impuras.
Such hands were ceremonially unclean.

El mendigo le ofreció una droga.
The mendicant offered her a drug.
Esta droga debía eliminar su esterilidad.
This drug was to remove her barrenness.
Ella expresó su disposición a tomar el medicamento.
She expressed her willingness to take the drug.
El mendigo le explicó cómo tomar la droga.
The mendicant told her how to take the drug.
"Esta es la poción que debes tragar"
"This is the potion you must swallow"
"Preparar el jugo de una flor de granada"
"Prepare the juice of a pomegranate flower"
"Trague la droga con el jugo"
"Swallow the drug with the juice"
"Si haces esto, pronto tendrás un hijo"
"If you do this, you will soon have a son"
"Tu hijo será sumamente guapo"
"Your son will be exceedingly handsome"
"Su tez será hermosa"
"His complexion will be beautiful"
"Tendrá el color de las flores de granada"
"He will have the colour of pomegranate flowers"
"Y le llamarás Dalim Kumar"
"And you shall call him Dalim Kumar"
"Pero también tendrá enemigos"
"But he will also have enemies"
"Intentarán quitarle la vida a tu hijo"
"They will try to take your son's life"
"Pero hay un secreto en su vida"
"But there is a secret to his life"
"Y te contaré este secreto"
"And I will tell you this secret"
"Frente a tu palacio hay un estanque"
"In front of your palace is a pond"
"En ese estanque hay un pez Boal grande"
"In that pond there is a big Boal fish"
"La vida de tu hijo está conectada a ese pez"

"Your son's life is connected to that fish"

"En el corazón del pez hay una pequeña caja"

"In the heart of the fish is a small box"

"Esta pequeña caja está hecha de madera"

"This small box is made of wood"

"En la caja de madera hay un collar de oro"

"In the box of wood is a necklace of gold"

"Ese collar es la vida de tu hijo"

"That necklace is the life of your son"

El mendigo le dio las drogas.

The mendicant gave her the drugs.

Y se despidieron.

And they said their farewells.

Pronto todos en el palacio murmuraban acerca de un heredero.

Soon all in the palace whispered of an heir.

Grande fue el gozo del Rey.

Great was the joy of the King.

Tuvo visiones de un heredero al trono.

He had visions of an heir to the throne.

Una sucesión interminable de poderosos monarcas.

A never-ending succession of powerful monarchs.

Soñaba con cómo perpetuaban su dinastía.

He dreamt of how they perpetuated his dynasty.

Estas ideas flotaban en su mente.

These ideas floated before his mind.

Lo hizo más feliz que nunca.

It made him the happiest he had ever been.

Se realizaron numerosas ceremonias para la ocasión.

Many ceremonies were performed for the occasion.

La gente del reino tocaba música a todo volumen.

The people of the kingdom played loud music.

El nacimiento de un príncipe era un acontecimiento verdaderamente especial.

The birth of a prince was a truly special event.

Poco después, la reina Suo dio a luz a un hijo.

Soon queen Suo gave birth to a son.
Era más hermoso de lo que nadie había imaginado.
He was more beautiful than anyone had imagined.
El rey vio el rostro de su hijo.
The King saw his son's face.
Y su corazón saltó de alegría.
And his heart leaped with joy.
Pronto el niño comió su primer arroz.
Soon the child ate his first rice.
Mukhe bhaat se celebró con gran alegría.
Mukhe bhaat was celebrated with great joy.
Y todo el reino se llenó de alegría.
And the whole kingdom was filled with gladness.

Dalim Kumar creció y se convirtió en un buen niño.
Dalim Kumar grew up to be a fine boy.
Había una actividad que le gustaba especialmente.
There was one activity he particularly liked.
Le encantaba jugar con las palomas.
He loved playing with the pigeons.
Sin embargo, las palomas a menudo volaban hacia la Reina Duo.
However, the pigeons often flew to Queen Duo.
Nadie sabe por qué hicieron esto.
Nobody knows why they did this.
Y volaron a su apartamento.
And they flew into her apartment.
Entonces Dalim Kumar se encontraba a menudo con Queen Duo.
So Dalim Kumar often met Queen Duo.
Al principio, ella felizmente devolvió las palomas.
At first, she happily gave the pigeons back.
Pero después ya no estaba tan dispuesta a devolver las palomas.
But later she wasn't as willing to return the pigeons.
Ella abandonó las palomas con cierta reticencia.
She gave the pigeons up with some reluctance.

Ella sintió que podía usar esto a su favor.
She felt she could use this to her advantage.
Naturalmente ella odiaba al niño.
She naturally hated the child.
Desde el nacimiento de Dalim, el rey la había descuidado.
Since Dalim's birth the king had neglected her.
Y el rey idolatraba a la madre de Dalim.
And the King idolized the mother of Dalim.
De alguna manera, había oído hablar del mendigo.
Somehow, she had heard of the mendicant.
Ella escuchó que le había dado una medicina a la reina Suo.
She heard he had given queen Suo a medicine.
Ella también había oído lo que él había dicho.
She had also heard about what he had said.
Había un secreto en la vida del príncipe.
There was a secret to the prince's life.
Ella había oído que su vida estaba ligada a algo.
She had heard his life was bound to something.
Pero ella no sabía a qué estaba destinada su vida.
But she did not know what his life was bound to.
Estaba decidida a conseguir el secreto.
She was determined to get the secret.

Por supuesto, las palomas regresaron con ella.
Of course, the pigeons came back to her.
Y las palomas volvieron a volar a su habitación.
And the pigeons flew into her room again.
Esta vez se negó a devolver las palomas.
This time she refused to give the pigeons back.
"No te devolveré tu paloma"
"I won't just give you your pigeon back"
"Primero tienes que decirme algo"
"First, you have to tell me something"
-¿Qué quieres, tía? -preguntó el niño.
"What do you want, aunty?" the boy asked.
"Oh, mi amor, no te preocupes"
"Oh, my darling, do not worry"

"Es sólo una pequeña cosa que quiero"
"It's just a small thing I want"
"Quiero saber dónde se esconde tu vida"
"I want to know where your life is hidden"
El niño estaba muy confundido por esto.
The boy was very confused by this.
"¿Qué es eso, tía?"
"What is that, aunty?"
"¿Dónde puede estar mi vida sino en mí?"
"Where can my life be, except in me?"
"No, hija, eso no es lo que quise decir"
"No, child, that is not what I meant"
"Un santo mendigo le contó un secreto a tu madre"
"A holy mendicant told your mother a secret"
"Tu vida está ligada a algo"
"Your life is bound up with something"
"Quisiera saber qué es esa cosa "
"I wish to know what that thing is"
El niño quedó confundido por lo que ella dijo.
The boy was confused by what she said.
"Nunca había oído hablar de algo así"
"I never heard of any such thing"
Pero Queen Duo insistió en que era verdad.
But Queen Duo insisted it was true.
"Prométeme que lo averiguarás con tu madre"
"Promise to find out from your mother"
"Pregúntale dónde se esconde tu vida"
"Ask her where your life is hidden"
"Entonces te dejaré tener las palomas"
"Then I will let you have the pigeons"
"De lo contrario, me quedaré con las palomas"
"Otherwise, I will keep the pigeons"
El niño quería recuperar sus palomas.
The boy wanted his pigeons back.
Entonces aceptó obtener la información.
So he agreed to get the information.
Pero primero le hizo prometer.

But first she made him promise.
Prométeme que no se lo dirás a tu madre.
"Promise me you won't tell your mother"
Y el muchacho prometió no decírselo.
And the boy promised not to tell her.
"Prometo que no se lo diré a mi mamá"
"I promise I won't tell my mum"
La Reina Duo liberó las palomas del príncipe.
Queen Duo freed the prince's pigeons.
Dalim estaba muy contento de tener de nuevo sus pájaros.
Dalim was overjoyed to have his birds again.
Y se olvidó de toda la conversación.
And he forgot the entire conversation.

Al día siguiente Dalim volvió a jugar.
The next day Dalim was playing again.
Ya te puedes imaginar lo que pasó otra vez.
You can imagine what happened again.
Las palomas volaron al apartamento de la Reina Duo.
The pigeons flew to Queen Duo's apartment.
Y volaron a su habitación de nuevo.
And they flew into her room again.
Dalim entró al apartamento de su madrastra.
Dalim went in to his stepmother's apartment.
Y le pidió las palomas.
And he asked her for the pigeons.
Por supuesto que le pidió la información.
Of course she asked him for the information.
Dalim no pudo decirle dónde estaba escondida su vida.
Dalim could not tell her where his life was hidden.
"Te prometo que le preguntaré hoy"
"I promise I will ask her today"
"Pero por favor ¿puedo tener mis palomas?"
"But please can I have my pigeons"
Ella no devolvió las palomas tan rápidamente.
She didn't give the pigeons back so quickly.
Pero al final consiguió volver a conseguir sus palomas.

But, in the end, he got his pigeons again.

Después de jugar, Dalim fue a ver a su madre.
After playing, Dalim went to his mother.
"Mamá, por favor dime dónde se esconde mi vida"
"Mamma, please tell me where my life is hidden"
—¿Qué quieres decir, niña? —preguntó la madre.
"What do you mean, child?" asked the mother.
Ella quedó asombrada ante la pregunta.
She was astonished at the question.
¿Por qué su hijo le preguntaría eso?
Why would her child ask her this?
"Sí, mamá", respondió el niño.
"Yes, mamma," replied the child.
"He oído hablar de un santo mendicante"
"I have heard of a holy mendicant"
"Te contó algo sobre mi vida"
"He told you something about my life"
Dijo que mi vida está escondida en algo.
"He said my life is hidden in something"
"Dime qué es esa cosa"
"Tell me what that thing is"
"Mi hijo, mi querido, mi tesoro"
"My child, my darling, my treasure"
—Mi luna dorada —suplicó su madre.
"My golden moon," his mother pleaded.
"No hagas esa pregunta"
"Do not ask such a question"
"Cubre con cenizas la boca de mis enemigos"
"Cover my enemies' mouths with ashes"
"Que mi Dalim viva para siempre", suplicó.
"Let my Dalim live forever," she begged.
Pero el niño insistió en saber el secreto.
But the child insisted knowing the secret.
Se negó a comer y beber hasta saberlo.
He refused to eat or drink until he knew.
La reina Suo no tuvo más remedio que decírselo.

Queen Suo had no choice but to tell him.
Finalmente ella le contó el secreto de su vida.
Eventually she told him the secret of his life.

Al día siguiente Dalim volvió a jugar.
The next day Dalim was playing again.
Podéis imaginaros dónde volaron las palomas.
You can imagine where the pigeons flew.
Dalim persiguió a los pájaros hasta el apartamento.
Dalim chased after the birds into the apartment.
Su madrastra le dijo muchas palabras dulces.
His stepmother told him many sweet words.
Y al final, ella obtuvo su secreto de él.
And finally, she got his secret from him.
No perdió tiempo para poner en marcha su malvado plan.
She wasted no time to start her wicked plan.
Y ella dio órdenes a sus sirvientes.
And she gave orders to her servants.
"Consigue un poco de tallo seco de la planta de cáñamo"
"Get some dried stalk from the hemp plant"
"Asegúrate de que los tallos sean muy quebradizos"
"Make sure the stalks are very brittle"
Los tallos quebradizos del cáñamo producen un sonido crujiente.
Brittle hemp stalks make a cracking sound.
El sonido es similar al crujido de las articulaciones.
The sound is similar to the cracking of joints.
Y suena como huesos de gente mayor.
And it sounds like the bones of old people.
Ella puso los tallos quebradizos de cáñamo debajo de su cama.
She put the brittle hemp stalks under her bed.
Y luego se acostó en su cama.
And then she lied on her bed.
Quería probar los tallos de cáñamo.
She wanted to test the hemp stalks.
Los tallos se quebraron tanto como ella quiso.

The stalks cracked just as much as she wanted.
Ella estaba satisfecha con cómo iba su plan.
She was satisfied with how her plan was going.
Ella dio más órdenes a sus sirvientes.
She gave more orders to her servants.
"Dile al Rey que estoy muy enfermo"
"Tell the King I am very ill"
"Debe venir a verme inmediatamente"
"He must come to see me immediately"
El rey no amaba a esta reina.
The king did not love this queen.
Pero aún tenía el deber de cuidarla.
But he still had a duty to care for her.
Si ella estaba enferma, él tenía que cuidarla.
If she was ill, he had to look after her.
El rey entró en su dormitorio.
The King came to her bedroom.
Ella se rodó sobre la cama con dolor.
She rolled on the bed in pain.
El Rey oyó el crujido de sus huesos.
The King heard the cracking of her bones.
Ordenó a su mejor médico que la atendiera.
He ordered his best physician to attend her.
Pero la reina había pensado en esto.
But the queen had thought of this.
Ella ya había hablado con el médico.
She had already spoken with the physician.
"Sólo hay un remedio", le dijo al rey.
"There is only one remedy," he told the king.
"Hay un estanque frente al palacio"
"There's a pond in front of the palace"
"En el estanque hay un gran pez Boal"
"In the pond there's a large Boal fish"
"El remedio está en ese pescado"
"The remedy is in that fish"
Entonces el rey dejó que el médico atrapara el pez.
So the king let the physician catch the fish.

Mientras tanto Dalim estaba ocupado jugando.
Meanwhile Dalim was busy playing.
No sabía nada de la enfermedad de su tía.
He knew nothing of his aunt's illness.
El pez fue sacado del agua.
The fish was taken out the water.
Dalim cayó al suelo inmediatamente .
Dalim fell to the ground immediately.
Se dejó caer al suelo.
He flopped around on the floor.
Y no podía respirar.
And he could not breathe.
Los guardias se dieron cuenta inmediatamente.
The guards immediately noticed.
Dalim fue llevado a la habitación de su madre.
Dalim was taken to his mother's room.
Y el Rey fue informado acerca de su hijo.
And the King was informed of his son.
No podía creer la enfermedad de su hijo.
He couldn't believe his son's illness.
El pescado fue llevado a Queen Duo.
The fish was taken to Queen Duo.
La Reina Duo estaba siendo salvada.
Queen Duo was being saved.
Al mismo tiempo Dalim estaba muriendo.
At the same time Dalim was dying.
El pescado fue cortado en dos.
The fish was cut open.
Y encontraron la caja de madera.
And they found the wooden box.
En la caja había un collar de oro.
In the box lay a necklace of gold.
La reina duo se puso el collar.
Queen Duo put on the necklace.
Y Dalim murió en el mismo momento.
And Dalim died at the very same moment.

La noticia de la tragedia llegó al rey.
News of the tragedy reached the king.
Se hundió en un océano de dolor.
He was plunged into an ocean of grief.
La noticia de la recuperación de Queen Duo no ayudó.
News of Queen Duo's recovery did not help.
Lloró lágrimas dolorosas y amargas.
He wept painful and bitter tears.
Nadie pensó que se recuperaría.
No one thought he would recover.
No pudo soportar enterrar a su hijo.
He could not bear to bury his son.
Tampoco permitió que quemaran su cuerpo.
Nor did he allow his body to be burned.
No podía aceptar que su hijo había muerto.
He could not accept that his son had died.
Su muerte fue tan repentina y sin sentido.
His death was so sudden and senseless.
Hizo trasladar el cadáver a una casa con jardín.
He had the dead body moved to a garden-houses.
Esta casa de jardín estaba en las afueras.
This garden-house was in the suburbs.
Aquí fue velado su hijo.
Here his son was laid in state.
Allí se colocaron todo tipo de provisiones.
All sorts of provisions were put there.
Aunque todos sabían que era innecesario.
Although everyone knew it was unnecessary.
El niño ya no necesitaba comida.
The young boy did not need food anymore.
La casa se mantenía cerrada día y noche.
The house was kept locked day and night.
Dalim había tenido un amigo muy cercano.
Dalim had had one very close friend.
Sólo a este amigo se le permitió visitarnos.
Only this friend was allowed to visit.
Era hijo del primer ministro.

He was the son of the prime minister.
Le confiaron la llave de la casa.
He was entrusted with the key of the house.
Una vez al día podía visitar a su amigo muerto.
Once a day he could visit his dead friend.

La reina Suo se retiró después de la pérdida de su hijo.
Queen Suo retired after the loss of her son.
Ahora el Rey pasaba las noches con la Reina Duo.
Now the King spent the nights with Queen Duo.
La Reina quería evitar sospechas.
The Queen wanted to avoid suspicion.
Entonces se quitó el collar por la noche.
So she took the necklace off at night.
Pero la vida de Dalim estaba atada al collar.
But Dalim's life was tied to the necklace.
Y su muerte no fue tan sencilla.
And his death was not so simple.
Estaba muerto cuando la reina llevaba el collar.
He was dead when the queen wore the necklace.
Pero cuando ella le quitó el collar, él volvió a la vida.
But when she took the necklace off, he returned to life.
Y así volvía a la vida cada noche.
And so he returned to life every night.
Cada mañana se volvía a poner el collar.
Every morning she put the necklace on again.
Y así, moría de nuevo cada mañana.
And so, he died again every morning.
Por la noche comía cualquier comida que quisiera.
At night he ate whatever food he liked.
Porque había suficiente comida para él.
Because there was plenty of food for him.
Caminó por el recinto.
He walked around in the premises.
Y meditó sobre lo extraño de su vida.
And he meditated on the strangeness of his life.
El amigo de Dalim sólo lo visitaba durante el día.

Dalim's friend only visited him during the day.
Así que siempre lo vio como un cadáver sin vida.
So he always saw him as a lifeless corpse.
Pero su cuerpo nunca pareció cambiar.
But his body never seemed to change.
No había ningún signo de putrefacción.
There was no sign of putrefaction.
El cuerpo estaba sin vida y pálido.
The body was lifeless and pale.
Pero no había síntomas de muerte.
But there were no symptoms of death.
Todo parecía demasiado extraño para él.
It all seemed too strange for him.
Entonces decidió observar el cadáver más de cerca.
So he decided to watch the corpse more closely.
Y visitó a su amigo por la noche.
And he visited his friend at night.
Quedó asombrado por lo que vio esa noche.
He was astonished at what he saw that night.
Su amigo muerto estaba paseando por el jardín.
His dead friend was walking about in the garden.
Al principio pensó que Dalim podría ser un fantasma.
At first he thought Dalim might a ghost.
Entonces fue a ver si podía tocarlo.
So he went to see if he could touch him.
Y entonces vio que realmente era su amigo.
And then he saw it was really his friend.
Dalim le contó a su amigo todo lo que había sucedido.
Dalim told his friend everything that had happened.
Le contó todas las circunstancias de su muerte.
He told him all the circumstances of his death.
Y pronto resolvieron el misterio.
And soon they solved the mystery.
Comprendieron por qué revivía sólo de noche.
They understood why he revived only at night.
Todas las noches el rey venía a ver a la Reina Duo.
Every night the king came to see Queen Duo.

Cuando el Rey la visitó, ella se quitó el collar.
When the King visited, she took off her necklace.
La vida del príncipe dependía del collar.
The life of the prince depended on the necklace.
Así que los dos amigos trabajaron en un plan.
So the two friends worked on a plan.
Noche tras noche consultaban juntos.
Night after night they consulted together.
Pero no se les ocurrió ningún plan viable.
But they could not think of any feasible scheme.

Al final los dioses debieron tener piedad.
Eventually the Gods must have taken pity.
Y decidieron liberar a Dalim.
And they decided to free Dalim.
Pero debemos entender cómo trabajan los dioses.
But we must understand how the Gods work.
Estas cosas se planean con mucha antelación.
These things are planned long before.
La hermana de Bidhata-Purusha había tenido una hija.
The sister of Bidhata-Purusha had had a daughter.
Bidhata-Purusha era una gran adivina.
Bidhata-Purusha was a great fortune teller.
Había escrito algo en la frente del niño.
He had written something on the child's forehead.
"Esta niña se casará con el novio muerto"
"This child will marry the dead bridegroom"
Su madre se sintió muy triste por esto.
Her mother was very saddened by this.
Ella no quería ese destino para su hija.
She did not want this destiny for her daughter.
Pero ella no podía discutir con él.
But she could not argue with him.
Él nunca cambió lo que había escrito.
He never changed what he had written.
El niño se volvió sumamente hermoso.
The child became exceedingly beautiful.

Pero la madre no podía encontrar ningún placer en esto.
But the mother could not take any pleasure in this.
Porque ella conocía el destino de su hijo.
Because she knew the destiny of her child.
Finalmente la muchacha llegó a la edad de casarse.
Eventually the girl came to marriageable age.
Tenía que encontrar una manera de evitar su destino.
She had to find a way to avoid her fate.
Entonces la madre huyó del país con su hijo.
So the mother fled the country with her child.
Quizás podría evitar su terrible destino.
Perhaps she could avoid her dreadful destiny.
Pero lo escrito, escrito estaba.
But what was written was written.
Y el destino no puede ser anulado de esta manera.
And fate cannot be overruled like this.
Juntos viajaron a través de la tierra.
Together they journeyed through the land.
Ya te puedes imaginar cómo estaba obrando el destino.
You can imagine how fate was working.
Pasaron junto al lugar de descanso de Dalim.
They wandered past Dalim's resting place.
Se acercaba la sombra de la tarde.
The shade of the evening was approaching.
"Mamá, tengo sed", dijo el niño.
"Mother, I am thirsty," said her child.
"Siéntate en esta puerta", respondió su madre.
"Sit at this gate," replied her mother.
"Buscaré agua en el pueblo"
"I will search for water in the village"
La niña sentía curiosidad por el jardín.
The girl was curious about the garden.
Y en el jardín vio una casa extraña.
And in the garden she saw strange house.
Ella empujó la puerta, que se abrió sola.
She pushed the gate, which opened itself.
Cuando entró, vio un hermoso palacio.

When she went in, she saw a beautiful palace.
Pero ella tenía un mal presentimiento sobre el palacio.
But she had an uneasy feeling about the palace.
Sin embargo, la puerta se había cerrado sola.
However, the door had shut itself.
Así que no tenía forma de salir.
So she had no way of getting out.

Cuando llegó la noche el príncipe revivió.
When night came the prince revived.
Como de costumbre, paseaba por el jardín.
As usual, he walked around in the garden.
Pero esta vez vio una figura femenina.
But this time he saw a female figure.
La figura estaba parada cerca de la puerta.
The figure was standing near the gate.
Pronto vio que era una niña.
Soon he saw that it was a girl.
Y vio que ella era de una belleza sin igual.
And he saw she was of unsurpassed beauty.
"¿Quién eres tú?" le preguntó.
"Who are you?" he asked her.
Ella le contó a Dalim todo lo que había sucedido.
She told Dalim everything that had happened.
Todos los detalles de su pequeña historia.
All the details of her little history.
"Mi tío es el divino Bidhata-Purusha"
"My uncle is the divine Bidhata-Purusha"
"Él escribió en mi frente al nacer"
"He wrote on my forehead at birth"
"Esta niña se casará con el novio muerto"
"This child will marry the dead bridegroom"
"Mi madre no quería esa vida para mí"
"My mother did not want that life for me"
"Así que dejamos nuestra casa y ciudad"
"So we left our house and city"
"Y vagamos por el país"

"And we wandered through the country"
"Habíamos llegado a la puerta de tu palacio"
"We had come to the gate of your palace"
"Después de nuestro viaje tuve sed"
"After our journey I was thirsty"
"Entonces mi madre fue a buscar agua"
"So my mother went to look for water"
"Y ahora estoy aquí ante ti"
"And now I am standing here before you"
Dalim Kumar sabía el significado de la historia.
Dalim Kumar knew the meaning of the story.
"Yo soy el novio muerto", le dijo a la muchacha.
"I am the dead bridegroom," he told the girl.
"Soy yo con quien te casarás"
"It is me who you will marry"
"Ven conmigo a la casa", le pidió.
"Come with me to the house," he asked of her.
Pero la muchacha no se dejó persuadir tan fácilmente.
But the girl wasn't so easily persuaded.
"Estás de pie y hablándome"
"You are standing and speaking to me"
"¿Cómo puedes ser el novio muerto?"
"How can you be the dead bridegroom?"
El príncipe comprendió su objeción.
The prince understood her objection.
"Lo entenderás después"
"You will understand it afterwards"
La muchacha siguió al príncipe hasta el interior de la casa.
The girl followed the prince into the house.
Ella había estado ayunando todo el día.
She had been fasting the whole day.
Entonces el príncipe le dio una comida maravillosa.
So the prince gave her wonderful food.
Mientras tanto, la madre de la niña había regresado.
Meanwhile, the girl's mother had come back.
Ella estaba parada en las puertas del jardín.
She was standing at the gates of the garden.

Pero su hija ya no estaba allí.
But her daughter was not there anymore.
Ella lloró por su hija.
She cried out for her daughter.
Pero no recibió respuesta de su hija.
But she got no reply from her daughter.
Así que fue a buscarla al pueblo.
So she went looking for her in the village.

Como de costumbre, el amigo de Dalim vino esa noche.
As usual, Dalim's friend came that night.
Dalim todavía estaba entreteniendo a su invitado.
Dalim was still entertaining his guest.
No esperaba ver a un extraño.
He was not expecting to see a stranger.
Y la muchacha le contó su historia.
And the girl retold him her story.
Puedes imaginarte su sorpresa cuando ella se lo dijo.
You can imagine his surprise when she told him.
Pudo confirmar la historia de Dalim.
He was able to confirm Dalim's story.
Pronto todos aceptaron el destino.
Soon they had all accepted destiny.
Esa noche cumplieron su destino.
That night they fulfilled their fates.
Decidieron unir a la pareja en matrimonio.
They decided to unite the couple in matrimony.
Iba a ser imposible conseguir un sacerdote.
It was going to be impossible to get a priest.
Entonces el amigo de Dalim realizó los ritos himeneales.
So Dalim's friend performed the hymeneal rites.
El amigo del novio abandonó el palacio.
The friend of the bridegroom left the palace.
Los recién casados tenían el palacio para ellos solos.
The newly-weds had the palace to themselves.
La feliz pareja no durmió mucho esa noche.
The happy couple did not sleep much that night.

Así que fue mucho después del amanecer cuando se despertaron.
So it was long after sunrise that they woke up.
Por supuesto, sólo la joven esposa se despertó.
Of course it was only the young wife that woke up.
El príncipe se había convertido de nuevo en un cadáver frío.
The prince had become a cold corpse again.
La reina se había puesto su collar.
The queen had put on her necklace.
Y la vida se había apartado de él otra vez.
And life had departed from him again.
Podéis imaginaros cómo se sintió la joven esposa.
You can imagine how the young wife felt.
Ella sacudió a su marido para intentar despertarlo.
She shook her husband to try and wake him.
Ella lo besó en sus labios fríos.
She kissed him on his cold lips.
Pero todos sus esfuerzos fueron en vano.
But all her efforts were in vain.
Estaba tan sin vida como una estatua de mármol.
He was as lifeless as a marble statue.
La joven esposa quedó paralizada por el horror.
The young wife was stricken with horror.
Ella se golpeó el pecho con los puños.
She smote her breast with her fists.
Se golpeó la frente con las palmas de las manos.
She struck her forehead with her palms.
Y se arrancó el pelo de la cabeza.
And she tore her hair from her head.
Ella corrió por el jardín como una loca.
She ran through the garden like a mad woman.
El amigo de Dalim no vino durante el día.
Dalim's friend did not come during the day.
Él no quería ver a su amigo de esa manera.
He did not want to see his friend this way.
La pobre muchacha no sabía qué hacer.
The poor girl did not know what to do.

El tiempo no podía pasar lo suficientemente rápido.
Time could not pass quickly enough.
El día parecía tan largo como un año.
The day seemed as long as a year.
Pero el día más largo tiene su final.
But the even longest day has its end.
Las sombras de la tarde estaban descendiendo.
The shades of evening were descending.
Su difunto marido despertó a la conciencia.
Her dead husband was awakened into consciousness.
Se levantó de la cama nuevamente.
He rose up from his bed again.
Y abrazó a su nueva esposa.
And he embraced his new wife.
Nuevamente comieron, bebieron y se alegraron.
Again they ate, drank, and became merry.
Su amigo hizo su aparición habitual.
His friend made his usual appearance.
Y toda la noche la pasamos celebrando.
And the whole night was spent celebrating.

Pasaron los siguientes siete años de esta manera.
They spent the next seven years this way.
Durante el día Dalim estaba sin vida.
During the day Dalim was lifeless.
Pero por la noche volvió a la vida.
But at night he came to life.
Y su vida era bastante normal.
And their life was quite usual.
La princesa le dio a su marido dos hermosos niños.
The princess gave her husband two lovely boys.
Eran la imagen exacta de su padre.
They were the exact image of their father.
Por supuesto, el rey y la reina no lo sabían.
Of course the king and Queens did not know.
No sabían que eran abuelos.
They did not know they were grandparents.

Y no sabían que Dalim estaba vivo.
And they did not know Dalim was alive.
Para ser preciso debería decir que estaba vivo por la noche.
To be precise I should say he was alive at night.
Todos pensaron que ya hacía tiempo que estaba muerto.
They all thought he had long been dead.
Supusieron que su cadáver ya habría desaparecido.
They assumed his corpse would now be gone.
Pero el corazón de la esposa de Dalim estaba anhelante.
But the heart of Dalim s wife was yearning.
Ella no quería nada más que a su suegra.
She wanted nothing more than her mother-in-law.
Con el paso de los años había elaborado un plan.
Over the years she had come up with a plan.
Quizás podría ver a su suegra.
Perhaps she could see her mother-in-law.
Quizás podrían conseguir el collar.
Maybe they could get hold of the necklace.
Ella pidió el consentimiento de su marido.
She asked for the consent of her husband.
Y le permitió disfrazarse.
And he allowed her to disguise herself.
Ella adoptó la apariencia de una barbera.
She took on the appearance of a female barber.
Como toda peluquera, necesitaba equipamiento.
Like every female barber, she needed equipment.
Ella tomó las siguientes herramientas;
She took the following tools;
Un instrumento de hierro para preparar las uñas de las manos.
An iron instrument for preparing finger nails.
Otro instrumento de hierro para raspar los pies.
Another iron instrument for scraping the feet.
Un trozo de ladrillo jhama quemado.
A piece of burnt jhama brick.
Para frotar las plantas de los pies.
For rubbing the soles of the feet.

Y pintura para los bordes de los pies.
And paint for the edges of the feet.
Ella se llevó todas sus herramientas consigo.
She took all her tools with her.
Y ella estaba a la puerta del palacio del rey.
And she stood at the gate of the King's palace.
Olvidé algo más que trajo.
I forgot something else she brought.
Ella había venido con sus dos hijos.
She had come with her two sons.
Ella habló con los guardias.
She spoke with the guards.
"Trabajo como barbero"
"I work as a barber"
"He venido a ofrecer mis servicios"
"I have come to offer my services"
"Deseo ver a la Reina Suo"
"I desire to see Queen Suo"
La reina Suo rápidamente le concedió una entrevista.
Queen Suo quickly gave her an interview.
La reina quería mucho a los dos niños pequeños.
The queen was quite fond of the two little boys.
Le recordaron extrañamente a su propio hijo.
They strangely reminded her of her own son.
Y se acordó de su tesoro perdido.
And she remembered her lost treasure.
Las lágrimas cayeron profusamente de sus ojos.
Tears fell profusely from her eyes.
Ella no tenía la menor idea de quiénes eran.
She had not the remotest idea who they were.
Por supuesto que sabemos quiénes son.
Of course we know who they are.
Los dos niños pequeños son sus nietos.
The two little boys are her grandsons.
Ella habló con el barbero.
She spoke to the barber.
"Mi hijo murió cuando era joven"

"My son died when he was young"
"He renunciado a estas vanidades"
"I have given up these vanities"
"Dejé de teñirme los pies ceremoniosamente"
"I stopped having my feet ceremoniously dyed"
"Pero me encantaría ver a tus dos hermosos muchachos"
"But I would be glad to see your two fine boys"
El barbero accedió a dejar que la reina Suo viera a sus hijos.
The barber agreed to let Queen Suo see her boys.
Pero tenía una pregunta antes de irse.
But she had one question before she went.
"¿Hay otras damas en el palacio?
"Are there other ladies in the palace?
"Alguien más a quien podría prestarle mi servicio"
"Someone else I could provide my service to"
Le dijeron que había otra reina.
She was told there was another queen.
Y a ella también se le permitió acudir a aquella reina.
And she was also allowed to go to that queen.
Queen Duo le permitió preparar sus uñas.
Queen Duo allowed her to prepare her nails.
Y se le permitió rasparse los pies.
And she was allowed to scrape her feet.
Se pintó los pies con alakta.
She painted her feet with alakta.
Y la reina estaba muy contenta con su habilidad.
And the queen was very pleased with her skill.
También disfrutaba de la dulzura de su carácter.
She also enjoyed the sweetness of her disposition.
Entonces ella reservó para tener más de sus servicios.
So she booked to have more of her services.
La barbera había venido por otra cosa.
The female barber had come for something else.
Y rápidamente se dio cuenta del collar.
And she quickly noticed the necklace.
El collar estaba alrededor del cuello de la Reina.
The necklace was around the Queen's neck.

Había llegado el día de su segunda visita.
The day of her second visit had come.
Ella le dio las instrucciones a su hijo mayor.
She gave her eldest son the instructions.
"Entramos de nuevo al palacio"
"We are going into the palace again"
"Cuando estás en palacio tienes que llorar"
"When in the palace you have to cry"
"Di que te gustaría el collar de la reina"
"Say you would like the queen's necklace"
"No dejes de llorar hasta que tengas su collar"
"Don't stop crying until you have her necklace"
La barbera fue al apartamento de la reina Duo.
The female barber went to queen Duo's apartment.
Pronto el niño mayor comenzó a llorar.
Soon the elder boy started to cry.
El niño interpretó bien su papel.
The boy acted his role well.
Nada consolaría al muchacho.
Nothing would console the boy.
"¿Qué pasa ?" preguntó la Reina Duo.
"What is wrong?" Queen Duo asked.
El niño apenas podía hablar.
They boy could hardly speak.
"Tu collar es tan hermoso"
"Your necklace is so beautiful"
Y él seguía sollozando.
And he continued to sob.
"¿Puedo sostener el collar, por favor?"
"Can I please hold the necklace?"
La Reina Duo no quería dejarlo.
Queen Duo did not want to let him.
"No puedo separarme de mi collar"
"I cannot part with my necklace"
"Es mi joya más valiosa"
"It is my most valuable jewel"

Pero el niño no dejó de llorar.
But the boy did not stop crying.
Entonces se quitó el collar del cuello.
So she took the necklace off her neck.
Y puso el collar en la mano del niño.
And she put the necklace into the boy's hand.
El niño dejó de llorar rápidamente.
The boy quickly stopped crying.
Y sostuvo el collar en su mano.
And he held the necklace in his hand.
La barbera había terminado su trabajo.
The female barber had finished her work.
Ella estaba empacando sus herramientas.
She was packing up her tools.
Y ella estaba a punto de abandonar el palacio.
And she was about to leave the palace.
Entonces la reina quería recuperar el collar.
So the queen wanted the necklace back.
Pero el muchacho no le permitió tener el collar.
But the boy would not let her have the necklace.
Su madre intentó arrebatarle el collar.
His mother attempted to snatch the necklace from him.
Pero él lloró amargamente cuando ella lo intentó.
But he wept bitterly when she tried.
Y lloró como si se le fuera a romper el corazón.
And he cried as if his heart would break.
La barbera preguntó cortésmente a la reina:
The female barber politely asked the queen;
"Por favor, deja que el niño se lleve el collar a casa"
"Please let the boy take the necklace home"
"Se quedará dormido después de beber su leche"
"He will fall asleep after drinking his milk"
"Y luego te devolveré tu collar"
"And then I will bring your necklace back"
Ella pudo ver que no tenía elección.
She could see she had no choice.
El niño no le permitió tomar el collar.

The boy would not allow her to take the necklace.
Entonces ella aceptó la propuesta.
So she agreed to the proposal.
«Dalim debe haber muerto hace mucho tiempo», pensó.
"Dalim must now be long dead," she thought.
Y ella no tenía nada de qué preocuparse.
And she had nothing to worry about.

La princesa tenía el preciado collar.
The princess had the prized necklace.
El tesoro ligado a la vida de su marido.
The treasure bound to her husband's life.
Ella corrió de nuevo a la casa del jardín.
She rushed back to the garden-house.
Y ella le dio el collar a Dalim.
And she gave the necklace to Dalim.
Dalim había estado vivo toda la mañana.
Dalim had been alive all morning.
Fue la primera vez que volvió a ver el sol.
It was the first time he saw the sun again.
Su alegría por vivir no tenía límites.
Their joy of his life knew no bounds.
Su amigo les aconsejó que fueran al palacio.
Their friend advised them to go to the palace.
"Ve al palacio mañana"
"Go to the palace tomorrow"
"Presentarse ante el Rey y la Reina"
"Present yourselves to the King and Queen"
"Hazles saber que estás vivo y bien"
"Let them know you're alive and well"
La pareja aceptó el consejo de su amigo.
The couple accepted their friend's advice.
Y prepararon todo para su llegada.
And they prepared everything for their arrival.
Trajeron un elefante para el príncipe.
An elephant was brought for the prince.
Trajeron un par de ponis para los chicos.

A pair of ponies were brought for the boys.
Y hubo una gran chaturdala.
And there was a grand chaturdala.
Estaba decorado con cortinas de encaje dorado.
It was furnished with curtains of gold lace.
Se envió un mensaje al rey y a la reina Suo.
Word was sent to the king and the Queen Suo.
El príncipe Dalim Kumar está sano y salvo.
"Prince Dalim Kumar is alive and well"
"Y él viene a visitarte"
"And he is coming to visit you"
"Ahora tiene esposa y dos hijos "
"Now he has a wife and two sons"
El Rey y la Reina Suo apenas podían creerlo.
The King and Queen Suo could hardly believe it.
Pero les aseguraron que todo era cierto.
But they were assured that it was all true.
Queen Duo rápidamente se dio cuenta de su situación.
Queen Duo quickly realized her predicament.
Y ella quedó abrumada por el dolor.
And she became overwhelmed with grief.
Una banda de músicos siguió al príncipe.
A band of musicians followed the prince.
El príncipe Dalim Kumar se acercó a la puerta del palacio.
Prince Dalim Kumar approached the palace-gate.
El Rey y la Reina Suo se dirigieron a las puertas.
The King and Queen Suo went to the gates.
Y dieron la bienvenida a su hijo perdido hace mucho tiempo.
And they welcomed their long-lost son.
Podéis imaginaros lo felices que estaban.
You can imagine how happy they were.
Dalim les contó a sus padres sobre su muerte.
Dalim told his parents of his death.
Les habló del estanque que había junto al palacio.
He told them of the pond by the palace.
Y les contó lo de los peces que había en el estanque.

And he told them of the fish in the pond.
Les habló de la caja de madera que había dentro del pescado.
He told them of the wooden box in the fish.
Les habló del collar en la caja de madera.
He told them of the necklace in the wooden box.
Y les contó el secreto de su vida.
And he told them the secret of his life.
Les contó cómo murió cada noche.
He told them how he died each night.
Por supuesto también mencionó a su nueva esposa.
Of course he also mentioned his new wife.
Ante la noticia el rey se enfureció.
The king was inflamed with rage at the news.
Ordenó a la Reina Duo que entrara en su presencia.
He ordered Queen Duo into his presence.
Se cavó un gran hoyo en el suelo.
A large hole was dug in the ground.
El agujero era tan profundo como la altura de un hombre.
The hole was as deep as the height of a man.
A Queen Duo la obligaron a quedarse en el agujero.
Queen Duo was made to stand in the hole.
Espinas punzantes se amontonaban a su alrededor.
Prickly thorns were heaped around her.
Las espinas subieron hasta la coronilla de su cabeza.
The thorns went up to the crown of her head.
Y de esta manera fue enterrada viva.
And in this manner she was buried alive.

Phakir Chand
Phakir Chand

Había una vez un rey que tenía un hijo.
There was once a king, who had a son.
El ministro del rey también tenía un hijo.
The king's minister also had a son.
Los dos hijos se amaban entrañablemente.
The two sons loved each other dearly.
Y todo lo hicieron juntos.
And they did everything together.
Los dos hijos se sentaron y se levantaron juntos.
The two sons sat and stood up together.
Caminaron juntos hacia los mismos lugares.
They walked together to the same places.
Comieron juntos
They ate their meals together.
Durmieron y se levantaron juntos.
They slept and got up together.
Pasaron años en compañía el uno del otro.
They spent years in each other's company.
Un día ambos sintieron un nuevo deseo.
One day they both felt a new desire.
Querían ver tierras extranjeras.
They wanted to see foreign lands.
Y así emprendieron su viaje.
And so they set out on their journey.
Uno de ellos era hijo de un rey.
One of them was the son of a king.
Uno de ellos era hijo de su primer ministro.
One of them was the son of his chief minister.
Así que, por supuesto, ambos eran bastante ricos.
So of course they were both quite rich.
Pero no llevaron consigo ningún sirviente.
But they did not take any servants with them.
Fueron solos, a caballo.
They went by themselves, on horseback.

Los caballos eran hermosos de ver.
The horses were beautiful to look at.
Eran caballos Pakshirajes.
They were Pakshirajes horses.
Estos caballos son conocidos como los reyes de las aves.
Such horses are known as the kings of birds.
Los dos hijos viajaron juntos durante muchos días.
The two sons rode together for many days.
Pasaron por extensas llanuras.
They passed through extensive plains.
Y las llanuras estaban cubiertas de arroz.
And the plains were covered with paddy.
Y pasaron por ciudades extrañas.
And they passed through strange cities.
Y pasaron por ciudades y aldeas.
And they passed through towns, and villages.
Pasaron por desiertos sin árboles.
They passed through treeless deserts.
Y pasaron por bosques.
And they passed through forests.
Y los bosques estaban llenos de árboles.
And the forests were dense with trees.
Estos bosques eran la morada del tigre.
These forests were the abode of the tiger.
Y el oso también vivía en estos bosques.
And the bear also lived in these forests.
Una tarde les sorprendió la noche.
One evening they were overtaken by the night.
No habían visto ninguna habitación humana.
They had not seen any human habitations.
Pero cada vez estaba más oscuro.
But it was getting darker and darker.
Entonces desmontaron debajo de un árbol alto.
So they dismounted beneath a lofty tree.
Ataron sus caballos al árbol.
They tied their horses to the tree.
Y luego subieron al árbol.

And then they climbed up the tree.
Cubrieron las ramas con un follaje espeso.
They covered the branches with thick foliage.
Para que pudieran sentarse en las ramas.
So that they could sit on the branches.
El árbol había crecido cerca de un gran cuerpo de agua.
The tree had grown near a large body of water.
El agua era tan clara como el ojo de un cuervo.
The water was as clear as the eye of a crow.
Los dos amigos se pusieron cómodos.
The two friends made themselves comfortable.
Por supuesto que no estaba muy cómodo en un árbol.
Of course it wasn't very comfortable in a tree.
Pero en el árbol tampoco estaba incómodo.
But it wasn't uncomfortable in the tree either.
Habían decidido pasar la noche allí.
They had decided to spend the night there.
A veces charlaban entre ellos en susurros.
They sometimes chatted together in whispers.
Creían que susurrar era mejor que hablar.
They felt whispering was better than talking.
Porque la región les parecía muy extraña.
Because the region seemed very strange to them.
Y pronto se quedaron dormidos.
And soon they were falling into a doze.
Pero de repente su atención se vio sacudida.
But their attention was suddenly jolted.
Desde el agua oyeron un ruido.
From the water they heard a noise.
Sonaba como el ruido del agua corriendo.
It sounded like the rushing of water.
¡Delante de ellos había un espectáculo terrible!
In front of them was a terrible sight!
Una enorme serpiente salió de debajo del agua.
A huge serpent came from under the water.
La serpiente nadó hasta la orilla y se deslizó alrededor.
The snake swam ashore and slithered around.

Pero algo más atrajo su atención.
But something else attracted their attention.
La capucha crestada de la serpiente brillaba.
The crested hood of the serpent was shining.
La serpiente tenía un brillante manikya incrustado.
The snake had a brilliant manikya embedded.
La joya brillaba como mil diamantes.
The jewel shone like a thousand diamonds.
El cristal iluminó el agua del tanque.
The crystal lit up the water in the tank.
Los terraplenes y los árboles fueron irradiados.
The embankments and trees were irradiated.
La serpiente se desprendió de su cresta la joya.
The serpent doffed the jewel from its crest.
Y la serpiente arrojó la joya al suelo.
And the serpent threw the jewel on the ground.
Y luego la serpiente fue en busca de comida.
And then the serpent went in search of food.
No podían creer lo que habían visto.
They could not believe what they had seen.
Se quedaron en la seguridad del árbol.
They stayed in the safety of the tree.
Pero ellos admiraron mucho la joya.
But they greatly admired the jewel.
El rubí desprendía un brillo inefable.
The ruby shed an ineffable luster.
Todo tenía un brillo mágico a su alrededor.
Everything had a magical glow around it.
Nunca habían visto nada igual.
They had never seen anything like it.
Aunque habían oído hablar de este tesoro.
Although, they had heard of this treasure.
La joya igualaba los tesoros de siete reyes.
The jewel equaled the treasures of seven kings.
Pero su admiración pronto se transformó en miedo.
But their admiration soon changed to fear.
La serpiente llegó al pie de su árbol.

The serpent came to the foot of their tree.
¡La serpiente había encontrado sus caballos!
The serpent had found their horses!
Los pobres caballos habían sido atados al árbol.
The poor horses had been tied to the tree.
Los animales no tenían forma de escapar.
The animals had no way of escaping.
Uno a uno la serpiente se comió sus caballos.
One by one the serpent ate their horses.
Pero el apetito de la serpiente no parecía satisfecho.
But the serpent's appetite did not seem satisfied.
Temían ser las próximas víctimas.
They feared they would be the next victims.
Pero sus temores pronto se disiparon.
But their fears were soon relieved.
La cobra gigantesca no los había visto.
The gigantic cobra had not seen them.
Y finalmente la serpiente se fue de nuevo.
And eventually the snake left again.
El hijo del ministro vio una oportunidad.
The minister's son saw an opportunity.
Esta era su oportunidad de llevarse la gema.
This was his chance to take the gem.
Pero había un problema que tenían.
But there was one problem they had.
La joya brillaba increíblemente.
The jewel shone incredibly bright.
La serpiente sabría lo que había sucedido.
The serpent would know what had happened.
Pero había una manera de superar este problema.
But there was a way to overcome this problem.
Y el hijo del ministro sabía la solución.
And the minister's son knew the solution.
Tuvo que cubrir la piedra con estiércol de caballo.
He had to cover the stone with horse-dung.
Y junto al árbol había un poco de estiércol de caballo.
And there was some horse-dung by the tree.

Bajó del árbol silenciosamente.
He quietly came down from the tree.
Recogió el estiércol de caballo del suelo.
He picked up the horse-dung off the floor.
Y echó el estiércol sobre la piedra preciosa.
And he threw the dung upon the precious stone.
Y luego volvió a subir al árbol.
And then he climbed up into the tree again.
La serpiente se dio cuenta de que algo había sucedido.
The serpent noticed something had happened.
La luz de la joya se había desvanecido.
The light of the jewel had vanished.
La serpiente se lanzó hacia atrás con gran furia.
The serpent rushed back with great fury.
La serpiente regresó al lugar donde había dejado la piedra.
The serpent returned to where it had left the stone.
La serpiente emitió un silbido espantoso en la noche.
The serpent let out a frightful hiss at the night.
Los gemidos y convulsiones de la serpiente eran terribles.
The snake's groans and convulsions were terrible.
La serpiente giraba y giraba alrededor de la joya.
The snake went round and round the jewel.
Pero la piedra estaba cubierta de estiércol de caballo.
But the stone was covered with horse-dung.
De esta manera la serpiente no podría ver su tesoro.
This way the serpent could not see its treasure.
Finalmente, la serpiente exhaló su último aliento.
Finally, the serpent breathed its last breath.

Los dos amigos no durmieron mucho esa noche.
The two friends did not sleep much that night.
Por la mañana bajaron del árbol.
In the morning they came down from the tree.
Fueron al lugar donde se encontraba la joya de la cresta.
They went to where the crest-jewel was.
La poderosa serpiente todavía yacía allí.
The mighty serpent was still laying there.

Pero ahora el cuerpo de la serpiente estaba completamente sin vida.

But now the snake's body was perfectly lifeless.

El amigo del príncipe pisó la serpiente muerta.

The friend of the prince stepped over the dead snake.

Y recogió la joya cubierta de estiércol.

And he picked up the dung covered jewel.

Ambos fueron a la orilla del agua.

Both of them went to the bank of the water.

Y lavaron la piedra preciosa.

And they washed the precious stone.

Finalmente, todo el estiércol fue lavado.

Finally, all the dung had been washed off.

Y la joya brilló tan intensamente como antes.

And the jewel shone as brilliantly as before.

La joya iluminó todo el lecho del tanque de agua.

The jewel lit up the entire bed of the tank of water.

Ahora podían ver los innumerables peces.

Now they could see the innumerable fishes.

Pero la luz también reveló algo más.

But the light also revealed something else.

Esto les asombró más que todos los peces.

This astonished them more than all the fishes.

En el fondo del agua había algo.

In the bottom of the water there was something.

Pudieron ver que había muros altos.

They could see there were lofty walls.

Las paredes eran de un magnífico palacio.

The walls were from a magnificent palace.

El amigo del príncipe se sentía aventurero.

The prince's friend was feeling venturesome.

Convenció al hijo del rey para que lo siguiera.

He convinced the king's son to follow him.

Y luego quisieron nadar hasta el palacio de abajo.

And then they wanted to swim to the palace below.

El amigo del príncipe tomó la joya en su mano.

The prince's friend took the jewel in his hand.

Y ambos se sumergieron en las aguas.
And they both dived into the waters.
Pronto llegaron a la puerta del palacio.
Soon they stood at the gate of the palace.
Para su sorpresa, la puerta estaba abierta.
To their surprise the gate was open.
No vieron ningún ser, humano o sobrehumano.
They saw no being, human or superhuman.
Entonces decidieron aventurarse dentro de la puerta.
So they decided to venture inside the gate.
Dentro de los muros había un hermoso jardín.
Inside the walls there was a beautiful garden.
En medio del jardín había una casa.
In the middle of the garden was a house.
Nadie había visto jamás tantas flores.
No one had ever seen so many flowers.
Había rosas de todas las variedades imaginables.
There were roses of all imaginable varieties.
Había un sinfín de jazmines amarillos.
There were endless numbers of yellow jessamine.
Y había numerosas flores de campanilla blanca.
And there were numerous white bell flowers.
Estas flores eran el rey de los olores.
These flowers were the king of smells.
El lirio de los valles más perfumado.
The most scented lily of the valley.
Había flores del árbol champaka.
There were the flowers from the champaka tree.
Y mil otras flores dulcemente perfumadas.
And a thousand other sweet-scented flowers.
Acres cubiertos del delicioso jazmín.
Acres covered with the delicious jessamine.
Todas las plantas estaban adornadas con flores.
All the plants were gemmed with flowers.
Y todas las flores estaban en plena floración.
And all the flowers were in full bloom.
Así que el aire se cargó de un rico perfume.

So the air was loaded with rich perfume.
Un desierto de dulces aromas por todas partes.
A wilderness of sweet scents everywhere.
Pasaron por este paraíso de la perfumería.
They went through this paradise of perfumery.
Y finalmente llegaron a la casa.
And eventually they reached the house.
La casa estaba rodeada de altos árboles.
The house was surrounded by lofty trees.
Pronto llegaron a la puerta de la casa.
Soon they stood at the door of the house.
Ahora podían ver que era un palacio de hadas.
Now they could see it was a fairy palace.
Las paredes eran de oro bruñido.
The walls were of burnished gold.
Aquí y allá brillaban diamantes de un tono deslumbrante.
Here and there shone diamonds of dazzling hue.
Pero no vieron ningún ser.
But they did not see any beings.
Entonces entraron al palacio.
So they went inside the palace.
El palacio estaba ricamente amueblado.
The palace was richly furnished.
Fueron de habitación en habitación.
They went from room to room.
Pero no vieron a nadie.
But they did not see anyone.
Parecía una casa desierta.
It seemed to be a deserted house.
Pero al final encontraron una habitación especial.
At last, however, they found a special room.
En esta habitación había una señorita.
In this room there was a young lady.
Ella estaba durmiendo en una cama dorada.
She was sleeping on a golden bed.
La joven era de una belleza exquisita.
The young lady was of exquisite beauty.

Su tez era una mezcla de rojo y blanco.

Her complexion was a mixture of red and white.

Parecía tener unos dieciséis años.

She seemed to be about sixteen years of age.

Los dos amigos la miraron fijamente.

The two friends gazed upon her.

Estaban encantados con su belleza.

They were enchanted by her beauty.

Pero no pudieron admirarla por mucho tiempo.

But they could not admire her for long.

Porque la señorita abrió los ojos.

Because the young lady opened her eyes.

Sus ojos parecían los ojos de una gacela.

Her eyes seemed like the eyes of a gazelle.

Al ver a los extraños dijo:

On seeing the strangers she said;

¿Cómo habéis llegado aquí, hombres desafortunados?

"How have you come here, ye unfortunate men?"

¡Váyanse, váyanse! Se los ruego.

"Be gone, be gone! I beg of you two"

"Esta es la morada de una poderosa serpiente "

"This is the abode of a mighty serpent"

"La serpiente que devoró a mis padres"

"The serpent which has devoured my parents"

"Y mis hermanos, y todos mis parientes"

"And my brothers, and all my relatives"

"Soy el único al que ha perdonado"

"I am the only one that he has spared"

"Huyan por sus vidas mientras aún puedan"

"Flee for your lives while you still can"

"O si no, la serpiente os comerá a ambos"

"Or else the serpent will eat you both"

El amigo del príncipe le contó lo sucedido.

The prince's friend told her what had happened.

"La serpiente ha exhalado su último aliento"

"The serpent has breathed his last breath"

"El cuerpo de la serpiente yace sin vida en el suelo"

"The snake's body lies lifeless on the floor"
"Tomamos la joya de la cabeza de la serpiente"
"We took the head-jewel of the serpent"
"La luz de la joya nos mostró el palacio.
"The jewel's light showed us to the palace.
Ella agradeció a los extraños por su valentía.
She thanked the strangers for their bravery.
"Me has liberado de la serpiente infernal"
"You have freed me from the infernal serpent"
"Por favor vive conmigo en mi palacio"
"Please live with me in my palace"
"Pero por favor prométeme que nunca me abandonarás"
"But please promise never to desert me"
Aceptaron con gusto la invitación.
They gladly accepted the invitation.
El hijo del rey estaba enamorado de la princesa.
The king's son was smitten with the princess.
Adoraba los encantos de la princesa incomparable.
He adored the charms of the peerless princess.
Y se casó con ella al poco tiempo.
And he married her after a short time.
No había ningún sacerdote en el palacio.
There was no priest at the palace.
Así que el nudo himeneal se hizo por otros medios.
So the hymeneal knot was tied by other means.
Un simple intercambio de guirnaldas de flores.
A simple exchange of garlands of flowers.
El hijo del rey se puso indescriptiblemente feliz.
The king's son became inexpressibly happy.
Disfrutaba de la compañía de la princesa.
He delighted in the company of the princess.
El amigo del príncipe también tenía una esposa.
The prince's friend also had a wife.
Por supuesto que ella vivía en el mundo superior.
Of course she was living in the upper world.
Pero participó de la felicidad de su amigo.
But he participated in his friend's happiness.

El tiempo que pasaron juntos transcurrió alegremente.
The time they spent together passed merrily.
Pero no podrían vivir aquí para siempre.
But they could not live here forever.
El príncipe tuvo que regresar a su reino.
The prince had to return to his kingdom.
Pero sabía que el regreso requeriría cierta planificación.
But he knew the return would require some planning.
La ocasión se celebraría con mucha pompa.
The occasion would come with a lot of pomp.
Habría muchas ceremonias.
There were going to be many ceremonies.
Porque había mucho que celebrar.
Because there was a lot to be celebrated.
Primero iba a ir el amigo del príncipe.
First the prince's friend was going to go.
Y luego iba a regresar con los asistentes.
And then he was going to return with the attendants.
Caballos y elefantes para la feliz pareja.
Horses, and elephants for the happy pair.
El príncipe acompañó a su amigo.
The prince accompanied his friend.
Juntos regresaron a la superficie.
Together they went back to the surface.
Y volvieron a ver el mundo superior.
And they saw the upper world again.
Los dos amigos se despidieron.
The two friends bid each other adieu.
El príncipe regresó con su encantadora esposa.
The prince returned to his lovely wife.
Antes de partir todo estaba organizado.
Before leaving everything had been organized.
El amigo del príncipe organizó su regreso.
The prince's friend arranged his return.
Dijo cuando iba a ir al terraplén.
He said when he was going to go the embankment.
Él iba a tener los caballos que necesitaban.

He was going to have the horses that they needed.
También habría elefantes y asistentes.
Elephants were going to be there too, and attendants.
Iban a esperar al príncipe y a la princesa.
They were going to wait upon the prince and princess.
La joya de la serpiente les dio el derecho a esto.
The snake-jewel gave them the rights to this.
El amigo del príncipe regresó a su país.
The prince's friend went back to his country.
Para preparar el regreso de su amigo.
To prepare for the return of his friend.

Un día el príncipe estaba durmiendo.
One day the prince was sleeping.
Acababa de tomar su comida del mediodía.
He had just had his midday meal.
La princesa nunca había visto las regiones superiores.
The princess had never seen the upper regions.
Sintió el deseo de ver el mundo superior.
She felt the desire to see the upper world.
Para esto necesitaba la joya de la serpiente.
For this she needed the snake-jewel.
Sólo esto podría ayudarla a atravesar el agua.
Only this could help her through the water.
La joya brillaba con su luz brillante en la habitación.
The jewel was shining its bright light in the room.
Ella tomó la joya-serpiente en su mano.
She took the snake-jewel into her hand.
Y luego abandonó el palacio y el jardín.
And then she left the palace and the garden.
Ella nadó con éxito hasta el mundo superior.
She successfully swam to the upper world.
Ningún mortal la había visto.
No mortal had caught sight of her.
Al borde del agua había unos escalones.
At the edge of the water were some steps.
Los escalones eran para comodidad de los bañistas.

The steps were for the convenience of bathers.
Y aquí es también donde ella estaba sentada.
And this is also where she sat.
Se frotó el cuerpo con la arena.
She scrubbed her body with the sand.
Ella se lavó el cabello con agua fresca.
She washed her hair with the fresh water.
Y ella jugaba con el agua por diversión.
And she played with the water for fun.
Ella caminaba por la orilla del agua.
She walked about on the water's edge.
Y ella admiraba todo el paisaje a su alrededor.
And she admired all the scenery around.
Pero finalmente regresó a su palacio.
But finally she returned back to her palace.
Su marido todavía dormía profundamente.
Her husband was still deep in sleep.
Pero al final ya había dormido lo suficiente.
But eventually he had slept enough.
Ella no le contó sus aventuras.
She did not tell him about her adventures.
Al día siguiente su marido volvió a dormirse.
The next day her husband fell asleep again.
Y nuevamente visitó el mundo superior.
And again she paid a visit the upper world.
Y ella permaneció inadvertida para el hombre mortal.
And she remained unnoticed by mortal man.
Su éxito estaba empezando a darle coraje.
Her success was starting to give her courage.
Así que repitió su aventura una tercera vez.
So she repeated her adventure a third time.
El hijo del rajá estaba cazando ese día.
The rajah's son was out hunting that day.
Tenía su tienda no lejos del agua.
He had his tent not far from the water.
Sus asistentes estaban cocinando su comida.
His attendants were cooking his meal.

Así que vagó a lo largo del agua.
So, he wandered about along the water.
Cerca de allí una anciana estaba recogiendo leña.
Nearby an old woman was gathering sticks.
Ella estaba recogiendo ramas secas de árboles.
She was collecting dried branches of trees.
Necesitaba los palos para encender leña.
She needed the sticks for kindling wood.
Fue entonces cuando la princesa salió del agua.
This was when the princess came out the water.
Ella miró a su alrededor y vio a un hombre.
She gazed around and she saw a man.
Y luego vio que también había una mujer.
And then she saw there was also a woman.
La princesa sabía que no quería que la vieran.
The princess knew she didn't want to be seen.
Entonces ella regresó a su palacio.
So she went back down to her palace.
Pero el hijo del rajá la había visto.
But the rajah's son had caught a glimpse of her.
Y la anciana que recogía leña también la vio.
And the old woman gathering sticks saw her too.
El hijo del rajá se quedó mirando las aguas.
The rajah's son stood gazing on the waters.
Nunca había visto una mujer tan hermosa.
He had never seen such a beautiful woman.
Ella le pareció una deva-kanyas.
She seemed to him to be a deva-kanyas.
Había leído sobre diosas celestiales en libros antiguos.
Heavenly goddesses he had read of in old books.
Se dice que visitan el mundo superior.
They are said to visit the upper world.
Y el mundo superior se siente honrado de tenerlos.
And the upper world is honored to have them.
Pero se dice que esto sucede sólo en raras ocasiones.
But it is said to happen only rarely.

La forma en que los ángeles sólo nos visitan en raras ocasiones.
The way that angels only visit rarely.
Había visto la belleza sobrenatural de la princesa.
He had seen the princess' unearthly beauty.
Ella había dejado una profunda impresión en su corazón.
She had made a deep impression on his heart.
Aunque sólo la había visto por un momento.
Although he had seen her only for a moment.
Pero su belleza distrajo su mente.
But her beauty distracted his mind.
Se quedó allí como una estatua, durante horas.
He stood there like a statue, for hours.
Lo único que podía hacer era mirar fijamente las aguas.
All he could do was gaze into the waters.
Con la esperanza de volver a ver la bella figura.
In the hope of seeing the lovely figure again.
Pero todo su tiempo fue gastado en vano.
But all his time was spent in vain.
La princesa no apareció más.
The princess did not appear again.
El hijo del rajá se volvió loco de amor.
The rajah's son became mad with love.
Él seguía murmurando: "¡Ahora aquí, ahora ido!"
He kept muttering, "now here, now gone!"
Se negó a abandonar el borde del agua.
He refused to leave the water's edge.
Sus asistentes tuvieron que sacarlo por la fuerza.
His attendants had to forcibly remove him.
Lo llevaron al palacio de su padre.
They took him to his father's palace.
Pero estaba en un estado de locura sin esperanza.
But he was in a state of hopeless insanity.
No lo pudieron obligar a hablar con nadie.
He couldn't be made to speak to anyone.
Y pasó sus días sollozando pesadamente.
And he spent his days sobbing heavily.

Ninguna otra palabra salió de su boca.
No others words came out of his mouth.
"¡Ahora aquí, ahora se fue!"
"Now here, now gone!"
"¡Ahora aquí, ahora se fue!"
"Now here, now gone!"
Podéis imaginaros el dolor del rajá.
You can imagine the rajah's grief.
"¿Qué pudo haber trastornado la mente de mi hijo?"
"What could have deranged my son's mind?"
"Ahora aquí, ahora ido", ¿qué significa?"
"'Now here, now gone,' what does it mean?"
No pudo desentrañar el significado de las palabras.
He could not unravel the words' meaning.
Sus asistentes tampoco pudieron descifrar las palabras.
His attendants couldn't decipher the words either.
Se consultó a los mejores médicos del país.
The land's best physicians were consulted.
Pero su consulta no tuvo ningún efecto.
But their consultation had no effect.
Los hijos de Esculapio no pudieron ayudar.
The sons of æsculapius were not able to help.
Nadie pudo determinar la causa de la locura.
No one could ascertain the cause of the madness.
Sin conocer la causa no había cura.
Without knowing the cause there was no cure.
Los médicos intentaron preguntarle al príncipe.
The physicians tried to ask the prince.
Pero lo único que dijo fue: "¡Ahora aquí, ahora ido!"
But all he said was, "now here, now gone!"
El rajá estaba distraído por el dolor.
The rajah was distracted with grief.
Día y noche se preocupaba por su hijo.
Day and night he worried for his son.
Deseaba que su hijo recuperara su intelecto.
He wished for his son's intellects to return.
Se hizo una proclamación en la capital.

A proclamation was made in the capital.
Se enviaron pregoneros a la ciudad.
Town criers were sent into the city.
Y tocaron sus tambores para llamar la atención.
And they beat their drums for attention.
"El hijo del rajá ha perdido sus facultades mentales"
"The rajah's son has lost his mental faculties"
"El rajá busca una cura para su hijo"
"The rajah seeks a cure for his son"
"Se ofrece una recompensa por la cura"
"A reward is offered for the cure"
"La mano de la hija del rajá"
"The hand of the rajah's daughter"
"Su mano viene con la mitad de su reino"
"Her hand comes with half his kingdom"
El tambor sonó por toda la ciudad.
The drum was beaten around the city.
Pero nadie sentía que podía tocar el tambor.
But no one felt they could touch the drum.
Nadie sabía la causa de su locura.
No one knew the cause of his madness.
Por fin apareció una anciana.
At last an old woman came forward.
Y ella se acercó y tocó el tambor.
And she stepped up to touch the drum.
"Descubriré la causa de su locura"
"I will discover the cause of his madness"
"Y lo curaré de su enfermedad"
"And I will cure him from his disease"
Ella había visto lo que le pasó al niño.
She had seen what happened to the boy.
Ella estaba en la orilla del agua ese día.
She was at the water's edge that day.
Era ella quien recogía leña.
It was her who was gathering up sticks.
Esta mujer tenía un hijo chiflado.
This woman had a crack-brained son.

Su hijo se llamó Phakir-Chand.
Her son was named of Phakir-Chand.
Así que la llamaron madre de Phakir.
So she was called Phakir's mother.
La mujer fue llevada ante el rajá.
The woman was brought before the rajah.
Y se produjo la siguiente conversación:
And the following conversation took place.
"Eres la mujer que tocó el tambor"
"You are the woman that touched the drum"
"¿Sabes la causa de la locura de mi hijo?"
"You know the cause of my son's madness?"
"¡Sí, oh encarnación de la justicia!"
"Yes, oh incarnation of justice!"
"Sé la causa de la locura de tu hijo"
"I know the cause of your son's madness"
"Pero no diré la causa de su locura"
"But I will not say the cause of his madness"
"Primero curaré a tu hijo de su locura"
"First I will cure your son of his madness"
¿Cómo puedo creer que eres capaz?
"How can I believe you are able to?"
"Los mejores médicos del país han fracasado"
"The best physicians of the land have failed"
"No necesitas creer ahora, mi rey"
"You need not now believe, my king"
"Espera a que haya realizado la cura"
"Wait till I have performed the cure"
"Muchas ancianas conocen muchos secretos"
"Many an old woman knows many secrets"
"Secretos que los sabios desconocen"
"Secrets wise men are unacquainted with"
"Muy bien, déjame ver qué puedes hacer"
"Very well, let me see what you can do"
¿En qué tiempo realizarás la cura?
"In what time will you perform the cure?"
"Es imposible fijar el tiempo"

"It is impossible to fix the time"
"Por supuesto que empezaré a trabajar inmediatamente"
"Ff course I will begin work immediately"
"Pero necesito la ayuda de su señoría"
"But I need your lordship's assistance"
¿Qué ayuda necesitas de mí?
"What help do you require from me?"
"Su señoría, por favor, encargue una cabaña"
"Your lordship will please order a hut"
"Haz que la cabaña se levante sobre el terraplén del agua"
"Have the hut raised on the embankment of the water"
"¿Dónde su hijo contrajo la enfermedad por primera vez?"
"Where your son first caught the disease"
"Tengo pensado vivir en esa cabaña unos días"
"I mean to live in that hut for a few days"
"Y por favor, ordena a algunos de tus sirvientes"
"And please order some of your servants"
"Tienen que estar presentes a distancia"
"They have to be in attendance at a distance"
"Dígales que estén a unos cien metros de distancia"
"Tell them to be about a hundred yards away"
"De esa manera puedo llamarlos cuando los necesitemos"
"That way I can call them over when we need them"
El rey había escuchado atentamente.
The king had listened attentively.
"Ordenaré que eso se haga inmediatamente"
"I will order that to be immediately done"
"¿Quieres algo más?"
"Do you want anything else?"
"Esos son todos los preparativos que necesito"
"Those are all the preparations I need"
"Pero déjame recordarte el acuerdo"
"But let me remind you of the agreement"
"Prometiste la mano de tu hija"
"You promised the hand of your daughter"
"Y prometiste la mitad de tu reino"
"And you promised half your kingdom"

"Pero no puedo casarme con tu hija"
"But I can't marry your daughter"
"Porque tu hija tiene que casarse con un hombre"
"Because your daughter has to marry a man"
"Pero también tengo un hijo en edad de casarse"
"But I also have a son of marriageable age"
"Permite que mi hijo se case con tu hija"
"Allow my son to marry your daughter"
"Permítele tener la mitad de tu reino"
"Allow him to have half of your kingdom"
El rey estuvo de acuerdo con los términos.
The king was agreed with the terms.
"Si encuentra una cura, se casa con mi hija"
"If you find a cure, he marries my daughter"
"Y la mitad de mi reino será suya"
"And half of my kingdom shall be his"
Se construyó rápidamente una cabaña temporal.
A temporary hut was quickly erected.
La cabaña fue construida en la orilla del agua.
The hut was built on the embankment of the water.
Y la madre de Fakir se estableció allí.
And Phakir's mother took up her abode.
También se erigió un puesto avanzado a cierta distancia.
An outpost was also erected at some distance.
Porque la mujer podría requerir algún tipo de asistencia.
Because the woman might require some attendance.
La madre de Phakir dio órdenes estrictas.
Strict orders were given by Phakir's mother.
A nadie se le permitía acercarse al agua.
No one was allowed to go near the water.
Sólo a ella se le permitió quedarse junto al agua.
Only she was allowed to stay by the water.

Pero dejemos a la madre de Phakir en el agua.
But let us leave Phakir's mother at the water.
Apresurémonos a bajar al palacio subterráneo.
Let us hasten down the subterranean palace.

Para ver qué están haciendo el príncipe y la princesa.

To see what the prince and the princess are doing.

La princesa quería volver a subir.

The princess did want to go up again.

Pero ahora sabía que sería peligroso.

But she now knew that it would be dangerous.

Y había renunciado a la idea de una cuarta visita.

And she had given up the idea of a fourth visit.

Pero las mujeres generalmente tienen mayor curiosidad.

But women generally have greater curiosity.

Y la princesa no fue una excepción a la regla.

And the princess was no exception to the rule.

Un día su marido estaba dormido.

One day her husband was asleep.

Él siempre dormía después de su comida del mediodía.

He always slept after his noonday meal.

Ella tomó la joya-serpiente en su mano.

She took the snake-jewel in her hand.

Y ella salió corriendo del palacio.

And she rushed out of the palace.

Y ella subió al mundo superior.

And she came up to the upper world.

Hubo una agitación en las aguas.

There was an upheaval in the waters.

Y la madre de Phakir estaba en alerta máxima.

And Phakir's mother was on high alert.

Ella estaba escondida en la choza.

She was hiding in the hut.

Y ella miraba a través de las rendijas.

And she was looking through the chinks.

La princesa no vio ningún ser humano cerca.

The princess saw no human being nearby.

Entonces ella llegó a la orilla del agua.

So she came to the bank of the water.

La madre de Phakir apareció fuera de la cabaña.

Phakir's mother showed herself outside the hut.

Y se dirigió a la princesa cortésmente.

And she addressed the princess politely.
"Ven, hija mía, reina de la belleza"
"Come, my child, thou queen of beauty"
"Ven a mí y te ayudaré a bañarte"
"Come to me, and I will help you to bathe"
Y diciendo esto se acercó a la princesa.
So saying, she approached the princess.
La princesa vio que sólo era una anciana.
The princess saw she was just an old woman.
Así que no opuso ninguna resistencia a su oferta.
So she made no resistance to her offer.
La anciana estaba lavando el cabello de la princesa.
The old woman was washing the princess' hair.
Y se dio cuenta de la joya brillante en su mano.
And she noticed the bright jewel in her hand.
"Saca la joya de aquí hasta que estés bañado"
"Out the jewel here till you are bathed"
Ahora la joya estaba en manos de la madre de Phakir.
Now the jewel was in the hands of Phakir's mother.
Ella envolvió la joya en un paño.
She wrapped the jewel up in a cloth.
Y se envolvió la tela alrededor de la cintura.
And she wrapped the cloth around her waist.
Ahora la princesa no podía escapar.
Now the princess was unable to escape.
Y la madre de Phakir dio la señal.
And Phakir's mother gave the signal.
Los asistentes corrieron hacia el agua.
The attendants rushed to the water.
Y tomaron cautiva a la princesa.
And they took the princess captive.
La noticia pronto llegó a la ciudad.
The news soon reached the city.
"La madre de Phakir había capturado una ninfa acuática"
"Phakir's mother had captured a water-nymph"
Y el pueblo se regocijó con la noticia.
And the people rejoiced at the news.

Todos vinieron a ver a la "hija de los inmortales"
All came to see the"daughter of the immortals"
La llevaron al palacio.
She was brought to the palace.
Y ella fue llevada ante el hijo del rajá.
And she was brought to the rajah's son.
El hijo del rajá todavía tenía un intelecto debilitado.
The rajah's son was still of impaired intellect.
Pero esa nube en su cerebro pronto se disipó.
But that cloud on his brain soon dissipated.
¡Te encontré! ¡Te encontré!
"I have found you! I have found you!"
Sus ojos estaban vacíos y sin brillo.
His eyes had been vacant and lusterless.
Pero ahora sus ojos tenían el fuego de la inteligencia.
But now his eyes had the fire of intelligence.
Casi había perdido el uso de la lengua.
He had almost lost the use of his tongue.
"¡Ahora aquí, ahora ido!" fue todo lo que pudo decir.
"Now here, now gone!" was all he had been able to say.
Pero también este sentido fue restablecido.
But this sense too was restored.
La alegría del rajá no tenía límites.
The joy of the rajah knew no bounds.
Hubo una gran fiesta en la ciudad.
There was great festivity in the city.
La gente elogió a la madre de Phakir-Chand.
The people praised Phakir-Chand's mother.
Y pronto todos esperaban el matrimonio.
And everyone soon expected the marriage.
El hijo del rajá iba a casarse con la ninfa del agua.
The rajah's son was to wed the water-nymph.
La princesa, sin embargo, había hecho una promesa.
The princess, however, had made a promise.
Ella le contó a la madre de Phakir su promesa.
She told Phakir's mother of her promise.
"Ni siquiera miraré a otro hombre"

"I won't as much as look at another man"
"Por un año durarán mis votos"
"For one year my vows shall last"
"El matrimonio no puede realizarse en ese momento"
"The marriage cannot happen in that time"
El hijo del rajá estaba un poco decepcionado.
The rajah's son was somewhat disappointed.
Pero él aceptó de buen grado el retraso.
But he readily agreed to the delay.
"El retraso realza la dulzura del placer"
"Delay enhances the sweetness of the pleasure"
Por supuesto que la princesa pasó su tiempo triste.
Of course the princess spent her time in sorrow.
Ella pasaba sus días y sus noches suspirando.
She spent her days and nights sighing.
Y ella lamentó su ociosa curiosidad.
And she lamented her idle curiosity.
La curiosidad que la llevó al mundo superior.
The curiosity that led her to the upper world.
La curiosidad que la separó de su marido.
The curiosity that separated her from her husband.
Pensó en su desafortunado marido.
She thought of her unfortunate husband.
Ella lo había dejado completamente solo bajo las aguas.
She had left him all alone below the waters.
Y ella lloraba lágrimas amargas cada día.
And she wept bitter tears each day.
Ella deseaba poder huir.
She wished that she could run away.
Pero eso habría sido imposible.
But that would have been impossible.
Porque estaba encerrada entre muros.
Because she was immured within walls.
Y había muros dentro de los muros.
And there were walls within the walls.
¿Y de qué servía salir del palacio?
And what use was getting out the palace?

De todos modos no podría llegar hasta su marido.
She couldn't get to her husband anyway.
Ella no tenía la joya de la serpiente.
She didn't have the serpent jewel.
Las damas del palacio intentaron consolarla.
The ladies of the palace tried to comfort her.
Y la madre de Phakir intentó distraer su mente.
And Phakir's mother tried to divert her mind.
Pero sus esfuerzos fueron en vano.
But their efforts were in vain.
Ella no disfrutaba de nada.
She took pleasure in nothing.
Ella casi no hablaba con nadie.
She hardly spoke to anyone.
Ella lloró todo el día.
She wept throughout the day.
Y ella lloró toda la noche.
And she wept through the night.

El año de su voto estaba llegando a su fin.
The year of her vow was drawing to a close.
Pero ella todavía estaba desconsolada.
But she was still disconsolate.
Sin embargo, el matrimonio tenía que celebrarse.
The marriage, however, had to be celebrated.
El rajá consultó a los astrólogos.
The rajah consulted the astrologers.
El día y la hora habían sido decididos.
The day and the hour had been decided.
El nudo nupcial debía ser atado.
The nuptial knot was to be tied.
Se hicieron grandes preparativos.
Great preparations were made.
Los pasteleros estaban ocupados día y noche.
The confectioners were busy day and night.
Preparaban todo tipo de dulces.
They prepared all sorts of sweetmeats.

Los lecheros abastecían el palacio con tanques de cuajada.
Milkmen supplied the palace with tanks of curds.
Se fabricaron grandes cantidades de pólvora.
Great quantities of gunpowder were manufactured.
Habría grandes fuegos artificiales.
There were going to be grand fireworks.
Se erigieron escenarios por todas partes.
Stages were erected everywhere.
Y se seleccionaron músicos para tocar música.
And musicians were selected to play music.
Toda la ciudad asumió un aire de alegría.
All the city assumed an air of mirth.
Todos esperaban con ilusión las festividades.
All looked forward to the festivities.

Debemos volver nuestra atención al hijo del ministro.
We must return out attention to the minister's son.
Había dejado a su amigo en el palacio subterráneo.
He had left his friend in the subterranean palace.
Y se había ido a su país.
And he had gone to his country.
Traía caballos y elefantes.
He was bringing horses and elephants.
Y tenía consigo muchos sirvientes.
And he had with him many attendants.
Por el regreso del hijo del rey.
For the return of the king's son.
Y por el regreso de su bella princesa.
And for the return of his lovely princess.
Para que la ceremonia tuviera la debida pompa.
So that the ceremony had due pomp.
Los preparativos le llevaron muchos meses.
The preparations took him many months.
Pero al final todo estaba preparado.
But eventually all was prepared.
Y el hijo del ministro emprendió su viaje.
And the minister's son started on his journey.

Le acompañaba una larga caravana de elefantes.
He was accompanied by a long train of elephants.
Y detrás de los elefantes estaban los caballos.
And behind the elephants were horses.
Y todos los caballos tenían sus propios asistentes.
And all the horses had their own attendants.
Llegó al agua antes de lo previsto.
He reached the water ahead of schedule.
Así que le quedaban dos o tres días.
So he had two or three days to spare.
Se instalaron tiendas de campaña en las laderas de los mangos.
Tents were pitched in the mango slopes.
Así que los hombres y el ganado tenían alojamiento.
So the men and cattle had accommodation.
El hijo del ministro mantenía la mirada fija en el agua.
The minister's son kept his eyes on the water.
El sol del día señalado se hundió en el horizonte.
The sun of the appointed day sank below the horizon.
Pero no había ninguna señal del príncipe.
But there was no sign of the prince.
La princesa tampoco salió a la superficie.
Nor did the princess come to the surface.
Esperó dos o tres días más.
He waited two or three days longer.
Aún así el príncipe no hizo su aparición.
Still the prince did not make his appearance.
¿Qué le pudo haber pasado a su amigo?
What could have happened to his friend?
¿Y dónde estaba su bella esposa?
And where was his beautiful wife?
¿Otra serpiente los había golpeado hasta matarlos?
Had another serpent beaten them to death?
Posiblemente el compañero del que murió.
Possibly the mate of the one that had died.
¿Habían perdido de alguna manera la joya de la serpiente?
Had they somehow lost the serpent-jewel?

¿O tal vez habían visitado el mundo superior?
Or had they perhaps visited the upper world?
¿Y habían sido capturados en el mundo superior?
And had they been captured in the upper world?
Tales fueron las reflexiones del amigo del príncipe.
Such were the reflections of the prince's friend.
El amigo del príncipe estaba abrumado por el dolor.
The prince's friend was overwhelmed with grief.
Las aguas estaban bastante cerca de la ciudad.
The waters were quite close to the city.
Y a menudo se podía oír el sonido de la música.
And often the sound of music could be heard.
Preguntó a los transeúntes qué significaba esa música.
He asked passers-by what that music meant.
Le contaron acerca del hijo del rajá.
He was told about the rajah's son.
Y le hablaron de una joven maravillosa.
And he was told of a wonderful young lady.
Y le dijeron que se iban a casar.
And he was told they were going to marry.
Y le contaron más acerca de la maravillosa dama.
And he was told more about the wonderful lady.
Ella había salido de las aguas donde él la estaba esperando.
She had come out of the waters he was waiting by.
La ceremonia de la boda se celebró en dos días.
The marriage ceremony was in two days.
El hijo del ministro hizo la conexión.
The minister's son made the connection.
La maravillosa joven era la esposa de su amigo.
The wonderful young lady was the wife of his friend.
Resolvió, pues, ir a la ciudad.
He resolved, therefore, to go into the city.
Y él iba a averiguar todo lo que pudiera.
And he was going to find out all he could.
Si pudiera, rescataría a la princesa.
If he could, he would rescue the princess.
Les dijo a los asistentes que se fueran a casa.

He told the attendants to go home.
Y les dijo que tomaran los elefantes.
And he told them to take the elephants.
Y les dijo que tomaran los caballos.
And he told them to take the horses.
Y él mismo fue a la ciudad.
And he himself went to the city.
Y se instaló en la casa de un brahmán.
And he took up his abode in the house of a Brahman.
Primero, descansó de su viaje.
First, he rested from his journey.
Luego el amigo del príncipe cenó.
Then the prince's friend had his dinner.
Y luego le habló al Brahman.
And then he spoke to the Brahman.
"Por toda la ciudad hay músicos y bandas"
"Throughout the city there are musicians and bands"
"¿Cuál es la causa de todas las celebraciones?
"What is the cause of all the celebrations?
El brahmán estaba bastante sorprendido.
The Brahman was rather surprised.
¿De qué parte del mundo vienes?
"From what part of the world have you come?"
"¿Bajo qué roca has estado viviendo?"
"What rock have you been living under?"
"¿No has oído la maravillosa noticia?"
"Have you not heard the wonderful news?"
"Una joven de belleza celestial"
"A young lady of heavenly beauty"
"Ella surgió de las aguas"
"She rose out of the waters"
"Y ella va al hijo de nuestro rajá"
"And she is going to the son of our rajah"
El amigo del príncipe quería saber más.
The prince's friend wanted to know more.
La información podría ser útil.
The information could be useful.

"No he oído hablar de esta noticia"
"I have not heard of this news"
"Vengo de un país lejano"
"I have come from a distant country"
"La historia aún no nos ha llegado"
"The story has not reached us yet"
"¿Podrías contarme los detalles, por favor?"
"Will you kindly tell me the particulars?"
El brahmán estaba feliz de contar la historia.
The Brahman was happy to relay the story.
"El hijo del rajá salió a cazar"
"The rajah's son went out hunting"
"Debió haber sido por esta época el año pasado"
"It must have been about this time last year"
"Acamparon junto a las aguas, en los suburbios"
"They pitched their tents by the waters in the suburbs"
"Un día, el hijo del rajá caminaba cerca del agua"
"One day, the rajah's son was walking near the water"
"Ese día vio a una joven"
"On this day, he saw a young woman"
"Tengo que mencionar que era de una belleza poco común"
"I have to mention she was of uncommon beauty"
"Ella había surgido de lo profundo de las aguas"
"She had risen from the depth of the waters"
"Ella miró a su alrededor durante un minuto o dos"
"She gazed about for a minute or two"
"Y entonces la bella dama desapareció"
"And then the beautiful lady disappeared"
"El hijo del rajá, sin embargo, la había visto"
"The rajah's son, however, had seen her"
"Quedó impresionado por su belleza celestial"
"He had been struck by her heavenly beauty"
"Y así se enamoró perdidamente de ella"
"And so he became desperately enamored by her"
"De hecho, ella lo había afectado mucho"
"Indeed, she had affected him greatly"
"Y sus facultades mentales dieron paso a la pasión"

"And his mental faculties gave way to passion"
"Lo llevaron a casa como si estuviera loco"
"He was carried home as a mad man"
"No pronunció ninguna palabra excepto unas pocas"
"He spoke no words except a few"
"¡Ya estoy aquí, ya me he ido!", fue todo lo que dijo.
"'now here, now gone!' was all he said"
"El rajá mandó llamar a todos los mejores médicos"
"The rajah sent for all the best physicians"
"Intentaron devolverle la razón a su hijo"
"They tried to restore his son to reason"
"Pero los médicos eran impotentes"
"But the physicians were powerless"
"Por fin el rajá hizo una proclamación"
"At last the rajah made a proclamation"
"Y él hizo sonar el tambor por todo el reino"
"And he had the drum beat around the kingdom"
"Había una recompensa para quien curara a su hijo"
"There was a reward for anyone who cured his son"
"Se convertirían en el yerno del rajá"
"They would become the rajah's son-in-law"
" Y obtendrían la mitad del reino"
"And they would get half the kingdom"
"Una anciana respondió al llamado del tambor"
"An old woman answered the call of the drum"
"Todos la conocían como la madre de Phakir"
"All knew her as Phakir's mother"
"Dijo que podía curar al hijo del rajá"
"She said she could cure the rajah's son"
"Ella mandó construir una cabaña fuera del pueblo"
"She had a hut built outside the town"
"En los suburbios, junto a las aguas"
"In the suburbs, next to the waters"
"Y en la choza se instaló"
"An in the hut she took her abode"
"También mandó construir algunas chozas cerca"
"She also had some huts erected close by"

"Y en esas chozas esperaban los sirvientes"
"And in those huts attendants waited"
"En caso de que necesite su ayuda"
"In case she might need their help"
"Parece que la diosa surgió de las aguas"
"It seems the goddess rose from the waters"
"La madre de Phakir y los asistentes la apresaron"
"Phakir's mother and the attendants seized her"
"Y la llevaron en un palki al palacio"
"And they carried her in a palki to the palace"
"El hijo del rajá vio a la ninfa del agua"
"The rajah's son saw the water-nymph"
"Y pronto recobró el sentido"
"And he was soon restored to his senses"
"Se habrían casado allí mismo"
"They would have married there and then"
"Pero la diosa del agua había hecho un voto"
"But the water goddess had made a vow"
"Ella no miraba a un hombre durante un año"
"She wouldn't look at a man for one year"
"El año del voto ya ha terminado"
"The year of the vow is now over"
"La música es del palacio del rajá"
"The music is from the rajah's palace"
"Esta, en resumen, es la historia"
"This, in brief, is the story"
El amigo del príncipe podría reconstruir la historia.
The prince's friend could put the story together.
"¡Una historia verdaderamente maravillosa!"
"a truly wonderful story!"
—Entonces, ¿dónde está la madre de Phakir?
"So where is Phakir's mother?"
"¿Y dónde está el propio Phakir-Chand?"
"And where is Phakir-Chand himself?"
"¿Ha recibido la mano de la hija del rajá?"
"Has he received the hand of the rajah's daughter?"
"¿Y ha recibido la mitad del reino?"

"And has he received half the kingdom?"
El Brahman también podría responder a estas preguntas.
The Brahman could also answer these questions.
"No, todavía no se han casado"
"No, they have not married yet"
"Y aún no tiene la mitad del reino"
"And he doesn't yet have half the kingdom"
"Y, debo decir, que es un muchacho tonto"
"And, I should say, he is a dimwitted lad"
"De hecho, nadie sabe dónde está el muchacho"
"In fact, no one knows where the lad is"
"Lleva más de un año fuera de casa"
"He has been away from home for more than a year"
"Esa es su manera", explicó.
"That is his manner," he explained.
"Se mantiene alejado por mucho tiempo"
"He stays away for a long time"
"Y de repente llega a casa"
"And then suddenly he comes home"
"Y de repente se va otra vez"
"And then suddenly he leaves again"
"Creo que su madre espera que venga pronto"
"I believe his mother expects him to come soon"
Esta fue una información muy útil.
This was very useful information.
"¿Cómo es él?" preguntó.
"What is he like?" he asked.
"¿Y qué hace cuando regresa a casa?"
"And what does he do when he returns home?"
El Brahman también podría responder estas preguntas.
These questions the Brahman could also answer.
"Bueno, él es más o menos de tu altura"
"Well, he is about your height"
"Aunque es un poco más joven que tú"
"Though he is somewhat younger than you"
"Lleva un pequeño trozo de tela alrededor de su cintura"
"He wears a small piece of cloth round his waist"

"Y se frota el cuerpo con cenizas"
"And he rubs his body with ashes"
"Lleva la rama de un árbol en su mano"
"He carries the branch of a tree in his hand"
"Y hay una melodía con la que baila"
"And there is a tune to which he dances"
"Llega a la puerta de la choza de su madre"
"He comes to the door of the hut of his mother"
"Y canta '¡dhoop! ¡dhoop! ¡dhoop!'"
"And he sings 'dhoop! dhoop! dhoop!'"
"Su articulación es muy indistinta"
"His articulation is very indistinct"
" Ven, quédate con tu madre", le dice.
"'Come, stay with your mother,' she says"
"Y siempre da la misma respuesta"
"And he always gives the same answer"
"No, no me quedaré", dice ininteligiblemente.
"'No, I won't remain,' he says unintelligibly"
"Deberías escucharlo cuando quiere decir que sí"
"You should hear him when he wants to say yes"
"Para responder afirmativamente dice 'hoom'"
"To answer in the affirmative he says 'hoom'"
Un torrente de luz entró en el amigo del príncipe.
A flood of light entered the prince's friend.
Ahora veía muy bien cómo estaban las cosas.
He now saw very well how matters stood.
La princesa debió haber tomado la joya de la serpiente.
The princess must have taken the snake-jewel.
Y ella debe haber abandonado el palacio sola.
And she must have left the palace alone.
Y ella fue capturada sin el hijo del rey.
And she was captured without the king's son.
La madre de Phakir debe tener la joya de la serpiente.
Phakir's mother must have the snake-jewel.
Su amigo todavía estaba debajo del agua.
His friend was still below the water.
El príncipe no tenía forma de escapar.

The prince had no means of escape.

Podía imaginar el estado desolado de sus amigos.

He could imagine his friends desolate state.

Y podía imaginarse lo desesperado que debía estar.

And he could imagine how hopeless he must be.

El amigo del príncipe estaba lleno de dolor.

The prince's friend was filled with grief.

Pero eso no era motivo para perder la esperanza.

But that was not cause to give up hope.

Quizás podría rescatar a su amigo.

Perhaps he could rescue his friend.

"Debo conseguir la joya de la anciana"

"I must get the jewel from the old woman"

"¿No puedo hacerlo personificando a Phakir-Chand?"

"Can I not do it by personating Phakir-Chand?"

"Su madre lo espera pronto"

"His mother is expecting him soon"

"Quizás pueda rescatar a la princesa de la misma manera"

"Maybe I can rescue the princess the same way"

Decidió interpretar el papel de Phakir-Chand.

He resolved to act the role of Phakir-Chand.

Por la mañana salió de la casa del brahmán.

In the morning he left the Brahman's house.

Y se fue a las afueras de la ciudad.

And he went to the outskirts of the city.

Se despojó de su ropa habitual.

He divested himself of his usual clothing.

Alrededor de su cintura le puso un estrecho trozo de tela.

Around his waist he put a narrow piece of cloth.

La tela apenas le llegaba hasta las rodillas.

The cloth scarcely reached his knees.

Y se frotó bien el cuerpo con ceniza.

And he rubbed his body well with ashes.

Y finalmente rompió algunas ramitas de un árbol.

And finally he broke some twigs off a tree.

Y así estuvo listo para desempeñar su papel.

And thus he was ready to play his role.
Fue a la puerta de la choza de la madre de Phakir.
He went to the door of the hut of Phakir's mother.
Y comenzó la operación bailando.
And he commenced the operation by dancing.
Bailó de una manera muy violenta.
He danced in a most violent manner.
Y cantó con la melodía de "¡dhoop ! ¡dhoop! ¡dhoop!"
And he sung to the tune of"dhoop! dhoop! dhoop!"
El baile atrajo la atención de la anciana.
The dancing attracted the notice of the old woman.
El momento crítico había llegado.
The critical moment had come.
La anciana miró hacia su puerta.
The old woman looked to her door.
"Phakir-Chand, hijo mío, ¿has venido?"
"Phakir-Chand, my son, have you come?"
" Querido mío , los dioses se han vuelto propicios con nosotros"
"my darling; the gods have become propitious to us"
Su supuesto hijo pronunció el monosílabo "hoom ".
Her supposed son uttered the monosyllable, "hoom"
Y bailó más violento que antes.
And he danced more violent than before.
Y agitó la ramita en su mano.
And he waved the twig in his hand.
" Esta vez no debes irte"
"this time you must not go away"
" debes permanecer conmigo"
"you must remain with me"
-No , no me quedaré -dijo el amigo del príncipe.
"no, I won't remain," said the prince's friend.
" Quédate conmigo", intentó de nuevo la madre.
"remain with me," the mother tried again.
" Te casaré con la hija del rajá"
"i'll get you married to the rajah's daughter"
"¿ Quieres casarte, Phakir-Chand?"

"will you marry, Phakir-Chand?"
El hijo del ministro respondió : "hoom , hoom".
The minister's son replied —"hoom, hoom"
Y bailó aún más como un loco.
And he danced even more like a madman.
" ¿Quieres venir conmigo a la casa del rajá?"
"will you come with me to the rajah's house?"
"Te mostraré una princesa de una belleza poco común"
"I'll show you a princess of uncommon beauty"
"Ella surgió de las aguas"
"She rose from the waters"
" Hoom , hoom", fue la respuesta que salió de sus labios.
"hoom, hoom," was the answer from his lips.
Y sus pies pisotearon violentamente al ritmo de "¡dhoop ! ¡dhoop!"
And his feet stomped violently to"dhoop! dhoop!"
"¿Deseas ver una joya, Phakir?"
"Do you wish to see a jewel, Phakir?"
"La joya cimera de la serpiente"
"The crest jewel of the serpent"
"El tesoro de los siete reyes"
"The treasure of seven kings"
" Hoom , hoom", fue la respuesta.
"hoom, hoom," was the reply.
La anciana regresó a la cabaña.
The old woman went back into the hut.
Y sacó la joya de la serpiente.
And she brought out the snake-jewel.
Ella puso la joya en la mano de su supuesto hijo.
She put the jewel into the hand of her supposed son.
El hijo del ministro tomó la joya de la serpiente.
The minister's son took the snake-jewel.
Envolvió la joya en el trozo de tela.
He wrapped the jewel up in the piece of cloth.
Y se envolvió la tela alrededor de la cintura.
And he wrapped the cloth around his waist.

La madre de Phakir estaba encantada más allá de toda
medida.
Phakir's mother was delighted beyond measure.
Su hijo había llegado justo en el momento oportuno.
Her son had come at just the right time.
Ella fue a la casa del rajá.
She went to the rajah's house.
Ella anunció la noticia de la aparición de Phakir.
She announced the news of Phakir's appearance.
Y también para mostrarle a Phakir la princesa.
And also in order to show Phakir the princess.
Se les dio acceso al palacio del rajá.
They were given access to the rajah's palace.
Y todas las partes del palacio estaban abiertas para ellos.
And all parts of the palace were open to them.
La anciana había salvado al hijo del rajá.
The old woman had saved the rajah's son.
Así que ella era la persona más importante del reino.
So she was the most important person in the kingdom.
Ella llevó a su supuesto hijo por todo el palacio.
She took her supposed son around the palace.
Y lo llevó a la habitación de la princesa.
And she took him to the princess' room.
La madre de Phakir presentó a su hijo a la princesa.
Phakir's mother introduced her son to the princess.
Como podéis imaginar, la princesa no quedó muy
impresionada.
You can imagine the princess was not best impressed.
A ella no le agradaba la compañía de un loco.
She did not appreciate the company of a madman.
Un loco, medio desnudo y cubierto de ceniza.
A madman, half naked, and covered in ash.
Y siguió bailando de forma salvaje.
And he kept dancing in a wild manner.

Los tres habían pasado el día juntos.
The three had spent the day together.

Pronto iba a anochecer.

It was soon going to be sunset.

La mujer le pidió a su hijo que la acompañara.

The woman asked her son to come with her.

Pero el supuesto Phakir-Chand se negó a obedecer.

But the supposed Phakir-Chand refused to comply.

Dijo que se quedaría allí esa noche.

He said he would stay there that night.

Su madre intentó persuadirlo para que la acompañara.

His mother tried to persuade him to come with her.

Pero él persistió en su determinación.

But he persisted in his determination.

Dijo que se quedaría con la princesa.

He said he would remain with the princess.

La madre de Phakir se fue a casa sin él.

Phakir's mother went home without him.

Y les dijo a los guardias que cuidaran a su hijo.

And she told the guards to look after her son.

Finalmente todo el palacio se retiró a descansar.

Eventually all the palace retired to rest.

El supuesto Phakir volvió a hablar con la princesa.

The supposed Phakir spoke to the princess again.

Pero esta vez habló con su propia voz.

But this time he spoke in his own voice.

¡Princesa! ¿No me reconoces?

"Princess! do you not recognize me?"

"Soy amigo del príncipe"

"I am the prince's friend"

"Soy amiga de tu principesco esposo"

"I am the friend of your princely husband"

La princesa se quedó asombrada por un momento.

The princess was astonished for a moment.

¿Quién? ¿El amigo del príncipe?

"Who? the prince's friend?"

" Oh, el mejor amigo de mi marido"

"Oh, my husband's best friend"

"Por favor, rescátame de este terrible cautiverio"

"Please rescue me from this terrible captivity"
"Esto es peor que la muerte"
"This is worse than death"
"Todo esto es culpa mía"
"All of this is my own fault"
"¡Rescátame, por favor, tú, mi mejor amigo!"
"Rescue me, oh please, thou best of friends!"
Entonces ella estalló en lágrimas.
She then burst into tears.
El amigo del príncipe habló de nuevo.
The prince's friend spoke again.
"No estéis desconsolados"
"Do not be disconsolate"
"Haré todo lo posible para rescatarte"
"I will try my best to rescue you"
"Intentaré sacarte de aquí esta noche"
"I will try to have you out of here tonight"
"Pero debes hacer lo que yo te diga"
"But you must do whatever I tell you"
La princesa confió en el amigo del príncipe.
The princess trusted the prince's friend.
"Haré todo lo que me digas"
"I will do anything you tell me"
Después de esto el supuesto Phakir abandonó la habitación.
After this the supposed Phakir left the room.
Pasó por el patio del palacio.
He passed through the courtyard of the palace.
Algunos de los guardias lo desafiaron.
Some of the guards challenged him.
" ¡Huh , huh!" respondió.
"hoom hoom!" he replied.
"Solo voy a salir un minuto"
"I'm just going out for a minute"
"Y luego volveré otra vez"
"And then I will come back again"
Comprendieron que era el alocado Phakir.
They understood that it was the madcap Phakir.

Fiel a su palabra, regresó pronto.
True to his word he did come back shortly.
Y de nuevo se dirigió a la princesa.
And again he went to the princess.
Una hora después volvió a salir.
An hour afterwards he again went out.
Y nuevamente fue desafiado por los guardias.
And again he was challenged by the guards.
Dio la misma respuesta que la primera vez.
He made the same reply as at the first time.
Los guardias comenzaron a hablar entre ellos.
The guards began to talk among themselves.
"Este Phakir seguramente no tiene sentido común"
"This Phakir surely has no sense"
"Saldrá y entrará toda la noche"
"He will go out and come in all night"
"Dejémosle que haga lo que quiera"
"Let us leave him to do what he likes"
"No tiene sentido vigilarlo toda la noche"
"There's no use guarding him all night"
El hijo del ministro había desgastado a los guardias.
The minister's son had worn down the guards.
Y buscaba la manera de escapar.
And he was looking for a way to escape.
Siguió entrando y saliendo hasta las tres de la noche.
He kept going in and out until three at night.
Esta vez no había guardias allí.
This time there were no guards there.
Porque todos los guardias se habían quedado dormidos.
Because all the guards had fallen asleep.
Estaba muy contento por la auspiciosa circunstancia.
He was overjoyed at the auspicious circumstance.
Luego regresó con la princesa.
Then he went back to the princess.
"Ahora, princesa, es el momento de escapar"
"Now, princess, is the time for escape"
"Todos los guardias están dormidos"

"The guards are all asleep"
"Debes montarte en mi espalda"
"You must mount on my back"
"Ata los mechones de tu cabello alrededor de mi cuello"
"Tie the locks of your hair round my neck"
"Y abrázame fuerte"
"And keep tight hold of me"
La princesa hizo lo que le pidieron.
The princess did what she was asked of.
Pasó sin ser desafiado por el patio.
He passed unchallenged through the courtyard.
Y tenía una hermosa carga sobre su espalda.
And he had a lovely burden on his back.
Finalmente llegó a la puerta del palacio.
Eventually he got to the gate of the palace.
Y siguió adelante sin ser desafiado.
And he went through without being challenged.
Luego se dirigieron a las afueras de la ciudad.
Then they went to the outskirts of the city.
Finalmente llegó a los suburbios exteriores.
Eventually he reached the outer suburbs.
Llegaron al agua de donde había surgido la princesa.
They reached the water from which the princess had risen.
La princesa se regocijó por haber escapado.
The princess rejoiced at her escape.
Pero ella todavía temblaba de miedo.
But she was still trembling with fear.
El amigo del príncipe desató la joya de la serpiente.
The prince's friend untied the snake-jewel.
Y juntos subieron al agua.
And together they ascended into the water.
Y pronto encontraron de nuevo el palacio subterráneo.
And soon they found back to the subterranean palace.
Podéis imaginaros lo feliz que estaba el príncipe.
You can imagine how happy the prince was.
Casi había muerto de pena.
He had nearly died of grief.

Y también puedes imaginar la felicidad de la princesa.
And you can imagine the princess' happiness too.
Los tres estaban locos de alegría.
All the three of them were mad with joy.
Durante tres días permanecieron en el palacio.
For three days they remained in the palace.
Y le contaron al príncipe toda la historia.
And they retold the prince the whole story.
Contaron cómo fue capturada la princesa.
They told of how the princess was seized.
Le contaron de su cautiverio en el palacio.
They told him of her captivity in the palace.
Describieron el matrimonio que se estaba planeando.
They described the marriage that was planned.
Le hablaron de la anciana.
They told him of the old woman.
Y le contaron todo acerca de su Phakir-Chand.
And they told him all about her Phakir-Chand.
Le contaron cómo lo había suplantado.
They told him how he had impersonated him.
Y le contaron cómo liberó a la princesa.
And they told him how he freed the princess.
No necesito decirte lo agradecidos que estaban.
I don't need to tell you how grateful they were.
El amigo del príncipe realmente era un buen amigo.
The prince's friend truly was a good friend.
Le agradecieron de la manera más cálida.
They thanked him in the warmest terms.
Y se comprometieron a seguir siempre su consejo.
And they vowed to always follow his counsel.

Todos estaban decididos a regresar a casa.
They were all resolved to return home.
Querían regresar a su país natal.
They wanted to return to their native country.
El hijo del rey, el hijo del ministro y la princesa.
The king's son, the minister's son, and the princess.

Abandonaron juntos el palacio subterráneo.
They left the subterranean palace together.
Iluminaron el pasaje con la joya de la serpiente.
They lighted the passage with the snake-jewel.
Y se dirigieron al mundo superior.
And they made their way to the upper world.
No tenían ni elefantes ni caballos esperándolos.
They had neither elephants nor horses waiting for them.
Así que no tuvieron más remedio que viajar a pie.
So they had no choice but to travel on foot.
Los dos amigos habían sido criados en el seno del lujo.
The two friends had been bred in the lap of luxury.
A ambos les resultaba problemático caminar.
Both of them found walking troublesome.
Pero para la princesa esto era infinitamente más problemático.
But the princess found it infinitely more troublesome.
Estaba acostumbrada a recibir un trato aún más fino.
She was used to even finer treatment.
Las piedras del camino eran demasiado ásperas para ella.
The stones of the road were too rough for her.
Y las piedras ásperas hirieron sus tiernos pies.
And the rough stones wounded her tender feet.
Con el tiempo sus pies empezaron a dolerle mucho.
Eventually her feet became very sore.
A veces el hijo del rey la llevaba sobre sus hombros.
At times the king's son carried her on his shoulders.
La carga que llevaba era, por supuesto, preciosa.
The load he was carrying was of course lovely.
Pero aunque era hermosa, era pesada de llevar.
But although lovely, she was heavy to carry.
Y no la podían llevar a grandes distancias.
And she could not be carried a great distance.
Y por eso ella también tenía que caminar a menudo.
And therefore she too had to walk often.
Una tarde llegaron debajo de un árbol.
One evening they arrived beneath a tree.

No había señales visibles de viviendas humanas.
There were no visible signs of human habitations.
Entonces decidieron hacer del árbol su lugar para dormir.
So they decided to make the tree their sleeping place.
El amigo del príncipe se ofreció a hacer guardia.
The prince's friend offered to keep guard.
"Ambos pueden irse a dormir"
"Both of you can go to sleep"
"Los cuidaré a ambos esta noche"
"I will keep watch over you both tonight"
"Para prevenir cualquier peligro"
"In order to prevent any danger"
La pareja real pronto se quedó dormida.
The royal couple soon dozed off.
Y quedaron encerrados en los brazos del sueño.
And they were locked in the arms of sleep.
El fiel amigo del príncipe no durmió.
The faithful friend of the prince did not sleep.
Se mantuvo despierto y atento al peligro.
He stayed awake and watched for danger.
Dio la casualidad de que acamparon bajo un árbol especial.
It so happened they camped under a special tree.
En el árbol colgaba el nido de dos pájaros.
In the tree swung the nest of two birds.
Los pájaros inmortales Bihangama y Bihangami.
The immortal birds Bihangama and Bihangami.
Estas aves estaban dotadas de habla humana.
These birds were endowed with human speech.
Y también podían ver el futuro.
And they could also see into the future.
El hijo del ministro escuchó la conversación del pájaro.
The minister's son listened the bird's conversation.
¡Quedó más que un poco sorprendido por lo que oyó!
He was more than a little astonished at what he heard!
Bihangama: "El amigo del príncipe arriesgó su vida"
Bihangama: "The prince's friend risked his own life"
"Hizo todo por la seguridad de su amigo"

"He did everything for the safety of his friend"
"Pero más peligros le sobrevendrán al hijo del rey"
"But more dangers will befall the king's son"
"Y le resultará difícil salvar al príncipe"
"And he will find it difficult to save the prince"
Bihangami: "¿Por qué?"
Bihangami: "Why is that?"
Bihangama: "Muchos peligros acechan al hijo del rey"
Bihangama: "Many dangers await the king's son"
"El padre del príncipe se enterará de la llegada de su hijo"
"The prince's father will hear of his son's approach"
"Le mandará un elefante y algunos caballos"
"He will send for him an elephant and some horses"
"Y él organizará asistentes para que lo reciban"
"And he will arrange attendants to meet him"
"El hijo del rey montará el elefante"
"The king's son will ride the elephant"
"Pero se caerá del lomo del elefante"
"But he will fall from the back of the elephant"
"Y morirá por su caída del elefante"
"And he will die from his fall from the elephant"
Bihangami: "¿Pero supongamos que alguien lo impidiera?"
Bihangami: "But suppose someone prevented this?"
"Supongamos que el hijo del rey no va a montar en el elefante"
"Suppose the king's son is not going to ride on the elephant"
"¿Qué pasaría si montara a caballo?"
"What might happen if he rides on a horse instead?"
"¿No se salvará en ese caso?"
"Will he not in that case be saved?"
Bihangama: "Sí, en ese caso escaparía de ese destino".
Bihangama: "Yes, in that case he would escape that fate"
"Pero entonces le aguardaría un nuevo peligro"
"But then a fresh danger would await him"
"Cuando el hijo del rey esté a la vista del palacio de su padre"
"When the king's son is in sight of his father's palace"

"Cuando esté a punto de pasar por la puerta de los leones"
"When he is in the act of passing through the lion-gate"
"En ese momento la puerta de los leones caerá sobre él"
"In that moment the lion-gate will fall upon him"
"Y las piedras lo aplastarán hasta morir"
"And the stones will crush him to death"
Bihangami: "Pero supongamos que alguien llega primero"
Bihangami: "But suppose someone gets there first"
"Supongamos que alguien destruye la puerta de los leones"
"Suppose someone destroys the lion-gate"
"Si eso sucede, el hijo del rey no podrá atravesar la puerta de los leones".
"If that happens the king's son couldn't go through the lion-gate"
"¿No se salvará en ese caso el hijo del rey?"
"Will not the king's son in that case be saved?"
Bihangama: "Sí, en ese caso escaparía de su destino"
Bihangama: "Yes, in that case he would escape his fate"
"Pero entonces le aguardaría un nuevo peligro"
"But then a fresh danger would await him"
"Cuando el hijo del rey llega al palacio"
"When the king's son reaches the palace"
"Cuando se siente a la mesa del banquete preparado para él"
"When he sits at a feast prepared for him"
"Le cocinarán la cabeza de un pez"
"The head of a fish will be cooked for him"
"Pondrá en su boca la cabeza del pez"
"He will put into his mouth the head of the fish"
"Pero la cabeza del pez se le quedará atascada en la garganta"
"But the head of the fish will stick in his throat"
"Y se ahogará hasta morir en la cabeza del pez"
"And he will choke to death on the head of the fish"
Bihangami: "Pero supongamos que alguien arrebata el pescado"
Bihangami: "But suppose someone snatches the fish"

"Supongamos que alguien quita la cabeza del pescado de su plato"

"Suppose someone takes the head of the fish from his plate"

"Supongamos que no puede meter la cabeza del pez en la boca"

"Suppose he can't put the fish's head in his mouth"

"¿No se salvará en ese caso el hijo del rey?"

"Will not the king's son in that case be saved?"

Bihangama: "Sí, en ese caso escapará de su destino".

Bihangama: "Yes, in that case he will escape his fate"

"Pero un nuevo peligro le aguardaba"

"But a fresh danger would await him"

"Cuando el príncipe y la princesa se retiran después de cenar"

"When the prince and princess retire after dinner"

"Cuando entran en su apartamento para dormir"

"When they go into their sleeping apartment"

"Se acostarán juntos en la cama "

"They will lie together in bed"

"Una cobra terrible entrará en la habitación"

"A terrible cobra will come into the room"

"Y la cobra morderá hasta la muerte al hijo del rey"

"And the cobra will bite the king's son to death"

Bihangami: "Pero supongamos que alguien estuviera en la habitación"

Bihangami: "But suppose someone was in the room"

"Supongamos que esta persona estaba esperando a la serpiente"

"Suppose this person was waiting for the snake"

"Y supongamos que esta persona corta la serpiente en pedazos"

"And suppose that this person cuts the snake into pieces"

"¿No se salvará en ese caso el hijo del rey?"

"Will not the king's son in that case be saved?"

Bihangama: "Sí, en ese caso escapará de su destino".

Bihangama: "Yes, in that case he will escape his fate"

"En ese caso se salvará la vida del hijo del rey"

"In that case the life of the king's son will be saved"
"Pero quien lo salva no puede repetir estas palabras"
"But he who saves him can't repeat these words"
"Si cuenta su secreto se convertirá en mármol"
"If he tells his secret he will be turned into marble"
Bihangami: "¿Puede la estatua volver a la vida?"
Bihangami: "Can the statue be returned to life?"
Bihangama: "Sí, la estatua de mármol puede volver a la vida"
Bihangama: "Yes, the marble statue can be restored to life"
"La princesa dará a luz un niño"
"The princess will give birth to a child"
"Deben lavar la estatua con la sangre del niño"
"They must wash the statue with the blood of the infant"
Los pájaros proféticos habían hablado hasta ese momento.
The prophetical birds had spoken until that point.
Pero entonces fueron interrumpidos por el graznido de los cuervos.
But then they were interrupted by the craw of crows.
El cielo oriental se tiñó de un tono rojizo.
The eastern sky tinted in a reddish hue.
Y los viajeros bajo el árbol se pusieron en movimiento.
And the travelers beneath the tree bestirred themselves.
La conversación profética llegó a su fin.
The prophetic conversation came to an end.
Pero el amigo del príncipe lo había oído todo.
But the prince's friend had heard everything.

A la mañana siguiente continuaron su viaje.
The next morning they continued their journey.
El príncipe, la princesa y el amigo del príncipe.
The prince, the princess, and the prince's friend.
Pronto se encontraron con la procesión del rey.
Soon they met the king's procession.
Había un elefante, un caballo y un palki.
There was an elephant, a horse, and a palki.
Y había un gran número de asistentes.

And there was a large number of attendants.
Estos animales y hombres habían sido enviados por el rey.
These animals and men had been sent by the king.
El rey oyó que su hijo estaba con su amigo.
The king heard his son was with his friend.
Y oyó que su hijo se había casado.
And he had heard that his son had married.
Y oyó que no estaban lejos de la capital.
And he heard they were not far from the capital.
El elefante había sido ricamente enjaezado.
The elephant had been richly caparisoned.
El elefante estaba destinado al príncipe.
The elephant was intended for the prince.
El marco del palki era de plata.
The framework of the palki was of silver.
El palki estaba destinado a la princesa.
The palki was meant for the princess.
Y el caballo era para el amigo del príncipe .
And the horse was for the prince's friend.
El príncipe estaba a punto de montar el elefante.
The prince was about to mount on the elephant.
Pero entonces su amigo le habló.
But then his friend spoke to him.
"Permíteme montar en el elefante, por favor"
"Allow me to ride on the elephant, please"
"Y podrás regresar a caballo"
"And you can ride back on horseback"
El príncipe no quedó poco sorprendido.
The prince was not a little surprised.
La propuesta se había hecho de manera muy fría.
The proposal had been made in a very cold manner.
Quizás su amigo se sentía un poco demasiado privilegiado.
Maybe his friend felt a little too entitled.
Y el hijo del rey estaba un poco molesto.
And the king's son was slightly annoyed.
Pero recordó lo que su amigo había hecho por él.
But he remembered what his friend had done for him.

Y recordó cómo salvó a la princesa.
And he remembered how he saved the princess.
Así que montó el caballo sin oponerse.
So he mounted the horse without objecting.
Pero su mente se alejó un tanto de él.
But his mind became somewhat alienated from him.
La procesión hacia la capital comenzó de nuevo.
The procession towards the capital started again.
Después de un tiempo llegaron a la vista del palacio.
After some time they came in sight of the palace.
La Puerta de los Leones había sido adornada alegremente.
The lion-gate had been gaily adorned.
Se celebró una gran recepción para el príncipe.
There was a grand reception for the prince.
Y la princesa era igualmente esperada.
And the princess was equally anticipated.
Pero el amigo del príncipe parecía tener una objeción.
But the prince's friend seemed to have an objection.
"Quiero que la puerta de los leones sea derribada"
"I want the lion-gate to be broken down"
El príncipe quedó estupefacto ante la propuesta.
The prince was astounded at the proposal.
La solicitud era muy fuera de lo común.
The request was very out of the ordinary.
Y no había dado ningún motivo para su demanda.
And he had given no reason for his demand.
Pero recordó todo lo que su amigo había hecho por él.
But he remembered all his friend had done for him.
Y recordó cómo salvó a la princesa.
And he remembered how he saved the princess.
Así que cumplió el deseo de su amigo.
So he complied with the wish of his friend.
Y la hermosa puerta de los leones fue derribada.
And the beautiful lion-gate was torn down.
Pero su mente se alejó aún más de él.
But his mind became even more estranged from him.
La procesión ahora se dirigió hacia el palacio.

The procession now went into the palace.
El rey dio una cálida recepción a su hijo.
The king gave a warm reception to his son.
Recibió a su nuera con la misma calidez.
He welcomed his daughter-in-law equally warmly.
Y se alegró mucho de ver al amigo del príncipe.
And he was very pleased to see the prince's friend.
Se contó la historia de sus aventuras.
The story of their adventures was related.
El rey expresó gran asombro ante el relato.
The king expressed great astonishment at the tale.
Y sus cortesanos quedaron igualmente impresionados.
And his courtiers were equally impressed.
Todos elogiaron la devoción del hijo del ministro.
All praised the minister's son's devotion.
Y las damas del palacio alabaron a la princesa.
And the ladies of the palace praised the princess.
Los conocedores de la belleza elogiaron a la princesa.
The connoisseurs of beauty praised the princess.
Su tez era una mezcla de leche y bermellón.
Her complexion was a mixture of milk and vermilion.
Su cuello era como el de un cisne.
Her neck was like that of a swan.
Sus ojos eran como los de una gacela.
Her eyes were like those of a gazelle.
Sus labios eran tan rojos como la baya bimba.
Her lips were as red as the berry bimba.
Sus mejillas eran tan hermosas como podían ser.
Her cheeks were as lovely as they could be.
Y su nariz era recta y alta.
And her nose was straight and high.
Su cabello le llegaba hasta los tobillos.
Her hair reached down to her ankles.
Su andar era tan elegante como el de un elefante joven.
Her walk was as graceful as that of a young elephant.
La princesa que el destino les había traído.
The princess whom destiny had brought to them.

Se sentaron a su alrededor queriendo saberlo todo.
They sat around her wanting to know everything.
Y le hicieron mil preguntas.
And they put to her a thousand questions.
Le preguntaron por sus padres.
They asked her about her parents.
Le preguntaron por el palacio subterráneo.
They asked her about the subterranean palace.
Y le preguntaron todo acerca de la serpiente.
And they asked her all about the serpent.
La serpiente que había matado a todos sus parientes.
The serpent which had killed all her relatives.
Pronto llegó el momento de cenar para los recién llegados.
Soon it was time for the new arrivals to dine.
La cena se sirvió en platos de oro.
The dinner was served up in dishes of gold.
En la mesa había todo tipo de delicias.
All sorts of delicacies were on the table.
El plato más destacado fue la cabeza de un pez rohita.
The most conspicuous dish was the head of a rohita fish.
La cabeza del gran pez fue colocada en una copa de oro.
The large fish's head was placed in a golden cup.
Y la copa fue colocada cerca del plato del príncipe.
And the cup was placed near the prince's plate.
Todos estaban comiendo y contando la aventura.
All were eating and retelling the adventure.
Y de repente el amigo del príncipe le arrebató la cabeza.
And suddenly the prince's friend snatched the head.
Tomó la cabeza del pescado del plato del príncipe.
He took the fish's head from the prince's plate.
"Déjame, príncipe, comerme la cabeza de este rohita"
"Let me, prince, eat this rohita's head"
El hijo del rey estaba bastante indignado.
The king's son was quite indignant.
Pero recordó todo lo que su amigo había hecho por él.
But he remembered all his friend had done for him.
Y recordó cómo salvó a la princesa.

And he remembered how he saved the princess.
Y por eso no puso ninguna objeción a la petición.
And so he made no objection to the request.
Pero no pudo ocultar su terrible rabia.
But he could not hide his terrible rage.
Por supuesto, el amigo del príncipe se dio cuenta de esto.
Of course the prince's friend noticed this.
Pero no había nada más que pudiera hacer.
But there was nothing else he could have done.
Su conducta, por extraña que fuese, era necesaria.
His conduct, however strange, was necessary.
Fue por la seguridad de la vida de su amigo.
It was for the safety of his friend's life.
Tampoco pudo decirle a su amigo el motivo.
Nor could he tell his friend the reason.
De lo contrario, se transformaría en una estatua de mármol.
Else he would be transformed into a marble statue.
Pronto la cena terminaría.
Soon the dinner was going to be over.
El amigo del príncipe tenía una petición más.
The prince's friend had one more request.
Los dos amigos habían pasado todas las noches juntos.
The two friends had spent every night together.
Pero esta noche quería ir a su propia casa.
But tonight he wanted to go to his own house.
**El príncipe también quedó sorprendido por su extraña
conducta.**
The prince was also shocked at his strange conduct.
Pero recordó todo lo que su amigo había hecho por él.
But he remembered all his friend had done for him.
Y recordó cómo salvó a la princesa.
And he remembered how he saved the princess.
Y él también accedió a esta petición de su amigo.
And he also agreed to this request of his friend.
El amigo del príncipe, sin embargo, tenía otros planes.
The prince's friend, however, had other plans.
No tenía intención de ir a su propia casa.

He had no intentions of going to his own house.
Estaba decidido a evitar el último peligro.
He was resolved to avert the last peril.
Lo último que amenazó la vida de su amigo.
The last thing to threaten the life of his friend.
En consecuencia, tomó una espada en su mano.
Accordingly, he took a sword into his hand.
Y entró sigilosamente en la habitación real.
And he stealthily entered the royal room.
La habitación del príncipe y la princesa.
The room of the prince and the princess.
Se acomodó debajo de la cama.
He ensconced himself under the bedstead.
La cama estaba equipada con colchones de plumas.
The bed was furnished with mattresses of down.
Las cortinas mosquiteras eran de la seda más rica.
The mosquito curtains were of the richest silk.
Y toda la ropa de cama estaba adornada con oro.
And all the bedding was laced with gold.
Pronto el príncipe y la princesa entraron en el dormitorio.
Soon the prince and princess came into the bedroom.
Se desvistieron y se fueron a la cama.
They undressed themselves and went to bed.
Y pronto la pareja real se quedó dormida.
And soon the royal couple were asleep.
A medianoche oyó el deslizamiento de una serpiente.
At midnight he heard the slithering of a snake.
El sonido provenía de un paso de agua.
The sound was coming from a water passage.
Una serpiente de tamaño gigantesco entró en la habitación.
A snake of gigantic size entered the room.
La serpiente trepó por el marco de la cama.
The serpent climbed up the frame of the bed.
El hijo del ministro salió corriendo con la espada.
The minister's son rushed out with the sword.
Y mató a la serpiente de un solo golpe.
And he killed the serpent with one blow.

Y luego cortó la serpiente en pedazos más pequeños.
And then he cut the snake into smaller pieces.
Colocó los trozos en el plato para contener las hojas de betel.
He put the pieces in the dish for holding betel-leaves.
Pero al hacer esto, derramó una gota de sangre.
But as he did this, he spilled a drop of blood.
La gota de sangre cayó sobre el pecho de la princesa.
The drop of blood fell on the breast of the princess.
Porque no se habían bajado las cortinas mosquiteras.
Because the mosquito curtains had not been let down.
Estaba preocupado por la salud de la princesa.
He worried for the health of the princess.
La sangre podría contener algún tipo de veneno.
The blood might be of some sort of poison.
Entonces decidió lamer la sangre.
So he resolved to lick up the blood.
Pero no podía mirar a la princesa desnuda.
But he could not look at the naked princess.
Habría sido un gran pecado.
It would have been a great sin.
Entonces se vendó los ojos con un paño de siete pliegues.
So he blindfolded himself with seven-fold cloth.
Y lamió la gota de sangre.
And he licked off the drop of blood.
Pero justo en ese momento la princesa despertó.
But just at this time the princess awoke.
Su grito despertó a su marido del sueño.
Her scream roused her husband from his sleep.
Y no podía creer lo que veía.
And he could not believe what he was seeing.
El príncipe cayó en una gran ira.
The prince fell into a great rage.
Y estaba dispuesto a matar a su amigo.
And he was prepared to kill his friend.
Pero le dio a su amigo la oportunidad de hablar.
But he gave his friend a chance to speak.
"Por favor, amigo mío, controla tu ira"

"Please, my friend, restrain your anger"
"Lo he hecho sólo para salvarte la vida"
"I have done this only to save your life"
El príncipe estaba más confundido que antes.
The prince was more confused than before.
"No entiendo lo que quieres decir"
"I do not understand what you mean"
"Desde el momento en que salimos del palacio subterráneo"
"From the time we came out of the subterranean palace"
"Te has estado comportando de una manera muy extraordinaria"
"You have been behaving in a most extraordinary way"
"Primero, insististe en montar mi elefante"
"First, you insisted on riding my elephant"
"El elefante que mi padre había enviado por mí"
"The elephant my father had sent for me"
"Pensé que era vanidoso de tu parte preguntar"
"I thought it was vain of you to ask"
"Pero recordé lo que habías hecho por mí"
"But I remembered what you had done for me"
"Y decidí dejar pasar el asunto"
"And I decided to let the matter pass"
"Y en lugar de eso volví a caballo"
"And instead I rode back on horseback"
"En segundo lugar, insististe en destruir la puerta de los leones"
"Secondly, you insisted on destroying the lion-gate"
"La puerta de los leones que mi padre había adornado para mí"
"The lion-gate my father had adorned for me"
"Me pareció extraño que preguntaras"
"I thought it was strange of you to ask"
"Pero recordé lo que habías hecho por mí"
"But I remembered what you had done for me"
"Y decidí dejar pasar el asunto"
"And I decided to let the matter pass"
"Y destruí la puerta de los leones"

"And I had the lion-gate destroyed"
En tercer lugar, en la cena te comportaste de forma muy vergonzosa.
"Thirdly, at dinner you behaved most shamefully"
"Me arrebataste la cabeza del rohita de mi plato"
"You snatched the rohita's head from my plate"
"Y tú insististe en comerte la cabeza del pescado"
"And you insisted on eating the fish head"
"Pensé que te sentías demasiado con derecho"
"I thought you felt too entitled"
"Pero recordé lo que habías hecho por mí"
"But I remembered what you had done for me"
"Así que decidí dejar pasar el asunto"
"So I decided to let the matter pass"
"Luego fingiste que ibas a casa"
"You then pretended that you were going home"
"Y me alegré mucho de que volvieras a casa"
"And I was very glad you were going home"
"Porque te habías vuelto muy desagradable"
"Because you had made yourself very disagreeable"
"Y ahora estás realmente en mi dormitorio"
"And now you are actually in my bedroom"
"Te inclinas sobre el pecho desnudo de mi esposa"
"You are bending over the naked bosom of my wife"
"Debiste tener algún plan malvado"
"You must have had some evil plan"
"Y ahora finges que me estás salvando la vida"
"And now you pretend you are saving my life"
"Pero no creo que quieras salvarme la vida"
"But I don't believe you want to save my life"
"Creo que quieres destruir la castidad de mi esposa"
"I believe you want to destroy my wife's chastity"
El amigo del príncipe sabía cómo estaban las cosas.
The prince's friend knew how things looked.
"Oh, no albergues tales pensamientos en tu mente"
"Oh, do not harbor such thoughts in your mind"
"Por favor no pienses mal de mí"

"Please do not think badly against me"
"Los dioses saben lo que he hecho"
"The gods know what I have done"
"Saben que lo hice para salvarte la vida"
"They know I did it to save your life"
"Verías lo razonable de mi conducta"
"You would see the reasonableness of my conduct"
"Pero no tengo libertad para exponer mis razones"
"But I don't have liberty to state my reasons"
El príncipe le pidió que se explicara.
The prince asked him to explain himself.
"¿Y por qué no estás en libertad?"
"And why are you not at liberty?"
"¿Quién ha puesto un sello sobre tu boca?"
"Who has put a seal upon your mouth?"
Y el amigo del príncipe respondió.
And the prince's friend answered.
"El destino ha puesto un sello en mi boca"
"Destiny has put a seal upon my mouth"
"Si te lo dijera, me transformaría en mármol"
"If I told you, I would be transformed into marble"
El príncipe se enojó cada vez más con su amigo.
The prince grew angrier with his friend.
"¡Deberías transformarte en una estatua de mármol!"
"You should be transformed into a marble statue!"
"Debes tomarme por un simplón"
"You must take me to be a simpleton"
"No puedes esperar que crea estas tonterías "
"You can't expect me to believe this nonsense"
El hijo del ministro hizo una última petición.
The minister's son made one last request.
"¿Quieres entonces, amigo, que te lo diga?
"Do you wish me then, friend, for me to tell you?
"¿Harías que tu amigo se convirtiera en piedra?"
"You would make your friend turn into stone?"
El príncipe quería escuchar la razón.
The prince wanted to hear the reason.

A él no le importaban las consecuencias.
He did not care about the consequences.
"Dime, o eres hombre muerto"
"Tell me, or else you are a dead man"
El amigo del príncipe quería limpiar su nombre.
The prince's friend wanted to clear his name.
No quería que se presentaran acusaciones infames contra él.
He wanted no foul accusations brought against him.
Y consideró que era su deber revelar el secreto.
And he deemed it his duty to reveal the secret.
Incluso si esto pusiera en riesgo su vida.
Even if this would put his life at risk.
Nuevamente le advirtió al príncipe que no le preguntara.
He again warned the prince not to ask him.
Pero el príncipe permaneció inexorable.
But the prince remained inexorable.
Entonces el amigo del príncipe le contó su secreto.
The prince's friend then told him his secret.
"Mientras dormía bajo un árbol alto una noche"
"While sleeping under a lofty tree one night"
"Escuché una conversación entre dos pájaros.
"I overheard a conversation between two birds.
"Los pájaros profetizadores Bihangama y Bihangami"
"The prophesizing birds Bihangama and Bihangami"
"Bihangama predijo todos los peligros en tu vida"
"Bihangama predicted all the dangers in your life"
"Primero el pájaro predijo que tu padre enviaría un elefante"
"First the bird predicted your father would send an elephant"
"El pájaro dijo que te caerías del elefante"
"The bird said you would fall from the elephant"
"Y el pájaro dijo que morirías por la caída"
"And the bird said you would die from the fall"
En ese momento las piernas del hijo del ministro se convirtieron en piedra.
At this point the minister's son's legs turned to stone.
¿Ves? Mis piernas ya se han convertido en piedra.

"See? my legs have already turned to stone"
-Continúa con tu historia –dijo el príncipe.
"Go on with your story," said the prince.
Y el amigo del príncipe continuó la historia.
And the prince's friend continued the story.
"El pájaro dijo que la puerta de los leones estaría decorada alegremente"
"The bird said the lion-gate would be gaily decorated"
"Y el pájaro dijo que la puerta de los leones se derrumbaría sobre ti"
"And the bird said the lion-gate would collapse on you"
"Si la puerta de los leones hubiera caído sobre ti, habrías muerto"
"If the lion-gate had fallen on you, you would have died"
En ese momento el torso del hijo del ministro se convirtió en piedra.
At this point the minister's son's torso turned to stone.
Pero el príncipe insistió en que el hijo del ministro continúe.
But the prince insisted the minister's son continues.
-Continúa con tu historia –dijo el príncipe.
"Go on with your story," said the prince.
"El pájaro dijo que habría una cabeza de pez"
"The bird said there would be the head of a fish"
"Y el pájaro predijo que te ahogarías con el pescado"
"And the bird predicted you would choke on the fish"
Ahora su cabeza era lo único que no era de piedra.
Now his head was the only thing not of stone.
¿Ves? Mi cuerpo entero se ha convertido en piedra.
"See? my whole body has turned to stone"
"Si continúo, me convertiré en un hombre de piedra"
"If I continue, I will become a man of stone"
"¿Quieres que te cuente el resto?"
"Do you wish me to tell the rest"
-Continúa con tu historia –dijo el príncipe.
"Go on with your story," said the prince.
"Muy bien, seguiré hasta el final"
"Very well, I will go on to the end"

"Pero podrás arrepentirte después que yo te lo diga"
"But you may repent after I tell you"
"Y quizás desees devolverme la vida"
"And you may wish to restore me to life"
"Te diré cómo revertir el hechizo"
"I will tell you how to reverse the spell"
"En unos meses la princesa tendrá un hijo"
"In a few months the princess will bear a child"
"Espera el nacimiento del niño"
"Wait for the birth of the child"
"Untad mi estatua con la sangre del niño"
"Besmear my statue with the infant's blood"
"Sólo entonces volveré a la vida"
"Only then will I be restored back to life"
La última palabra salió de sus labios y se convirtió en piedra.
The last word left his lips, and he turned to stone.
La princesa saltó de la cama.
The princess jumped out of bed.
Ella abrió el recipiente con hojas de betel y especias.
She opened the vessel for betel-leaves and spices.
Y vio los pedazos de una serpiente.
And she saw the pieces of a serpent.
El príncipe y la princesa ahora estaban convencidos.
The prince and the princess were now convinced.
Vieron la buena fe de su amigo fallecido.
They saw the good faith of their departed friend.
Vieron la benevolencia de sus acciones.
They saw the benevolence of his actions.
Fueron a la estatua de mármol.
They went to the marble statue.
Pero la estatua de su amigo estaba sin vida.
But the statue of their friend was lifeless.
Emitieron un fuerte grito de lamentación.
They let out a loud cry lamentation.
Pero sus gritos fueron en vano.
But their cries were to no purpose.
Porque la estatua no se conmovió con las lágrimas.

Because the statue was not moved by tears.

El príncipe y la princesa sabían lo que tenían que hacer.

The prince and princess knew what they had to do.

Ocultaron la figura de mármol en un lugar seguro.

They concealed the marble figure in a safe place.

Y esperaron el nacimiento de su hijo.

And they waited for the birth of their child.

Con el paso del tiempo llegó la hora.

In process of time the hour came.

El dolor de la princesa había llegado.

The princess's travail had arrived.

La princesa dio a luz un hermoso niño.

The princess bore a beautiful boy.

El niño era la imagen perfecta de su madre.

The child was the perfect image of his mother.

La belleza de su hijo era sorprendente.

The beauty of their child was striking.

Y estaban asombrados de él.

And they were in awe of him.

Le habrían perdonado la vida.

They would have spared his life.

Pero se acordaron de su mejor amigo.

But they remembered their best friend.

Recordaron todo lo que había hecho por ellos.

They remembered all he had done for them.

Pero ahora era una piedra sin vida.

But now he was a lifeless stone.

Y se acordaron de los votos que habían hecho.

And they remembered the vows they had made.

Y cortaron al niño en dos.

And they cut the child into two.

Untaron la estatua con la sangre del niño.

They besmeared the statue with the child's blood.

Y su amigo volvió a la vida.

And their friend became animated back to life.

Se alegraron de verlo con vida nuevamente.

They were glad to see him alive again.

Pero el amigo del príncipe estaba abrumado por el dolor.
But the prince's friend was overwhelmed with grief.
Porque vio al recién nacido en un charco de sangre.
Because he saw the new-born in a pool of blood.
Entonces recogió al niño muerto.
So he picked up the dead infant.
Envolvió cuidadosamente al niño en una toalla.
He carefully wrapped the child in a towel.
Y decidió devolverle la vida al niño.
And he resolved to get the child restored to life.
Consultó a todos los médicos del país.
He consulted all the physicians of the country.
Todos le dijeron lo mismo.
They all told him the same thing.
Se puede encontrar una cura para cualquier enfermedad.
A cure can be found for any illness.
Pero la vida requiere la chispa de la vida.
But life requires the spark of life.
Cuando la chispa se apaga, queda fuera de su jurisdicción.
When the spark is gone, it is beyond their jurisdiction.
Y entonces tuvieron que seguir con sus vidas.
And so they had to go on with their lives.

Finalmente, el amigo del príncipe regresó con su esposa.
Eventually the prince's friend returned to his wife.
Ella era una devota adoradora de la diosa Kali.
She was a devoted worshipper of the goddess kali.
Ella era la única que podía devolver la vida.
She was the only one who could return life.
Su esposa vivía en un pueblo lejano.
His wife was living in a distant town.
Así que emprendió un viaje hacia la ciudad.
So he set out on a journey to the town.
Su esposa todavía vivía en la casa de su padre.
His wife still lived in her father's house.
Junto a la casa había un jardín.
Adjoining the house there was a garden.

Y en el jardín había un árbol.

And in the garden there was a tree.

El niño había sido guardado en ese árbol.

The child had been stored in that tree.

Su esposa se alegró mucho al ver a su marido.

His wife was overjoyed to see her husband.

Ella no lo había visto desde hacía mucho tiempo.

She had not seen him for a long time.

Pero ella se sorprendió cuando lo vio.

But she was surprised when she saw him.

Su marido estaba muy melancólico ese día.

Her husband was very melancholy that day.

Hablaba muy poco con su esposa.

He spoke very little to his wife.

Y su esposa sabía que él no era él mismo.

And his wife knew that he was not himself.

Estaba dándole vueltas a algo en su mente.

He was brooding over something in his mind.

Ella le preguntó la razón de su melancolía.

She asked the reason for his melancholy.

Pero él se quedó callado y no se lo quiso decir.

But he kept quiet, and wouldn't tell her.

Una noche estaban acostados juntos en la cama.

One night they were lying together in bed.

La esposa se levantó y abandonó el lecho conyugal.

The wife got up and left the marital bed.

Ella abrió la puerta y salió al jardín.

She opened the door and went into the garden.

Su marido no había podido dormir bien.

Her husband had not been able to sleep well.

Por lo tanto se despertó por el movimiento de su esposa.

Therefore he awoke from the movement of his wife.

La oyó marcharse en plena noche.

He heard her leave in the dead of the night.

Y estaba decidido a seguirla.

And he was determined to follow her.

Pero también estaba decidido a no hacerse notar.

But he was also determined not to be noticed.
Ella fue a un templo de la diosa Kali.
She went to a temple of the goddess kali.
El templo no estaba a gran distancia de su casa.
The temple was at no great distance from her house.
Ella adoró a la diosa con flores.
She worshipped the goddess with flowers.
Y adoró a la diosa con perfume de sándalo.
And she worshiped the goddess with sandal-wood perfume.
¡Oh, Madre Kali! Ten piedad de mí.
"Oh mother kali! have mercy upon me"
"Líbrame de todas mis angustias"
"Deliver me out of all my troubles"
La diosa le respondió a la mujer.
The goddess replied to the woman.
"¿Pues qué más queja tienes?
"Why, what further grievance have you?
"Has estado orando mucho por el regreso de tu marido"
"You long prayed for the return of your husband"
"Y tus oraciones han sido respondidas"
"And your prayers have been answered"
"Tu marido ha regresado a ti"
"Your husband has returned to you"
"Entonces, ¿qué te pasa ahora?"
"So then, what ails thee now?"
La mujer respondió a la diosa.
The woman answered the goddess.
"Es cierto, oh madre, mi marido ha venido a mí"
"True, oh mother, my husband has come to me"
"Pero ha venido a mí con un estado de ánimo melancólico"
"But he has come to me in a melancholy mood"
"Apenas me habla cuando yo le hablo"
"He hardly speaks to me when I speak to him"
"No se deleita en mí cuando está conmigo"
"He takes no delight in me when he is with me"
"Lo único que hace es sentarse melancólico en un rincón"
"All he does is sit melancholy in a corner"

La diosa respondió a su devoto.

The goddess replied to her devotee.

"Pregúntale a tu marido por qué se siente melancólico"

"Ask your husband why he feels melancholy"

"Cuando te lo diga, hazme saber el motivo"

"When he tells you, let me know the reason"

El hijo del ministro escuchó la conversación.

The minister's son overheard the conversation.

Pero él pasó desapercibido para la diosa.

But he stayed unnoticed by the goddess.

Y su esposa tampoco lo notó.

And his wife did not notice him either.

Él se escabulló silenciosamente delante de su esposa.

He quietly slunk away before his wife.

Y él regresó a la cama antes que ella.

And he returned back to bed before her.

Al día siguiente la esposa le preguntó a su marido.

The following day the wife asked her husband.

"Mi querido esposo, ¿por qué estás tan melancólico?"

"My dear husband, why are you in a melancholy mood?"

Su marido contó toda la historia.

Her husband retold the whole story.

Él le contó sobre la serpiente joya.

He told her about the jewel serpent.

Le contó sobre el palacio subterráneo.

He told her about the subterranean palace.

Le contó que la princesa había sido capturada.

He told her about the princess being captured.

Le contó cómo liberó a la princesa.

He told her how he freed the princess.

Y le contó sobre Bihangama y Bihangami.

And he told her about Bihangama and Bihangami.

Le contó cómo se había convertido en piedra.

He told her how he had turned to stone.

Y le contó cómo volvió a la vida.

And he told her how he was returned back to life.

Entonces le contó también sobre el asesinato del niño.

So he told her also about the killing of the child.
Esa noche su esposa volvió a levantarse de la cama.
That night his wife left the bed again.
Y ella regresó al templo de la diosa Kali.
And she returned to the goddess kali's temple.
Y le contó a la diosa la melancolía de su marido.
And she told the goddess of her husband's melancholy.
La diosa escuchó atentamente lo que se decía.
The goddess listened intently to what was said.
"Traed al niño aquí y yo le devolveré la vida"
"Bring the child here and I will restore it to life"
La noche siguiente volvió a abandonar el lecho conyugal.
The next night she left the marital bed again.
Ella fue al árbol en el jardín.
She went to the tree in the garden.
Y tomó al niño del árbol.
And she took the child from the tree.
Y ella llevó al niño a la diosa Kali.
And she took the child to the goddess kali.
Y la diosa Kali devolvió la vida al niño.
And the goddess kali returned the child back to life.
El amigo del príncipe estaba extasiado de alegría.
The prince's friend was entranced with joy.
Recogió al niño reanimado.
He picked up the reanimated child.
Y corrió tan rápido como pudo hacia su amigo.
And he ran as fast as he could to his friend.
Y le entregó a su hijo, vivo y sano.
And he gave him his child, alive and well.
Todos se alegraron con gran alegría.
They all rejoiced with exceedingly great joy.
Y vivieron juntos y felices hasta el día de su muerte.
And they lived together happily till the day of their death.

El brahmán indignado
The Indignant Brahman

Había una vez un pobre brahmán.
There was once a poor Brahman.
Este pobre brahmán tenía una esposa.
This poor Brahman had a wife.
Y también tuvo cuatro hijos.
And he also had four children.
Era un hombre muy pobre.
He was a very poor man.
Y no tenía recursos en el mundo.
And he had no resources in the world.
Vivió de la caridad de los demás.
He lived from the charity of others.
Durante los matrimonios ganaba bien.
During marriages he earned well.
Y ganó bien durante los funerales.
And he earned well during funerals.
Pero sus feligreses no se casaban diariamente.
But his parishioners did not marry daily.
Y tampoco morían todos los días.
And they did not die every day either.
Era difícil llegar a fin de mes.
It was difficult to make the two ends meet.
Su esposa lo reprendía a menudo.
His wife often rebuked him.
"¿Por qué no puedes apoyarme?"
"Why can you not support me?"
"Nuestros niños corren desnudos"
"Our children run around naked"
"Y sufren de hambre"
"And they suffer from hunger"
Aunque pobre, era un buen hombre.
Though poor, he was a good man.
Y era diligente en sus devociones.
And he was diligent in his devotions.

Todos los días decía sus oraciones.
Every day he said his prayers.
Él oraba a la misma hora cada día.
He prayed at the same time each day.
Su deidad tutelar era la diosa Durga.
His tutelary deity was the Goddess Durga.
Ella es la consorte de Shiva.
She is the consort of Shiva.
Ella es la energía creativa del universo.
She is the creative energy of the universe.
Todos los días escribía el nombre de Durga.
Every day he wrote the name of Durga.
Escribió el nombre con tinta roja.
He wrote the name in red ink.
Al menos ciento ocho veces.
At least one hundred and eight times.
No bebió ni comió hasta que hizo esto.
He did not drink or eat till he did this.
Durante todo el día pronunció oraciones.
throughout the day he uttered prayers.
¡Oh, Durga! Ten piedad de mí.
"O Durga! have mercy upon me"
Él oraba cada vez que se sentía ansioso.
He prayed whenever he felt anxious.
Y a menudo se sentía ansioso.
And he often felt anxious.
Porque vivía en la pobreza.
Because he lived in poverty.
Oraba cuando sus preocupaciones eran demasiadas.
He prayed when his worries were too much.
Y habían muchas cosas que le preocupaban.
And there were many things he worried about.
Estaba preocupado por su esposa y sus hijos.
He worried about his wife and children.
Y se preocupó por apoyarlos.
And he worried about supporting them.

Un día estaba muy triste.
One day he was very sad.
Ese día se fue a un bosque.
On this day he went to a forest.
El bosque estaba muy lejos del pueblo.
The forest was far outside the village.
Dejó salir todo su dolor.
He let out all his grief.
Y lloró lágrimas amargas.
And he wept bitter tears.
"¡Oh Durga! ¡Oh Madre Bhagavati!"
"O Durga! O Mother Bhagavati!"
"¿Por favor pon fin a mi miseria?"
"Please put an end to my misery?"
"Ojalá estuviera solo en el mundo"
"I wish I were alone in the world"
"Entonces mi pobreza no me preocuparía"
"Then my poverty wouldn't worry me"
"Pero me has dado una esposa"
"But thou hast given me a wife"
"Y mi mujer me ha dado hijos"
"And my wife has given me children"
"Oh Madre, te lo ruego"
"O Mother, I beg of you"
"Dame los medios para apoyarlos"
"Give me the means to support them"
Shiva y su esposa Durga estaban allí.
Shiva and his wife Durga happened to be there.
Estaban haciendo su paseo matutino.
They were taking their morning walk.
La diosa Durga vio al Brahman a la distancia.
The Goddess Durga saw the Brahman at a distance.
"Oh Señor de Kailas, ¿ves ese Brahman?"
"O Lord of Kailas, do you see that Brahman?"
"Él siempre está tomando mi nombre en sus labios"
"He is always taking my name on his lips"
"Él ruega que lo libre de sus problemas"

"He prays I deliver him from his troubles"

"¿No podemos hacer algo por el pobre brahmán?"

"Can we not do something for the poor Brahman?"

"Está oprimido por muchas preocupaciones"

"He is oppressed with many cares"

"Y se preocupa profundamente por su creciente familia"

"And he deeply cares for his growing family"

"Deberíamos hacerle la vida más cómoda"

"We should make his life more comfortable"

"Porque el pobre nunca tiene lo suficiente para comer"

"Because the poor man never has enough to eat"

"Y su familia tampoco tiene qué comer"

"And his family doesn't have enough to eat either"

"Démosle una olla"

"Let us give him a pot"

"Una olla con un suministro infinito de murukku"

"A pot with an infinite supply of murukku"

La consorte divina tenía razón.

The divine consort was right.

El Señor de Kailas aceptó la propuesta.

The Lord of Kailas agreed to the proposal.

En el lugar creó una olla mágica.

On the spot he created a magical pot.

Durga fue hacia el pobre Brahman.

Durga went to the poor Brahman.

¡Oh Brahman! Mi fiel devoto.

"O Brahman! My loyal devotee"

"He pensado muchas veces en tu lamentable caso"

"I have often thought of your pitiable case"

"Sus repetidas oraciones han conmovido mi compasión"

"Your repeated prayers have moved my compassion"

"Aquí tienes una olla para ti"

"Here is a pot for you"

"Debes voltear la olla boca abajo"

"You must turn the pot upside down"

"Y luego hay que agitar la olla"

"And then you must shake the pot"

"El mejor murukku se derramará"
"The finest murukku will pour out"
"El murukku seguirá fluyendo para siempre"
"The murukku will keep pouring out forever"
"Hasta que vuelvas a poner la olla en posición vertical"
"Until you put the pot upright again"
"Puedes comer tanto murukku como quieras"
"You can eat as much murukku as you like"
"Tu esposa y tus hijos ya no pasarán hambre"
"Your wife and children will hunger no more"
"Y puedes vender el murukku si quieres"
"And you can sell the murukku if you like"
El brahmán estaba encantado más allá de toda medida.
The Brahman was delighted beyond measure.
Había recibido un tesoro verdaderamente valioso.
He had received a truly valuable treasure.
Hizo su más profunda reverencia a la diosa.
He made his deepest obeisance to the goddess.
Y expresó su eterno agradecimiento.
And he expressed his eternal gratefulness.

El brahmán había comenzado a caminar hacia casa.
The Brahman had started walking home.
Pero primero tenía que probar su olla mágica.
But first he had to test his magical pot.
Quería ver si la olla realmente funcionaba.
He wanted to see if the pot really worked.
Él puso la olla boca abajo.
He turned the pot upside down.
Y agitó la olla, tal como se le había ordenado.
And he shook the pot, as instructed.
¡Y he aquí! La olla sí que funcionó.
Lo and behold! The pot really did work.
El mejor murukku cayó al suelo.
The finest murukku fell to the ground.
Ató el dulce en su sábana.
He tied the sweetmeat in his sheet.

Y siguió caminando hacia su pueblo.
And he walked on, towards his village.
Al mediodía el brahmán tenía hambre.
By noon the Brahman had gotten hungry.
Pero no podía comer sin sus abluciones.
But he could not eat without his ablutions.
Primero tuvo que decir sus oraciones.
First, he had to say his prayers.
Había una posada en su camino.
There was an inn on his way.
Cerca de la posada había un tanque de agua.
Close to the inn there was a water tank.
Entonces tenía intención de detenerse allí.
So, he intended to halt there.
Para bañarse y decir sus oraciones.
In order to bathe and say his prayers.
Después de esto pudo comerse todo el murukku.
After this he could eat all the murukku.
El brahmán estaba sentado en la tienda del posadero.
The Brahman sat at the innkeeper's shop.
El comerciante estaba fumando tabaco.
The shopkeeper was smoking tobacco.
Puso la olla cerca del tendero.
He put the pot near the shopkeeper.
Y le pidió que cuidara la olla.
And he asked him to look after the pot.
"Por favor, tenga especial cuidado con esta olla"
"Please take special care of this pot"
"Debo bañarme y rezar"
"I must bathe and say my prayers"
"Por favor, cuida esta olla por mí"
"Please look after this pot for me"
"Asegúrate de que no le pase nada a esta olla"
"Make sure nothing happens to this pot"
Le pareció una petición extraña.
He thought it was a strange request.
Pero él aceptó cuidar la olla.

But he agreed to look after the pot.
Y el brahmán le dio la olla.
And the Brahman gave him the pot.
Se untó el cuerpo con aceite de mostaza.
He besmeared his body with mustard oil.
Y fue a hacer sus abluciones.
And he went to do his ablutions.
El posadero sintió curiosidad por la olla.
The innkeeper grew curious about the pot.
"Esta olla debe tener algo valioso dentro"
"This pot must have something valuable in it"
"¿Por qué si no sería tan cuidadoso?"
"Why else would he be so careful?"
Su curiosidad había sido excitada.
His curiosity had been excited.
Entonces abrió la olla.
So, he opened the pot.
Para su sorpresa, la olla estaba vacía.
To his surprise the pot was empty.
"¿Qué puede significar esto?"
"What can be the meaning of this?"
"¿Por qué le importa tanto una olla vacía?"
"Why does he care so much for an empty pot?"
Empezó a examinar la olla con más cuidado.
He began to examine the pot more carefully.
Durante su inspección, puso la olla boca abajo.
During his inspection he turned the pot upside down.
Y entonces el murukku más fino cayó de la olla.
And then the finest murukku fell out from the pot.
Y el murukku no dejó de caer.
And the murukku didn't stop falling out.
El posadero llamó a su esposa y a sus hijos.
The innkeeper called his wife and children.
Quería que presenciaran lo que había sucedido.
He wanted them to witness what had happened.
¡Un golpe de suerte inesperado!
An unexpected stroke of good fortune!

La olla dio abundantes lluvias de arroz azucarado.
The pot gave copious showers of sugared paddy.
Llenó todas sus ollas y tinajas.
He filled all his pots and jars.
Él sabía que tenía que tener esta olla.
He knew he had to have this pot.
Entonces reemplazó la olla por otra.
So, he replaced the pot with another one.
Tenía una olla del mismo tamaño y color.
He had a pot of the same size and color.

El brahmán había terminado sus abluciones.
The Brahman had finished his ablutions.
Había realizado todas sus devociones.
He had performed all of his devotions.
Regresó a la tienda con la ropa mojada.
He came back to the shop in wet clothes.
Todavía estaba recitando los textos sagrados de los Vedas.
He was still reciting holy texts of the Vedas.
Se volvió a poner la ropa seca.
He put back on his dry clothes.
Con tinta roja escribió el nombre de Durga.
In red ink he wrote the name of Durga.
Escribió su nombre ciento ocho veces.
He wrote her name one hundred and eight times.
Después de hacer esto rompió su ayuno.
After doing this he broke his fast.
Y se comió el murukku que tenía en su sábana.
And he ate the murukku he had in his sheet.
Se sintió refrescado por la comida.
He was refreshed from the meal.
Ahora podría reanudar su viaje a casa.
Now he could resume his journey home.
Entonces llamó al posadero.
So he called to the innkeeper.
"¿Podrías devolverme mi maceta, por favor?"
"Please could I get my pot back"

El posadero le devolvió su olla.
The innkeeper gave him back his pot.
"Aquí tiene, señor, su olla"
"There, sir, here is your pot"
"La olla está exactamente donde la pusiste"
"The pot is exactly where you had put it"
"Tu olla está tal como la dejaste"
"Your pot is just as you left it"
"Me aseguré de que nadie tocara tu olla"
"I made sure no one has touched your pot"
El brahmán no sospechó nada.
The Brahman didn't suspect a thing.
Él cogió la olla.
He picked up the pot.
Y continuó su viaje a casa.
And he proceeded on his journey home.

En su viaje tuvo que pensar.
On his journey he had to think.
Se felicitó por su buena suerte.
He congratulated his good fortune.
"¡Mi esposa quedará gratamente sorprendida!"
"My wife will be most pleasantly surprised!"
"¡Los niños devorarán el murukku!"
"The children will devour the murukku!"
"Pronto me haré rico"
"I shall soon become rich"
"Podré levantar la cabeza en alto"
"I will be able to lift my head up high"
Los dolores del viaje se habían reducido.
The pains of travelling had been reduced.
Ahora sus problemas eran mucho más agradables.
Now his problems were much more pleasant.
Sólo la anticipación hizo difícil el viaje.
Only anticipation made the journey difficult.
Por fin llegó de nuevo a su casa.
He finally reached his home again.

Llamó a su esposa y a sus hijos.
He called to his wife and children.
"Mira lo que he traído"
"Look at what I have brought"
"Esta olla es una fuente inagotable de riqueza".
"This pot is an unfailing source of wealth".
"Nunca más tendremos que luchar"
"We will never have to struggle again"
"Voy a poner la olla patas arriba"
"I will turn the pot upside down"
"Y entonces verás algo.
"And then you will see something.
"Algo que nunca has visto antes"
"Something you've never seen before"
"Fluirá un arroyo del más fino murukku"
"A stream of the finest murukku will flow"
Podéis imaginaros lo que estaba pensando su mujer.
You can imagine what his wife was thinking.
"Mi marido se ha vuelto loco", pensó.
"My husband has gone mad," she thought.
Pronto se confirmó en su opinión.
She was soon confirmed in her opinion.
Tal como lo prometieron, no cayó nada de la olla.
Nothing fell from the pot, as promised.
Volteó la olla una y otra vez.
He turned the pot upside down again and again.
El brahmán estaba abrumado por el dolor.
The Brahman was overwhelmed with grief.
Se dio cuenta de que lo habían engañado.
He realized that he had been tricked.
El posadero debió haber cambiado la olla.
The innkeeper must have swapped the pot.
Debe haber robado la olla de Durga.
He must have stolen Durga's pot.
Y debe haber reemplazado la olla por una normal.
And he must have replaced the pot with a normal one.
Regresó al posadero el día siguiente.

He went back to the innkeeper the next day.
Y le acusó de haber cambiado de olla.
And he accused him of having changed his pot.
Al principio el posadero actuó sorprendido.
At first the innkeeper acted surprised.
Luego fingió estar enojado por la acusación.
Then he pretended to be angry at the accusation.
Al final, lo echó de su tienda.
Finally, he chased him out of his shop.

No tenía forma de recuperar el bote.
He had no way of getting the pot back.
El brahmán sabía lo que tenía que hacer.
The Brahman knew what he had to do.
Fue a ver a la diosa Durga nuevamente.
He went to see the goddess Durga again.
Siva y Durga lo honraron con su presencia.
Siva and Durga honored him with their presence.
Durga le habló al pobre Brahman.
Durga spoke to the poor Brahman.
"Entonces, has perdido la olla que te di"
"So, you have lost the pot I gave you"
"Me compadezco de tu situación"
"I take pity on your situation"
"Aquí hay otra olla mágica"
"Here is another magical pot"
"Toma esta olla y úsala bien"
"Take this pot, and make good use of it"
El brahmán estaba eufórico de alegría.
The Brahman was elated with joy.
Se inclinó ante la divina pareja.
He made obeisance to the divine couple.
Y se llevó la olla consigo.
And he took the pot with him.
De nuevo tuvo que comprobar si la olla funcionaba.
Again he had to see if the pot worked.
Él puso la olla boca abajo.

He turned the pot upside down.
Y agitó la olla como antes.
And he shook the pot as before.
Y esperó a que cayera el murukku.
And he waited for the murukku to fall out.
Pero no, ¡horror de los horrores!
But no, horror of horrors!
Murukku no se cayó de la olla.
Murukku did not fall from the pot.
En lugar de murukku, saltaron demonios.
Instead of murukku, demons jumped out.
Comenzaron a golpear al asombrado Brahman.
They began to beat the astonished Brahman.
El brahmán recibió puñetazos y patadas.
The Brahman received punches and kicks.
Pero él mantuvo su presencia de ánimo.
But he kept his presence of mind.
Puso la olla en posición vertical.
He turned the pot the right way up.
Y volvió a tapar la olla.
And he covered the pot up again.
Afortunadamente su rapidez de pensamiento funcionó.
Fortunately his quick thinking worked.
Los demonios desaparecieron tan pronto como hizo esto.
The demons disappeared as soon as he did this.
El brahmán trató de comprender lo que esto significaba.
The Brahman tried to understand what this meant.
¡Debe ser para castigar al posadero!
It must be to punish the innkeeper!
Entonces fue otra vez a ver al posadero.
So he went to the innkeeper again.
Le dio la olla nueva.
He gave him the new pot.
Le rogó que cuidara la olla.
He begged of him to look after the pot.
Tal como lo había hecho antes.
Just like he had done before.

Fue a hacer sus abluciones y oraciones.
He went for his ablutions and prayers.
El posadero estaba encantado.
The innkeeper was delighted.
Había recibido un segundo regalo del cielo.
He had been given a second godsend.
Aceptó cuidar al máximo la olla.
He agreed to take the greatest care of the pot.
Él esperaba que el Brahman se fuera.
He waited for the Brahman to go.
Y llamó a su mujer y a sus hijos.
And he called his wife and children.
"Esta es otra olla del Brahman"
"This is another pot from the Brahman"
"Esta vez espero que no sea murukku"
"This time I hope it is not murukku"
"Espero que esta olla esté llena de sandesa"
"I hope this pot is full of sandesa"
"Venid, preparad las cestas"
"Come, be ready with the baskets"
"Voy a poner la olla patas arriba"
"I will turn the pot upside down"
"Y entonces agitaré la olla"
"And then I will shake the pot"
Y él hizo lo que dijo que haría.
And he did what he said he would do.
Pero la habitación no se llenó de comida.
But the room did not fill with food.
Esta vez la habitación se llenó de demonios.
This time the room filled with demons.
Los demonios se apoderaron del posadero.
The demons caught hold of the innkeeper.
Y los demonios también atraparon a su familia.
And the demons also caught his family.
Y los demonios los golpearon sin piedad.
And the demons beat them mercilessly.
Habrían destruido completamente la tienda.

They would have completely destroyed the shop.
Pero las víctimas corrieron hacia el brahmán.
But the victims ran to the Brahman.
El brahmán había regresado de sus abluciones.
The Brahman had returned from his ablutions.
El Brahman les mostró misericordia.
The Brahman showed mercy to them.
Y él aceptó su petición.
And he accepted their request.
Pero había una condición para su ayuda.
But there was one condition to his help.
"Solo ayudaré si recupero mi olla"
"I will only help if I get my pot back"
El posadero no tenía muchas opciones.
The innkeeper didn't have much choice.
Tuvo que aceptar las condiciones del Brahman.
He had to accept the Brahman's conditions.
El brahmán volvió a poner la olla en posición vertical.
The Brahman put the pot upright again.
Y puso la tapa sobre la olla.
And he put the lid on the pot.
Él le devolvió la olla al posadero.
He took his pot back from the innkeeper.
Y regresó a su pueblo.
And he returned back to his village.
Ahora el brahmán tenía dos ollas mágicas.
Now the Brahman had two magical pots.
El brahmán cerró la puerta de su casa.
The Brahman shut the door of his house.
Y volvió a llamar a su familia.
And he called his family again.
Puso la olla murukku boca abajo.
He turned the murukku-pot upside down.
Y agitó la olla murukku como antes.
And he shook the murukku-pot as before.
Esta vez la olla mágica funcionó.
This time the magic pot worked.

Un flujo interminable del mejor murukku.
An endless stream of the finest murukku.
La familia devoró el dulce.
The family devoured the sweetmeat.
Comieron hasta saciarse.
They ate to their hearts' content.
Todas las ollas y sartenes estaban llenas.
All the pots and pans were filled.

Al día siguiente el brahmán se convirtió en pastelero.
The next day the Brahman became confectioner.
Abrió una tienda en su casa.
He opened a shop in his house.
Y vendió el mejor murukku.
And he sold the best murukku.
Todo el pueblo vino a la casa del brahmán.
The whole village came to the Brahman's house.
Todos querían comprar el maravilloso murukku.
They all wanted to buy the wonderful murukku.
Nunca habían visto semejante murukku en su vida.
They had never seen such murukku in their life.
Fue el murukku más delicioso que jamás habían probado.
It was the most delicious murukku they ever had.
Nadie había preparado nunca un postre igual.
No one had ever made anything like this dessert.
La reputación del murukku del brahmán se extendió.
The reputation of the Brahman's murukku spread.
Pronto llegó gente de fuera de la ciudad.
Soon people from outside the city came.
Cada día se vendían carretadas de dulces.
Cartloads of the sweetmeat were sold every day.
El brahmán rápidamente se hizo muy rico.
The Brahman quickly became very rich.
Construyó una gran casa de ladrillo.
He built a large brick house.
Y vivió como un noble de la tierra.
And he lived like a nobleman of the land.

Sin embargo, una vez su suerte casi cambió.
Once, however, his luck almost changed.
Sus hijos habían cogido la olla equivocada.
His children had taken the wrong pot.
Salió una gran cantidad de demonios.
A large number of demons came out.
Y atraparon a la esposa del brahmán.
And they caught hold of the Brahman's wife.
Y también atraparon a sus hijos.
And they also caught his children.
Los golpeaban sin piedad.
They were striking them mercilessly.
Afortunadamente el brahmán regresó a la casa.
Fortunately the Brahman came back into the house.
Giró la olla de nuevo a su posición adecuada.
He turned the pot back to its proper position.
Quería evitar una catástrofe similar.
He wanted to prevent a similar catastrophe.
Entonces el brahmán mandó construir una habitación privada.
So the Brahman had a private room built.
Y puso la olla en un lugar secreto.
And he put the pot in a secret place.
Los mortales, sin embargo, no tienen la suerte de los dioses.
Mortals, however, do not have the luck of Gods.
La prosperidad ininterrumpida no es su fortuna.
Uninterrupted prosperity is not their fortune.
La olla del demonio había sido quitada del camino.
The demon-pot had been put out of the way.
Pero ¿por qué no podría ocurrir un accidente con la olla murukku?
But why might accident not befall the murukku pot?
Un día el brahmán y su esposa estaban ausentes.
One day the Brahman and his wife were absent.
Los niños decidieron sacudir la olla.
The children decided to shake the pot.
Cada uno de ellos quería hacer los honores.

Each of them wanted to do the honors.
Así que hubo una pelea para conseguir el bote.
So there was a fight to get the pot.
En la lucha la olla cayó al suelo.
In the struggle the pot fell to the ground.
Como cualquier otra olla de barro, se rompió.
Like any other earthen pot, it broke.
Finalmente Braham regresó nuevamente a casa.
Eventually the Braham came back home again.
Se puede imaginar lo mucho que le dolió la noticia.
You can imagine how the news grieved him.
Por supuesto que los niños fueron bien apaleados.
Of course the children were well cudgeled.
Pero la ira no pudo sustituir a la olla.
But anger could not replace the pot.
Después de algunos días volvió al bosque.
After some days he went to the forest again.
Ofreció muchas oraciones por el favor de Durga.
He offered many a prayer for Durga's favor.
Por fin Siva y Durga se le aparecieron.
At last Siva and Durga appeared to him.
Escucharon cómo se había roto la olla.
They listened to how the pot had been broken.
Durga decidió darle otra olla.
Durga decided to give him another pot.
Pero esta olla venía acompañada de una advertencia.
But this pot was accompanied with a caution.
"Brahman, cuida esta olla"
"Brahman, take care of this pot"
"No vuelvas a romper ni perder esta olla"
"Do not break or lose this pot again"
"La próxima vez no te daré otra olla"
"Next time I will not give you another pot"
El brahmán hizo una reverencia a los dioses.
The Brahman made obeisance to the Gods.
Y regresó directamente a su casa.
And he went straight back to his house.

Esta vez no se detuvo en casa del posadero .
This time he did not halt at the innkeepers'.
Cerró la puerta de su casa.
He shut the door of his house.
Llamó a su familia.
He called his family to him.
Y puso la olla boca abajo.
And he turned the pot upside down.
Y luego empezó a agitar la olla.
And then he began to shake the pot.
Sólo esperaban murukku.
They were only expecting murukku.
Pero esta vez no fue murukku.
But this time it was not murukku.
Se derramó un arroyo de hermosa sandesa.
A stream of beautiful sandesa poured out.
Fue la mejor sandesa que puedas imaginar.
It was the finest sandesa you can imagine.
Realmente era el alimento de los dioses.
It truly was the food of Gods.
El brahmán montó otra tienda.
The Brahman set up another shop.
Ahora estaba vendiendo sandesa.
Now he was selling sandesa.
La fama de su tienda pronto atrajo grandes multitudes.
The fame of his shop soon drew large crowds.
La gente vino de todo el país.
People came from all over the country.
En todas las fiestas y bodas.
At all festivals and marriage feasts.
Y en todas las celebraciones funerarias de la zona.
And at all funeral celebrations in the area.
Nadie compró otra sandesa.
No one bought any other sandesa.
Durante todo el día la olla produjo sandesa.
All day long the pot produced sandesa.
Se llenaron frascos gigantescos de dulces.

Gigantic jars were filled with sweet.
Y los frascos fueron enviados a todo el país.
And the jars were sent all over the country.

La riqueza del brahmán puso celoso al Zemindar.
The Brahman's wealth made the Zemindar jealous.
En aquellos días todos los pueblos tenían un Zemindar.
In these days all villages had a Zemindar.
Había oído cosas extrañas sobre los sandesa.
He had heard strange things about the sandesa.
Escuchó que el postre venía de una olla mágica.
He heard the dessert came from a magic pot.
Entonces ideó un plan para conseguir esa olla.
So he devised a plan to get this pot.
Su hijo iba a casarse.
His son was going to get married.
Para celebrarlo hubo una gran fiesta.
To celebrate there was a great feast.
Se invitó a cientos de personas.
Many hundreds of people were invited.
Se necesitaron montañas de sandesa.
Mountain-loads of sandesa were required.
El Zemindar le hizo una propuesta al Brahman.
The Zemindar made a proposal to the Brahman.
"Trae la olla mágica a mi casa"
"Bring the magical pot to my house"
Al principio el brahmán se negó a traer la olla.
At first the Brahman refused to bring the pot.
Pero el Zemindar insistió.
But the Zemindar insisted.
"Tendré cientos de invitados"
"I will have hundreds of guests"
Necesitaré montañas de sandesa.
"I will need mountains of sandesa"
"Más sandesa de la que puedes cargar"
"More sandesa than you can carry"
"Traed la vasija a mi casa"

"Bring the vessel to my house"
"Será más fácil para ti y para mí"
"It will be easier for you and me"
Finalmente el brahmán aceptó.
Eventually the Brahman agreed.
Los Himalayas de Sandesa fueron sacudidos.
Himalayas of sandesa were shaken out.
Pero Zemindar se apoderó del bote.
But the Zemindar got hold of the pot.
El Zemindar insultó al Brahman.
The Zemindar insulted the Brahman.
Y lo echó de su casa.
And he chased him out of his house.
El Brahman no dio rienda suelta a su ira.
The Brahman didn't give vent to anger.
En lugar de eso, regresó silenciosamente a su casa.
Instead, he quietly went back to his house.
Fue a la habitación privada.
He went to the private room.
Y sacó la olla del demonio.
And he took out the demon-pot.
Regresó a la casa de Zemindar.
He came back to the Zemindar's house.
Y se dirigió a la puerta del Zemindar.
And he went to the door of the Zemindar.
Él puso la olla boca abajo.
He turned the pot upside down.
Y luego agitó la olla mágica.
And then shook the magical pot.
Cien demonios cayeron de la olla.
A hundred demons fell out of the pot.
El caos era imposible de describir.
The chaos was impossible to describe.
Los visitantes sobrenaturales inundaron la fiesta.
The unearthly visitors flooded the party.
Capturaron a cientos de invitados.
They caught hundreds of the guests.

Y los demonios los golpearon sin piedad.
And the demons beat them mercilessly.
Las mujeres fueron arrastradas por el cabello.
The women were dragged by their hair.
El Zemindar fue perseguido de una habitación a otra.
The Zemindar was chased from room to room.
Las travesuras de los demonios se estaban saliendo de control.
The demons' mischief was getting out of hand.
Alguien tenía que poner fin a sus travesuras.
Someone had to put an end to their mischief.
De lo contrario todos los hombres habrían muerto.
Else all the men would have been killed.
Y la casa habría sido derribada.
And the house would have been torn to the ground.
El Zemindar cayó a los pies del Brahman.
The Zemindar fell at the feet of the Brahman.
Y pidió que se le mostrase misericordia.
And he begged to be shown mercy.
El brahmán le mostró gran misericordia.
The Brahman showed him great mercy.
Y volvió a meter los demonios en la olla.
And he put the demons back in the pot.
El Zemindar nunca volvió a molestar al Brahman.
The Zemindar never disturbed the Brahman again.
Tampoco nadie más lo perturbó.
Nor was he disturbed by anyone else.
Y vivió muchos años felices.
And he lived for many happy years.

La historia de los Rakshasas
The Story of the Rakshasas

Había una vez un pobre brahmán tonto.
There was once a poor dimwitted Brahman.
Este hombre tonto tenía esposa, pero no hijos.
This dimwitted man had a wife, but no children.
Pero probablemente lo mejor fue que no tuviera hijos.
But him not having children was probably for the best.
Porque apenas era capaz de satisfacer sus propias necesidades.
Because he was barely able to meet his own needs.
Y apenas podía darle lo suficiente a su esposa.
And he could hardly supply enough for his wife.
Pero su estupidez ni siquiera era su mayor problema.
But his dimwittedness was not even his biggest problem.
¡Este hombre tonto también era un hombre bastante perezoso!
This dimwitted man was also a rather lazy man!
Era reacio a realizar viajes largos.
He was averse to making any long journeys.
Si hubiera viajado más lejos, tal vez habría tenido suficiente.
Had he travelled further he might have had enough.
Podría haber recibido regalos de hombres ricos.
He could have got presents from rich men.
Esto les habría permitido vivir cómodamente.
This would have enabled them to live comfortably.
Había un gran rey en un país vecino.
There was a great king in a neighbouring country.
La madre del gran rey acababa de morir.
The mother of the great king had just died.
Así que este rey estaba celebrando las exequias fúnebres.
So this king was celebrating the funeral obsequies.
Y el funeral se celebró con gran pompa.
And the funeral was celebrated with great pomp.
Los brahmanes y los mendigos venían de tierras lejanas.
Brahmans and beggars were coming from faraway lands.

Todos vinieron esperando recibir ricos regalos.
They all came expecting to receive rich presents.
La esposa del brahmán le pidió que también fuera.
The Brahman's wife requested him to also go.
"Aprovecha esta oportunidad y consíguenos un poco de dinero"
"Seize this opportunity and get us a little money"
Pero su indolencia constitucional fue un obstáculo.
But his constitutional indolence stood in the way.
La mujer, sin embargo, no le dio descanso a su marido.
The woman, however, gave her husband no rest.
Al final ella le arrancó la promesa.
Finally she extorted from him the promise.
Le prometió a su esposa que iría.
He promised his wife that he would go.
La buena mujer, pues, cortó un árbol de plátano.
The good woman, accordingly, cut down a plantain tree.
Y quemó el plátano hasta convertirlo en cenizas.
And she burnt the plantain tree to ashes.
Con las cenizas limpiaba la ropa de su marido.
With the ashes she cleaned the clothes of her husband.
Y ella hizo que su ropa fuera tan blanca como cualquier limpiador podía hacerlo.
And she made his clothes as white as any cleaner could.
Su marido iba al palacio de un gran rey.
Her husband was going to the palace of a great king.
Al rey no podían acercarse hombres harapientos.
The king could not be approached by men in rags.
Además, los Brahmanes deben parecer ordenados y limpios.
Besides, Brahman are bound to appear neat and clean.
Por fin, una mañana, el brahmán abandonó su casa.
At last, one morning the Brahman left his house.
Y se dirigió al palacio del gran rey.
And he made his way to the palace of the great king.
Ya he mencionado que era un hombre tonto.
I have already mentioned he was a dimwitted man.
No preguntó qué camino debía tomar.

He did not inquire which road he should take.
En lugar de eso, siguió caminando sin instrucciones.
Instead, he walked on and on without directions.
Y él seguía a donde su nariz le señalaba.
And he followed wherever his nose pointed him.
No hace falta decir que no estaba en el camino correcto.
I don't need to say he was not on the right road.
Las regiones por las que vagó estaban cada vez menos habitadas.
The regions he wandered became less and less inhabited.
Pronto no encontró ningún ser humano en muchos kilómetros a la redonda.
Soon he met no human being for many miles.
Pero había muchas otras cosas que vio allí.
But there were many other things he saw there.
Cosas que nunca había visto en toda su vida.
Things he had never seen in all his life.
Vio montículos de cauris al costado del camino.
He saw hillocks of cowries on the roadside.
Los cauris eran conchas utilizadas como dinero en aquellos tiempos.
Cowries were shells used as money in those times.
Continuó caminando y vio montículos de joyas.
He kept going and saw hillocks of jewels.
Luego vio montículos de piezas de cuatro annas.
Next, he saw hillocks of four-anna pieces.
Más adelante había montículos de piezas de ocho annas.
Further along were hillocks of eight-anna pieces.
Y aún más lejos había montículos de rupias.
And further yet were hillocks of rupees.
Pero la sorpresa del brahmán no terminó ahí.
But the Brahman's surprise did not end there.
Luego había una colina de mohurs de oro bruñido.
Next there was a hill of burnished gold-mohurs.
Los mohurs de oro bruñido brillaban intensamente.
The burnished gold-mohurs were shining brightly.

Porque los mohurs de oro habían sido recientemente acuñados.

Because the gold-mohurs had been freshly minted.

Cerca de la colina de los mohures de oro había una casa grande.

Close to the hill of gold-mohurs was a large house.

La casa parecía el palacio de un rey poderoso.

The house looked like the palace of a powerful king.

En la puerta estaba una dama de exquisita belleza.

At the door stood a lady of exquisite beauty.

La dama, al ver al Brahman, dijo:

The lady, seeing the Brahman, said;

"Ven a mí, mi amado esposo"

"Come to me, my beloved husband"

"Te casaste conmigo cuando era joven"

"You married me when I was young"

"Pero nunca regresaste después de nuestro matrimonio"

"But you never came back after our marriage"

"Aunque te he estado esperando todos los días"

"Though I have been daily expecting you"

"Bendito sea este día", dijo la señora.

"Blessed be this day," said the lady.

"En este día veo el rostro de mi marido"

"On this day I see the face of my husband"

—Ven, mi dulce, entra —le pidió.

"Come, my sweet, come in," she asked of him.

"Debes estar fatigado por tu largo viaje"

"You must be fatigued from your long journey"

"Lávate los pies y descansa, come y bebe"

"Wash your feet and rest, and eat and drink"

"Y después de eso nos divertiremos"

"And after that we shall make ourselves merry"

El brahmán quedó asombrado más allá de toda medida.

The Brahman was astonished beyond measure.

No recordaba haberse casado dos veces.

He had no recollection marrying twice.

Recordó haberse casado con la esposa que dejó en casa.

He remembered marrying the wife he left at home.
Pero él no recordaba haberse casado con esa dama.
But he did not remember marrying this lady.
Pero recordó que era un Brahman Kulin.
But he remembered that he was a Kulin Brahman.
Quizás su padre lo casó cuando era niño.
Perhaps his father got him married as a child.
Pero lo que él pensaba no importaba mucho.
But what he thought did not matter much.
La mujer estaba segura de que él era su marido.
The woman was certain he was her husband.
Y no tenía por qué decir que no era su marido.
And he had no reason to say he was not her husband.
Porque su belleza era más de lo que él podía imaginar.
Because her beauty was more than he could fathom.
Tan hermosa como las diosas del cielo de Indra.
As beautiful as the Goddesses of Indra's heaven.
Y estaba seguro de que ella también era rica.
And he was sure that she was wealthy too.
Estos pensamientos pasaron por la mente del Brahman.
These thoughts went through the Brahman's mind.
Pero la dama interrumpió su flujo de pensamientos.
But the lady interrupted his flow of thought.
"¿Dudas si soy tu esposa?"
"Are you doubting whether I am your wife?"
**"¿Has perdido todos los recuerdos de ese feliz
acontecimiento?**
"Have you lost all memories of that happy event?
"Toda la pompa y solemnidad de nuestras nupcias"
"All the pomp and circumstance of our nuptials"
"Entra, amado; ésta es tu casa"
"Come in, beloved; this is your house"
"Porque todo lo que es mío también es tuyo"
"Because whatever is mine is thine also"
La bella dama persuadió fácilmente al brahmán.
The fair lady easily persuaded the Brahman.
Y él sucumbió a sus amorosas súplicas.

And he succumbed to her loving entreaties.
Y entró en casa de la señora.
And he went into the house of the lady.
La casa no era una casa común y corriente.
The house was not an ordinary one.
La casa era de hecho un magnífico palacio.
The house was in fact a magnificent palace.
Todos los apartamentos eran grandes y elevados.
All the apartments were large and lofty.
Cada habitación del palacio estaba ricamente amueblada.
Every room in the palace was richly furnished.
Pero una cosa sorprendió mucho al brahmán.
But one thing surprised the Brahman very much.
No había ninguna otra persona en toda la casa.
There was no other person in all the house.
La única que estaba allí era la propia dama.
The only one there was the lady herself.
No podía explicar el extraño fenómeno.
He could not account for the strange phenomenon.
También se encuentran con alguien en sus paseos.
They meet anyone on their walks either.
El hecho era que la dama no era un ser humano.
The fact was that the lady was not a human being.
Lo que la dama realmente era era una Rakshasi.
What the lady really was was a Rakshasi.
Ella se había devorado al rey y a la reina.
She had eaten up the king and queen.
Y se había comido a todos los miembros de la familia real.
And she had eaten all the members of the royal family.
Y poco a poco se fue comiendo también a sus sirvientes.
And gradually she had eaten their servants too.
Por eso no había humanos por todos lados.
This was why there were no humans far and wide.
El Rakshasi y el Brahman ahora vivían juntos.
The Rakshasi and the Brahman now lived together.
Después de una semana el primero le dijo al segundo:
After a week the former said to the latter;

"Tengo muchas ganas de ver a mi hermana"
"I am very anxious to see my sister"
"Como sabes, mi hermana es tu otra esposa "
"As you know, my sister is your other wife"
"Debes ir a buscar a mi hermana; a tu otra esposa"
"You must go and fetch my sister; your other wife"
"Entonces todos viviremos juntos y felices"
"Then we shall all live together happily"
"Debes ir a buscarla mañana temprano"
"You must go to get her early tomorrow"
"Te daré ropa y joyas para ella"
"I will give you clothes and jewels for her"
A la mañana siguiente, el brahmán partió hacia su casa.
Next morning the Brahman set out for his home.
Estaba provisto de ropas finas.
He was furnished with fine clothes.
Y llevaba alrededor de sus muñecas adornos costosos.
And he wore around his wrists costly ornaments.

La pobre mujer estaba muy angustiada.
The poor woman was in great distress.
La ceremonia fúnebre de la madre del rey había terminado.
The funeral ceremony of the king's mother was over.
Todos los brahmanes y pandits habían regresado.
All the Brahmans and Pandits had returned.
Y estaban cargados de donaciones.
And they were loaded with donations.
Pero su marido no había regresado.
But her husband had not returned.
Nadie pudo dar noticias de él.
No one could give any news of him.
Porque nadie lo había visto allí.
Because no one had seen him there.
La mujer entonces sólo pudo llegar a una conclusión.
The woman therefore could only come to one conclusion.
Debió haber sido asesinado en la carretera por bandidos.
He must have been murdered on the road by highwaymen.

Ella estaba en un terrible suspenso.
She was in this terrible suspense.
Pero un día escuchó algunos rumores.
But then one day she heard some rumors.
La gente de su pueblo hablaba de su marido.
People in her village were talking about her husband.
Dijeron que lo vieron regresar.
They said they saw him coming back.
Y decían que vestía ropas finas.
And they said he was dressed in fine clothes.
Y dijeron que tenía hermosas joyas para su esposa.
And they said he had fine jewels for his wife.
Y efectivamente el Brahman pronto apareció.
And sure enough the Brahman soon appeared.
Y llevaba joyas finas para su esposa.
And he was carrying fine jewels for his wife.
Al ver a su esposa, el brahmán la abordó de esta manera:
On seeing his wife the Brahman thus accosted her;
"Ven conmigo, mi querida esposa"
"Come with me, my dearest wife"
"He encontrado a mi primera esposa"
"I have found my first wife"
"Vive en un palacio señorial"
"She lives in a stately palace"
"Cerca de su palacio hay montículos de rupias"
"Near her palace are hillocks of rupees"
"Y hay una gran colina de mohurs de oro"
"And there is a large hill of gold-mohurs"
"¿Por qué debes consumirte en la miseria?"
"Why should you pine away in wretchedness?"
"¿Por qué te quedarías en este horrible lugar?"
"Why would you stay in this horrible place?"
"Ven conmigo a la casa de mi primera esposa"
"Come with me to the house of my first wife"
"Allí viviremos todos juntos y felices"
"There we shall all live together happily"

Al principio, ella pensó que su hombre tonto se había vuelto loco.
At first, she thought her half-witted man had gone mad.
Ella no podía imaginarse los montones de rupias.
She could not imagine the hillocks of rupees.
Y ella no podía imaginar una colina de mohurs de oro.
And she could not imagine a hill of gold-mohurs.
Pero entonces vio lo bellamente vestido que estaba.
But then she saw how he was beautifully dressed.
Hermosas prendas de exquisitas sedas y satenes.
Beautiful clothes of exquisite silks and satins.
Adornos engastados con diamantes y piedras preciosas.
Ornaments set with diamonds and precious stones.
Ropa digna de la reina de la tierra.
Clothes fit for the queen of the land.
Ropa que sólo las princesas tenían la costumbre de usar.
Clothes only princesses were in the habit of putting on.
Ella concluyó en su mente que algo andaba mal:
She concluded in her mind that something was amiss:
Su estúpido marido debió haber sido engañado.
Her stupid husband must have been tricked.
Debió haber caído en las redes de un Rakshasi.
He must have fallen into the meshes of a Rakshasi.
El brahmán, sin embargo, insistió en que su esposa fuera con él.
The Brahman, however, insisted his wife went with him.
"Siéntete libre de quedarte aquí y consumirte en la pobreza"
"Feel free to stay here and pine away in poverty"
"En cuanto a mí, regresaré al palacio de mi primera esposa"
"As for me, I will return to the palace of my first wife"
La buena mujer hizo todo lo posible para detener a su marido.
The good woman did her best to stop her husband.
Pero al final decidió ir con él.
But in the end she resolved to go with him.
Quizás podría juzgar mejor el asunto en palacio.
Perhaps she could judge the matter better at the palace.

Partieron a la mañana siguiente.

They set out accordingly the next morning.

Siguieron el mismo camino que había recorrido el Brahman.

They went the same road the Brahman had travelled.

La mujer no quedó poco sorprendida por lo que vio.

The woman was not a little surprised by what she saw.

Ella vio los montículos de cauris y de joyas.

She saw the hillocks of cowries and of jewels.

Y vio montículos de piezas de ocho annas.

And she saw hillocks of eight-anna pieces.

Y también vio los montículos de rupias.

And she saw the hillocks of rupees too.

Y por último vio una elevada colina de mohures de oro.

And last of all she saw a lofty hill of gold-mohurs.

Ella también vio a una dama sumamente hermosa.

She saw also an exceedingly beautiful lady.

La dama del palacio se apresuraba hacia ella.

The lady of the palace was hastening towards her.

La dama cayó sobre el cuello de la mujer Brahman.

The lady fell on the neck of the Brahman woman.

Y ella lloró lágrimas de alegría, y dijo:

And she wept tears of joy, and said:

"¡Bienvenida, querida hermana!"

"Welcome, beloved sister!"

"¡Este es el día más feliz de mi vida!"

"This is the happiest day of my life!"

"¡Veo de nuevo el rostro de mi querida hermana!"

"I see the face of my dearest sister again!"

El marido y sus dos esposas entraron en el palacio.

The husband and his two wives entered the palace.

Ahora estaba alojado en una mansión señorial.

Now he was lodged in a stately mansion.

La comida más deliciosa apareció como por encanto.

The most delectable food appeared, as if by enchantment.

Sus dos esposas lo acariciaban y lo consentían.

He was caressed and endeared by his two wives.

Ambas esposas hicieron todo lo posible para hacerlo feliz.
Both wives did their best to make him happy.
Ambas esposas hicieron todo lo posible para que él se sintiera cómodo.
Both wives did their best to make him comfortable.
Sus dos esposas competían por su amor.
His two wives were competing for his love.
El brahmán se lo pasó genial.
The Brahman had a jolly time of it.
Estaba inmerso en un océano de disfrute.
He was steeped in an ocean of enjoyment.
El brahmán vivía en este estado de placer elíseo.
The Brahman lived in this state of Elysian pleasure.
Pasó así unos quince o dieciséis años.
Some fifteen or sixteen years he spent this way.
Durante este tiempo sus dos esposas le regalaron dos hijos.
During this time his two wives presented him with two sons.
El hijo del Rakshasi era el mayor.
The Rakshasi's son was the elder.
Parecía más un dios que un ser humano.
He looked more like a god than a human being.
Su nombre era Sahasra-Dal.
He was named Sahasra-Dal.
Su nombre significaba "el de mil brazos".
His name meant the thousand-branched.
El hijo de la mujer brahmán era un año más joven.
The son of the Brahman woman was a year younger.
Se le llamó Champa-Dal
He was named Champa-Dal
Su nombre significaba la rama de un árbol champaka.
His name meant the branch of a champaka tree.
Los dos hermanos se amaban entrañablemente.
The two brothers loved each other dearly.
Ambos fueron enviados a la misma escuela.
They were both sent to the same school.
La escuela estaba a varias millas de distancia del palacio.
The school was several miles distant from the palace.

Todos los días iban a la escuela en sus dos pequeños ponis.
Every day they rode their two little ponies to school.
La mujer Brahman siempre había sido desconfiada.
The Brahman woman had always been suspicious.
Mil pequeñas circunstancias le dieron pistas.
A thousand little circumstances gave her clues.
Ella sabía que su cuñada no era un ser humano.
She knew her sister-in-law was not a human being.
Estaba segura de que su cuñada era una Rakshasi.
She was sure her sister-in-law was a Rakshasi.
Pero su sospecha aún no había madurado y se había convertido en certeza.
But her suspicion had not yet ripened into certainty.
Porque el Rakshasi ejerció un gran autocontrol.
Because the Rakshasi exercised great self-restraint.
Ella nunca hizo nada que los seres humanos no hicieran.
She never did anything which human beings did not do.
Pero no podía ocultar su naturaleza demoníaca para siempre.
But she couldn't hide her demonic nature forever.
Su naturaleza demoníaca eventualmente se revelaría.
Her demonic nature was eventually going to reveal itself.

El brahmán tenía poco que lo mantuviera ocupado.
The Brahman had little to keep him busy.
Para pasar el tiempo salió a cazar.
In order to pass his time he went hunting.
El primer día regresó con un antílope.
The first day he returned with an antelope.
El antílope fue depositado en el patio del palacio.
The antelope was laid in the courtyard of the palace.
El Rakshasi vio el antílope con gran interés.
The Rakshasi saw the antelope with great interest.
Al ver la carne cruda se le empezó a hacer agua la boca.
At the sight of the raw meat her mouth began to water.
El antílope nunca fue llevado a la cocina.
The antelope was never taken to the kitchen.

En lugar de eso, el Rakshasi llevó el antílope a otra habitación.

Instead, the Rakshasi took the antelope to another room.

En esta habitación comenzó a devorar el antílope.

In this room she began devouring the antelope.

La mujer Brahman vio todo desde una habitación secreta.

The Brahman woman saw everything from a secret room.

Su hermana Rakshasi le arrancó una pata al antílope.

Her Rakshasi sister tore a leg off the antelope.

Vio como abría su tremenda mandíbula.

She saw how she opened her tremendous jaw.

Y de un bocado se tragó la pierna.

And in one mouthful she swallowed up the leg.

Los demás miembros fueron devorados de la misma manera.

The other limbs were devoured in the same manner.

Y abriendo aún más la mandíbula, se tragó el cuerpo.

And opening her jaw even further, she swalled the body.

Sólo una pequeña parte de la carne se guardaba para la cocina.

Only a little bit of the meat was kept for the kitchen.

El segundo día, el brahmán capturó otro antílope.

On the second day the Brahman caught another antelope.

Al tercer día, el brahmán capturó otro antílope.

On the third day the Brahman caught another antelope.

La Rakshasi no pudo contener su apetito.

The Rakshasi was unable to restrain her appetite.

La carne cruda sacó a relucir su naturaleza demoníaca.

The raw flesh brought out her demonic nature.

Y devoró cada antílope como si fuera el anterior.

And she devoured each antelope like the last.

Al tercer día la mujer brahmana expresó su sorpresa.

On the third day the Brahman woman expressed her surprise.

Casi tres antílopes enteros han desaparecido

"Nearly three whole antelopes have disappeared"

"Solo queda un poco de carne"

"All that is left is a little bit of meat"

El Rakshasi no apreció la acusación.

The Rakshasi did not appreciate the accusation.

"¿Como carne cruda?" preguntó con fiereza.

"Do I eat raw flesh?" she asked fiercely.

"Tal vez sí comas carne cruda", respondió la mujer brahmán.

"Perhaps you do eat raw flesh," replied the Brahman woman.

"No tengo nada que demuestre lo contrario"

"I have nothing to prove the contrary"

La Rakshasi sabía que la habían descubierto.

The Rakshasi knew she had been discovered.

Sus ojos se volvieron aún más feroces que antes.

Her eyes became even fiercer than before.

Y ella juró vengarse.

And she vowed to get her revenge.

La mujer Brahman concluyó que su destino estaba sellado.

The Brahman woman concluded her fate was sealed.

Ella pensó que su marido correría la misma suerte.

She thought her husband would meet the same fate.

Ella tampoco esperaba que su hijo se salvara.

She did not expect her son to be spared either.

Esa noche apenas durmió en absoluto.

That night she hardly slept at all.

El Rakshasi le había impedido ver a su marido.

The Rakshasi had prevented her from seeing her husband.

Temprano a la mañana siguiente, Champa-Dal fue a la escuela.

Early next morning Champa-Dal went to school.

Antes de ir a la escuela ella le regaló a su hijo una botella de oro.

Before he went to school she gave her son a golden bottle.

En la botella de oro estaba su propia leche materna.

In the golden bottle was her own breast milk.

"Observa atentamente el color de la leche"

"Carefully watch the colour of the milk"

"Si la leche se pone roja, tu padre ha sido asesinado"

"If the milk turns red, your father has been killed"

"Si la leche se vuelve más roja, entonces me han matado"

"If the milk turns redder, then I have been killed"

"Si la leche se pone roja, debes galopar lejos"
"If the milk turns red you must gallop away"
"Galopea tan rápido como tu caballo te pueda llevar"
"Gallop as fast as your horse can carry you"
"Si no huyes, serás devorado"
"If you do not run away, you will be devoured"
Esa mañana, el Rakshasi le hizo una sugerencia a su marido.
That morning the Rakshasi made a suggestion to her husband.
"Bañemonos en el río esta mañana"
"Let us bathe in the river this morning"
Ella no aceptaría un no por respuesta.
She would not take no for an answer.
El río estaba a cierta distancia del palacio.
The river was some distance from the palace.
El brahmán la siguió dócilmente como un cordero.
The Brahman followed her as meekly as a lamb.
La mujer brahmán vio que su destino estaba cerca.
The Brahman woman saw that her doom was near.
Pero evitar la catástrofe estaba fuera de su alcance.
But it was beyond her power to avert the catastrophe.
El Brahman y el Rakshasi efectivamente llegaron al río.
The Brahman and the Rakshasi did indeed reach the river.
Poco después, Rakshasi cambió a sus dimensiones reales.
Soon after the Rakshasi changed into her real dimensions.
Ella desgarró al Brahman miembro por miembro.
She tore the Brahman limb from limb.
Ella lo devoró como había devorado al antílope.
She devoured him like she had devoured the antelope.
Luego corrió de regreso a su palacio.
Then she ran back to her palace.
El destino de la esposa fue el mismo que el del brahmán.
The wive's fate was the same as the Brahman's.

El joven Champ Dal había hecho lo que le había ordenado
su madre.
Young Champ Dal had done as his mother instructed.
Estaba observando diligentemente la botella dorada.

He was diligently observing the golden bottle.

Prestó especial atención al color de la leche.

He paid special attention to the colour of the milk.

Se quedó horrorizado al ver que la leche se había enrojecido un poco.

He was horror-struck to find the milk redden a little.

«Han asesinado a mi padre», gritó.

"My father has been killed," he cried.

Poco después la leche se volvió completamente roja.

Soon after the milk completely reddened.

«Ahora también han asesinado a mi madre», gritó.

"Now my mother has been killed too," he cried.

Rápidamente se apresuró a montar su pony.

Quickly he rushed to mount his pony.

Su medio hermano, Sahasra-Dal, se sorprendió.

His half-brother, Sahasra-Dal, was surprised.

¿A dónde vas, Champa?

"Where are you going, Champa?"

"¿Por qué lloras, hermano?"

"Why are you crying, brother?"

"Déjame acompañarte a donde quiera que vayas"

"Let me accompany you to wherever you are going"

Pero Champa-Dal ahora temía a su hermano.

But Champa-Dal now feared his brother.

—¡Oh! ¡No vengas a mí! —objetó.

"Oh! do not come to me," he objected.

"Tu madre ha devorado a mi padre y a mi madre"

"Your mother has devoured my father and mother"

"No vengas a devorarme"

"Don't you come and devour me"

"No te devoraré", le prometió a su hermano.

"I will not devour you," he promised his brother.

"Te salvaré", le prometió a su hermano.

"I'll save you," he promised his brother.

Y galopó tras su hermano, Champa-Dal.

And he galloped after his brother, Champa-Dal.

Pronto su madre, la Rakshasi, apareció a la distancia.

Soon his mother, the Rakshasi, appeared at a distance.
Ella exigió que Champa-Dal viniera a verla.
She demanded Champa-Dal to come to her.
Pero Champa-Dal sabía que no debía acudir al Rakshasi.
But Champa-Dal knew better than to go to the Rakshasi.
"Champa-Dal no vendrá a ti, pero yo sí"
"Champa-Dal will not come to you, but I will"
Y en lugar de eso, Sahasra-Dal fue con su madre.
And instead, Sahasra-Dal went to his mother.
El joven príncipe siempre llevaba consigo una espada.
The young prince always carried a sword with him.
Con su espada cortó la cabeza de su madre.
With his sword he cut off his mother's head.
Champa-Dal no se había quedado para presenciar esto.
Champa-Dal had not stayed to witness this.
Había galopado tan lejos como su poni lo pudo llevar.
He had galloped off as far as his pony could carry him.
Porque estaba corriendo por su vida.
Because he was running for his life.
Pero Sahasra-Dal pronto alcanzó a su hermano.
But Sahasra-Dal soon caught up with his brother.
Y le dijo que su madre ya no estaba.
And he told him that his mother was no more.
Esto fue un pequeño consuelo para Champa-Dal.
This was small consolation to Champa-Dal.
El Rakshasi ya había devorado a sus dos padres.
The Rakshasi had already devoured both his parents.
Pero todavía no podía confiar en la amistad de Sahasra-Dal.
But he could still not trust Sahasra-Dal's friendship.
Ambos cabalgaron tan rápido como sus caballos podían llevarlos.
They both rode as fast as their horses could carry them.
Y sus caballos podían llevarlos muy lejos.
And their horses could carry them very far.
Porque sus caballos eran caballos Pakshirajes.
Because their horses were Pakshirajes horses.
Los caballos Pakshirajes son los reyes de las aves.

Pakshirajes horses are the kings of birds.
En sus caballos recorrieron cientos de millas.
On their horses they travelled over hundreds of miles.
Una o dos horas antes del atardecer llegaron a un pueblo.
An hour or two before sundown they reached a village.
Allí se convirtieron en huéspedes de una familia respetable.
Here they became the guests of a respectable family.
Pero los dos hermanos vieron que la familia estaba triste.
But the two brothers saw the family was in gloom.
Algo agitaba mucho a la familia.
Something was agitating the family very much.
Algunos miembros de la familia mantuvieron consultas privadas.
Some of the family held private consultations.
Y otros en la familia estaban llorando.
And others in the family were weeping.
La madre era la señora mayor de la casa.
The mother was the eldest lady in the house.
"Iré, porque soy la mayor", dijo.
"I will go, as I am the eldest," she said.
"He vivido lo suficiente"
"I have lived long enough"
"Como mucho, mi vida se acortaría en uno o dos años"
"At most my life would be cut short by a year or two"
El miembro más joven de la casa era una niña.
The youngest member of the house was a little girl.
"Iré porque soy joven", dijo.
"I will go, as I am young," she said.
"Soy inútil para la familia"
"I am useless to the family"
"Si muero, nadie me extrañará"
"If I die, I shall not be missed"
El jefe de la casa era el hijo de la anciana.
The head of the house was the son of the old lady.
"Soy el representante de la familia", dijo.
"I am the representative of the family," he said.
"Es razonable que entregue mi vida"

"It is but reasonable that I should give up my life"
También tenía un hermano menor.
He also had a younger brother.
"Eres el pilar de la familia", dijo.
"You are the pillar of the family," he said.
"Si te vas, toda la familia se arruina"
"If you go the whole family is ruined"
"No es razonable que te vayas"
"It is not reasonable that you should go"
"Me iré, ya que no me extrañarán mucho"
"I will go, as I shall not be much missed"
Los dos desconocidos escucharon toda esta conversación.
The two strangers listened to all this conversation.
Podéis imaginar que su curiosidad no era pequeña.
You can imagine their curiosity was not little.
Se preguntaban de qué podría tratarse la discusión.
They wondered what the discussion could be about.
**Sahasra-Dal corrió el riesgo de que lo consideraran
entrometido.**
Sahasra-Dal took the risk of being thought meddlesome.
"¿Cuál es el tema de sus consultas?"
"What is the subject of your consultations?"
"¿Cuál es la razón de tu profunda miseria?"
"What is the reason for your deep miserable?"
"¿Por qué tus palabras están llenas de semblantes?"
"Why are your words full of countenances?"
El jefe de la casa dio la siguiente respuesta:
The head of the house gave the following answer.
"Hay algo que debéis saber, mis dignos invitados"
"There is something you must know, me worthy guests"
"Estas tierras están infestadas por un terrible Rakshasi"
"These lands are infested by a terrible Rakshasi"
"Este Rakshasi ha despoblado todas las regiones de aquí"
"This Rakshasi has depopulated all the regions here"
"Esta ciudad también habría quedado despoblada"
"This town, too, would have been depopulated"
"Pero nuestro rey se volvió suplicante ante el Rakshasi"

"But that our king became suppliant to the Rakshasi"
"Le rogó que tuviera misericordia de nosotros, su pueblo"
"He begged her to show mercy to us his people"
El Rakshasi le respondió al rey.
The Rakshasi replied to the king.
"Consentiré en mostrar misericordia a tus súbditos"
"I will consent to show mercy to your subjects"
"Pero hay una condición para mi misericordia"
"But there is one condition for my mercy"
"Cada noche exijo un ser humano"
"Every night I demand one human being"
"No me importa si es macho o hembra"
"I don't mind if it is a male or a female"
"Pon al ser humano en un templo para que yo pueda festejar"
"Put the human being in a temple for me to feast"
noche me acompaña un ser humano descansaré satisfecho"
"If I get a human being every night I will rest satisfied"
"Prométeme esto y no cometeré más depredaciones"
"Promise me this and I will commit no further depredations"
"Tus súbditos se salvarán de mi hambre voraz"
"Your subjects will be spared from my ravenous hunger"
"Nuestro rey no tuvo otra alternativa que aceptar"
"Our king had no other alternative than to agree"
"¿Qué ser humano podría alguna vez esperar competir contra un Rakshasi?"
"What human can ever hope to contend against a Rakshasi?"
"A partir de ese día el rey hizo una nueva ley"
"From that day the king made a new law"
"Cada familia debe enviar a un miembro al templo"
"Every family has to send one member to the temple"
"Para apaciguar la ira del terrible Rakshasi"
"To appease the wrath of the terrible Rakshasi"
"Para satisfacer el hambre insaciable del Rakshasi"
"To satisfy the endless hunger of the Rakshasi"
"Todas las familias de este barrio han tenido su turno"
"All the families in this neighbourhood have had their turn"

"Esta noche es el turno de nuestra familia"
"This night it is the turn of our family"
"Uno de nosotros debe dedicarse a la destrucción"
"One of us is to devote ourself to destruction"
"Por lo tanto, estamos discutiendo quién debería ir al Rakshasi"
"We are therefore discussing who should go to the Rakshasi"
"Ahora podéis percibir la causa de nuestra angustia"
"You can now perceive the cause of our distress"
Los dos amigos se reunieron durante unos minutos.
The two friends consulted together for a few minutes.
Después de este tiempo concluyeron su consulta.
After this time they concluded their consultation.
Sahasra-Dal fue el portavoz de los hermanos.
Sahasra-Dal was the spokesman for the brothers.
"Dignísimo anfitrión, no estés más triste"
"Most worthy host, do not any longer be sad"
"Has sido muy amable con nosotros"
"You have been very kind to us"
"Hemos decidido corresponder a su hospitalidad"
"We have resolved to requite your hospitality"
"Nosotros iremos al templo en tu lugar"
"We will go to the temple instead of you"
"Iremos como sus representantes"
"We shall go as your representatives"
"Nos convertiremos en el alimento de los Rakshasi"
"We will become the food of the Rakshasi"
Toda la familia protestó contra la propuesta.
The whole family protested against the proposal.
Declararon que los invitados eran como dioses.
They declared that guests were like gods.
"El anfitrión debe garantizar la comodidad de los huéspedes"
"The host must ensure the comfort of the guests"
"Los invitados no deben sufrir por el anfitrión"
"The guests must not suffer for the host"
Pero los dos desconocidos no pudieron ser persuadidos.

But the two strangers could not be persuaded.
"Seremos representantes de su familia"
"We will stand as proxies for your family"
Hubo muchas objeciones a la propuesta.
There was a great deal of objection to the proposal.
Pero al final los invitados convencieron a sus anfitriones.
But eventually the guests persuaded their hosts.
Finalmente los anfitriones consintieron con el acuerdo.
Finally the hosts consented to the arrangement.

Sahasra-Dal y Champa-Dal se marcharon en sus caballos.
Sahasra-Dal and Champa-Dal rode off on their horses.
Inmediatamente después de encender las velas llegaron al templo.
Immediately after candle light they reached the temple.
Entraron en el templo y cerraron la puerta.
They went into the temple, and shut the door.
Sahasra le dijo a su hermano que se fuera a dormir.
Sahasra told his brother to go to sleep.
"Yo velaré por tu sueño"
"I will guard over your sleep"
"Vigilaré al terrible Rakshasi"
"I will watch out for the terrible Rakshasi"
Champa pronto se quedó profundamente dormido.
Champa was soon in a fine sleep.
Sahasra yacía despierto, esperando al Rakshasi.
Sahasra lay awake, waiting for the Rakshasi.
No ocurrió nada durante las primeras horas de la noche.
Nothing happened during the early hours of the night.
Pero entonces sonó el gong de la campana del rey.
But then the gong of the king's bell sounded.
Era medianoche, la hora muerta de la noche.
It was midnight, the dead hour of the night.
Sahasra oyó el sonido como de una tempestad que se desataba.
Sahasra heard the sound as of a rushing tempest.
Él utilizó el conocimiento que tenía de los Rakshasas.

He used the knowledge he had of Rakshasas.
Concluyó que el Rakshasi estaba cerca.
He concluded the Rakshasi was nigh.
Se oyó un golpe atronador en la puerta.
A thundering knock was heard at the door.
Las siguientes palabras acompañaron el golpe a la puerta:
The following words accompanied the knock at the door:
¡Cómo, qué, qué! Huelo a ser humano.
"How, mow, khow! A human being I smell"
"¿Quién vigila este templo?"
"Who keeps guard inside this temple?"
A esta pregunta Sahasra-Dal dio la siguiente respuesta:
To this question Sahasra-Dal made the following reply:
Sahasra-Dal vigila el interior de este templo.
"Sahasra-Dal keeps guard inside this temple"
Champa-Dal vigila este templo.
"Champa-Dal keeps guard inside this temple"
"Dos caballos alados custodian este templo"
"Two winged horses keep guard inside this temple"
La sangre Rakshasa fluía por las venas de Sahasra-Dal.
Rakshasa blood flowed through Sahasra-Dal's veins.
El Rakshasi sabía que Sahasra-Dal no era humano.
The Rakshasi knew Sahasra-Dal was not human.
Y entonces el Rakshasi se dio la vuelta con un gemido.
And so the Rakshasi turned away with a groan.
Después de una hora, el Rakshasi regresó al templo.
After an hour the Rakshasi returned to the temple.
El Rakshasi volvió a tronar en la puerta.
The Rakshasi thundered at the door again.
¡Cómo, qué, qué! Huelo a ser humano.
"How, mow, khow! A human being I smell"
"¿Quién vigila este templo?"
"Who keeps guard inside this temple?"
A esta pregunta Sahasra-Dal respondió nuevamente:
To this question Sahasra-Dal again replied:
Sahasra-Dal vigila el interior de este templo.
"Sahasra-Dal keeps guard inside this temple"

Champa-Dal vigila este templo.
"Champa-Dal keeps guard inside this temple"
"Dos caballos alados custodian este templo "
"Two winged horses keep guard inside this temple"
El Rakshasi gimió nuevamente y se fue.
The Rakshasi again groaned and went away.
A las dos en punto el Rakshasi apareció una vez más.
At two o'clock the Rakshasi appeared once more.
Y a las tres en punto el Rakshasi llegó otra vez.
And at three o'clock the Rakshasi came again.
Cada vez el Rakshasi hacía la misma pregunta.
Each time the Rakshasi made the same inquiry.
Y cada vez el Rakshasi se iba con un gemido.
And each time the Rakshasi left with a groan.
Sin embargo, después de las tres, Sahasra-Dal se sentía muy somnoliento.
After three o'clock, however, Sahasra-Dal felt very sleepy.
Ya no podía mantenerse despierto.
He could not any longer keep awake.
Entonces despertó a Champa.
He therefore roused Champa.
Y le mandó que guardase el templo.
And he told him to keep guard over the temple.
"El Rakshasi volverá en una hora"
"The Rakshasi will come again in an hour"
"El Rakshasi preguntará quién vigila aquí"
"The Rakshasi will ask who keeps guard here"
"Debes mencionar el nombre de Sahasra primero"
"You must mention Sahasra's name first"
Habiendo dado estas instrucciones se fue a dormir.
Having given these instructions he went to sleep.
A las cuatro en punto el Rakshasi hizo nuevamente su aparición.
At four o'clock the Rakshasi again made her appearance.
El Rakshasi tronó en la puerta y dijo:
The Rakshasi thundered at the door, and said:
¡Cómo, qué, qué! Huelo a ser humano.

"How, mow, khow! A human being I smell"
"¿Quién vigila este templo?"
"Who keeps guard inside this temple?"
Champa-Dal estaba terriblemente asustado.
Champa-Dal was in a terrible fright.
Había olvidado las instrucciones de su hermano.
He had forgotten the instructions of his brother.
Champa-Dal vigila este templo.
"Champa-Dal keeps guard inside this temple"
Sahasra-Dal vigila el interior de este templo.
"Sahasra-Dal keeps guard inside this temple"
"Dos caballos alados custodian este templo"
"Two winged horses keep guard inside this temple"
El Rakshasi lanzó un grito de júbilo.
The Rakshasi uttered a shout of exultation.
Y el Rakshasi se rió como sólo los demonios pueden reír.
And the Rakshasi laughed how only demons can laugh.
La puerta se abrió con un ruido espantoso.
With a dreadful noise the door broke open.
El ruido despertó a Sahasra de su sueño.
The noise roused Sahasra from his sleep.
En un instante se puso de pie de un salto.
Within a moment he sprung to his feet.
Llevaba consigo su espada no sólo durante el día.
He had his sword with him not only by day.
También por la noche llevaba consigo su espada.
He had his sword with him by night too.
Su espada era tan flexible como una hoja de palma.
His sword was as supple as a palm-leaf.
Y le cortó la cabeza al Rakshasi.
And he cut off the head of the Rakshasi.
La enorme montaña de un cuerpo cayó al suelo.
The huge mountain of a body fell to the ground.
El cuerpo hizo un gran ruido al caer.
The body made a great noise when it fell.
Y el cuerpo cubrió muchas hectáreas circundantes.
And the body covered many surrounding acres.

Sahasra-Dal conservó la cabeza cortada del Rakshasi.
Sahasra-Dal kept the severed head of the Rakshasi.
Y volvió a dormirse con la cabeza cerca de él.
And he slept again with the head near him.

Temprano por la mañana llegaron algunos leñadores.
Early in the morning some wood-cutters came.
Los leñadores pasaban cerca del templo.
The wood-cutters were passing near the temple.
Los leñadores vieron el enorme cuerpo en el suelo.
The wood-cutters saw the huge body on the ground.
Así que caminaron hacia el templo.
So they walked towards the temple.
Pronto vieron que era un cadáver.
Soon they saw that it was a carcass.
El cadáver del terrible Rakshasi.
The carcass of the terrible Rakshasi.
El Rakshasi que casi había despoblado la tierra.
The Rakshasi that had nearly depopulated the land.
Había una recompensa por este Rakshasi.
There had been a bounty for this Rakshasi.
El rey ofreció la mano de su hija.
The king offered the hand of his daughter.
Y el rey había ofrecido la mitad del reino.
And the king had offered half the kingdom.
Lo cambiaría todo por la cabeza del Rakshasi.
He would trade it all for the head of the Rakshasi.
Los leñadores no vieron a ningún pretendiente cerca.
The wood-cutters saw no claimant at hand.
Así que fueron a buscar la recompensa.
So they went to get the reward.
Cada leñador cortó una rama del Rakshasi.
Each wood-cutter cut off a limb from the Rakshasi.
Y cada leñador fue al rey.
And each wood-cutter went to the king.
Y cada leñador intentó reclamar la recompensa.
And each wood-cutter tried to claim the reward.

"Soy el destructor del gran devorador de hombres"
"I am the destroyer of the great man eater"
"He venido a reclamar mi recompensa"
"I have come to claim my reward"
El rey sabía que sólo podía haber un héroe.
The king knew there could only be one hero.
Entonces hizo una consulta a su ministro.
So he made an inquiry with his minister.
¿A qué familia le tocó el turno anoche ?
"What family's turn was it last night?"
"¿Y quién es el jefe de esa familia?"
"And who is the head of that family?"
El ministro del rey partió en busca de la familia.
The king's minister set out to find the family.
Llevó al jefe de la familia ante el rey.
He brought the head of the family to the king.
Y el jefe de la familia contó acerca de sus invitados.
And the head of the family told of his guests.
"Anoche vinieron a verme dos jóvenes viajeros"
"Last night two youthful travelers came to me"
"Nos ofrecimos a ser sus anfitriones por la noche"
"We offered to be their hosts for the night"
"Pronto descubrieron el problema que teníamos"
"Soon they discovered the problem we had"
"Y se ofrecieron como voluntarios para ocupar nuestro lugar"
"And they volunteered to take our place"
"Fueron al templo, en lugar de uno de nosotros"
"They went to the temple, instead of one of us"
El rey llevó a sus hombres al templo.
The king took his men to the temple.
La puerta del templo fue rota.
The door of the temple was broken open.
Encontraron a los dos hermanos durmiendo.
They found the two brothers sleeping.
Y los caballos también estaban a salvo en el templo.
And the horses were safe in the temple too.

Y el jefe del Rakshasi también estaba allí.
And the head of the Rakshasi was there too.
No había ninguna duda sobre quién había matado al monstruo.
There was no doubt about who had killed the monster.
El verdadero héroe había sido descubierto.
The real hero had been discovered.
Y el rey cumplió su palabra.
And the king kept true to his word.
Le dio la mano de su hija a Sahasra-Dal.
He gave the hand of his daughter to Sahasra-Dal.
Y también le dio la mitad de su reino.
And he gave him half his kingdom too.
Champa-Dal se quedó con su amigo.
Champa-Dal remained with his friend.
Y se regocijó por la prosperidad de Sahasra-Dal.
And he rejoiced in Sahasra-Dal's prosperity.
Y vivieron juntos y felices durante algún tiempo.
And they lived together happily for some time.

Pero un día surgió un malentendido entre ellos.
But one day a misunderstanding arose between them.
La reina madre tenía una determinada sirvienta.
The queen-mother had a certain maid-servant.
Esta sirvienta era la empleada doméstica más útil.
This maid-servant was the most useful domestic.
Ella podría dedicarse a cualquier tarea.
She could turn her hand to any task.
Y ella tenía una fuerza poco común para una mujer.
And she had uncommon strength for a woman.
Su inteligencia tampoco le faltaba.
Her intelligence was not lacking either.
Y ella tenía una cantidad notable de energía.
And she had a remarkable amount of energy.
La habrían echado de menos rápidamente en palacio.
She would have been quickly missed in the palace.
La zenana dependía completamente de ella.

The zenana was completely dependent on her.
Por eso sus servicios eran muy valorados.
Hence her services were highly valued.
La reina madre la apreciaba mucho.
The queen-mother appreciated her very much.
Y las damas del palacio también la valoraban.
And the ladies of the palace valued her too.
Pero esta valiosa mujer no era una mujer.
But this valuable woman was not a woman.
Esta mujer era una Rakshasi.
What this woman was was a Rakshasi.
Ella había adoptado la apariencia de una mujer.
She had put on the appearance of a woman.
Ella tenía sus propias razones nefastas para hacer esto.
She had her own nefarious reasons for doing this.
Y luego entró a servir en la casa real.
And then she took service in the royal household.
Por la noche solía asumir su propia forma real.
At night she used to assume her own real form.
Cuando todos en el palacio estaban dormidos.
When everyone in the palace was asleep.
Y luego salió en busca de comida.
And then she went about in search of food.
Porque su hambre no fue saciada en palacio.
Because her hunger was not satisfied at the palace.
Un Rakshasi necesita mucha más comida que un hombre o una mujer.
A Rakshasi needs much more food than a man or woman.
En ese momento Champa-Dal no tenía esposa.
At this time Champa-Dal had no wife.
Así que a menudo dormía fuera del zenana.
So he often slept outside the zenana.
No estaba lejos de la puerta exterior del palacio.
He was not far from the outer gate of the palace.
Y desde allí podía observarla.
And from there he could observe her.
La vio devorar diversas cabras y ovejas.

He saw her devouring sundry goats and sheep.
Y la vio devorando caballos y elefantes.
And he saw her devouring horses and elephants.
Por supuesto esto no fue bueno para la sirvienta.
This of course was not good for the maid-servant.
Champa-Dal se interponía en su camino hacia la cena.
Champa-Dal was in the way of her supper.
Así que estaba decidida a deshacerse de él.
So she was determined to get rid of him.
Un día ella fue a ver a la reina madre.
One day she went to the queen-mother.
"Reina madre", le dijo.
"Queen-mother," she said to her.
"Ya no puedo trabajar en el palacio"
"I can no longer work in the palace"
"¿Por qué?" preguntó la reina madre.
"Why?" asked the queen-mother.
"¿Qué pasa, Dasi?" quiso saber.
"What is the matter, Dasi" she wanted to know.
"¿Cómo puedo seguir sin ti?"
"How can I go on without you?"
"Dime tus razones para irte"
"Tell me your reasons for leaving"
La sirvienta explicó su situación.
The maid-servant explained her situation.
"No soy más que una pobre mujer en este palacio"
"I am but a poor woman in this palace"
"Una mujer como yo no puede preservar su honor aquí"
"A woman like me can't preserve her honour here"
"Tu yerno tiene un amigo, Champa-Dal"
"Your son-in-law has a friend, Champa-Dal"
"Siempre me hace chistes indecentes"
"He always cracks indecent jokes with me"
"Prefiero mendigar mi arroz que perder mi honor"
"I would rather beg for my rice than to lose my honour"
"Si Champa-Dal permanece en el palacio, debo irme".
"If Champa-Dal remains in the palace I must go away"

La sirvienta era irrepetible en el palacio.
The maid-servant was irreplicable in the palace.
La reina madre sabía qué sacrificio hacer.
The queen-mother knew what sacrifice to make.
Champa-Dal iba a tener que abandonar el palacio.
Champa-Dal was going to have to leave the palace.
Y ella le contó a Sahasra-Dal todas sus razones.
And she told Sahasra-Dal all her reasons.
"Champa-Dal es un hombre malo"
"Champa-Dal is a bad man"
"Su carácter y moral son laxos"
"His character and morals are loose"
"Debe abandonar este palacio de inmediato"
"He must leave this palace at once"
Sahasra-Dal hizo todo lo posible para persuadirla de lo contrario.
Sahasra-Dal did his best to persuade her otherwise.
Él suplicó fervientemente en favor de su amigo.
He earnestly pleaded on behalf of his friend.
Pero sus esfuerzos fueron en vano.
But his efforts were in vain.
La reina madre había tomado una decisión.
The queen-mother had made up her mind.
Tuvo que ser expulsado del palacio.
He had to be driven out of the palace.
Sahasra-Dal no tuvo el coraje de contárselo a su amigo.
Sahasra-Dal had not the courage to tell his friend.
Entonces le escribió una carta.
He therefore wrote a letter to him.
En la carta fue vago sobre el motivo.
In the letter he was vague about the reason.
Pero, de cualquier manera, tendría que irse.
But either way, he was going to have to leave.
Champa-Dal fue a bañarse.
Champa-Dal went to have a bath.
Y la carta fue puesta en su habitación.
And the letter was put in his room.

Champa-Dal se entristeció al leer la carta.
Champa-Dal was grieved upon reading the letter.
Montó su flota de caballos.
He mounted his fleet of horses.
Y salió del palacio a caballo .
And on his horses he left the palace.

Los caballos de Champa eran extraordinariamente veloces.
Champa's horses were uncommonly fleet.
Pronto había recorrido miles de millas.
Soon he had traversed thousands of miles.
Y finalmente llegó a una nueva ciudad.
And eventually he reached a new city.
Se encontraba en la puerta de un magnífico palacio.
He stood at the gateway of a magnificent palace.
Se bajó del caballo.
He dismounted from his horse.
Y entró en el palacio.
And he entered the palace.
Pero en el palacio no encontró ni una sola criatura.
But in the palace he met not a single creature.
Iba de apartamento en apartamento.
He went from apartment to apartment.
Todas las habitaciones estaban ricamente amuebladas.
All the rooms were richly furnished.
Pero ninguna de las habitaciones estaba habitada.
But none of the rooms were lived in.
Pero al final llegó a una habitación diferente.
But in the end he came to a different room.
En esta habitación había una señorita.
In this room there was a young lady.
La joven era de una belleza celestial.
The young lady was of heavenly beauty.
Y ella estaba acostada en una espléndida cama.
And she was lying down on a splendid bedstead.
La bella joven estaba dormida.
The beautiful young lady was asleep.

Champa-Dal miró a la bella durmiente.

Champa-Dal looked upon the sleeping beauty.

Quedó cautivado por lo que veía.

He was captivated by what he was seeing.

No había visto ninguna mujer tan hermosa.

He had not seen any woman so beautiful.

Sobre la cama había dos palos.

Upon the bed there were two sticks.

Los dos palos estaban cerca de la cabeza de la mujer.

The two sticks were near the woman's head.

Uno de los palos estaba hecho de plata.

One of the sticks was made of silver.

Y el otro palo era de oro.

And the other stick was made of gold.

Champa tomó el bastón de plata en su mano.

Champa took the silver stick into his hand.

Y con el palo tocó el cuerpo de la dama.

And with the stick he touched the body of the lady.

Pero ningún cambio fue perceptible en su sueño.

But no change was perceptible to her sleep.

Luego tomó el bastón de oro.

He then took up the gold stick.

Y con el palo tocó el cuerpo de la dama.

And with the stick he touched the body of the lady.

Esta vez la señorita si se despertó.

This time the young lady did awake.

Mirando al extraño, preguntó quién era.

Eyeing the stranger, she inquired who he was.

"Soy Champa-Dal", le dijo.

"I am Champa-Dal," he told her.

"Había una vez un pobre brahmán tonto"

"There was once a poor dimwitted Brahman"

"Este hombre tonto tenía esposa, pero no hijos"

"This dimwitted man had a wife, but no children"

"Pero que no tuviera hijos probablemente fue lo mejor"

"But him not having children was probably for the best"

"Porque apenas podía satisfacer sus propias necesidades"

"Because he was barely able to meet his own needs"
"Y apenas podía proveer lo suficiente para su esposa"
"And he could hardly supply enough for his wife"
"Pero su estupidez ni siquiera era su mayor problema"
"But his dimwittedness was not even his biggest problem"
Y continuó la historia tal como la hemos seguido.
And he continued the story as we have followed it.
"Mi madre concluyó que su destino estaba sellado"
"My mother concluded her fate was sealed"
"Y ella pensó que mi padre correría la misma suerte"
"And she thought my father would meet the same fate"
"Y ella tampoco esperaba que me perdonaran"
"And she did not expect me to be spared either"
"Esa noche apenas durmió"
"That night she hardly slept at all"
"El Rakshasi le había impedido ver a mi padre"
"The Rakshasi had prevented her from seeing my father"
"Temprano a la mañana siguiente fui a la escuela"
"Early next morning I went to school"
"Antes de ir a la escuela me dio una botella de oro"
"Before I went to school she gave me a golden bottle"
"En la botella de oro estaba su propia leche materna"
"In the golden bottle was her own breast milk"
"Me dijeron que observara atentamente el color de la leche"
"I was told to carefully watch the colour of the milk"
Y continuó la historia tal como la hemos seguido.
And he continued the story as we have followed it.
"Seremos representantes de su familia"
"We will stand as proxies for your family"
"Hubo mucha objeción a nuestra propuesta"
"There was a great deal of objection to our proposal"
"Pero finalmente convencimos a nuestros anfitriones"
"But eventually we persuaded our hosts"
"Finalmente los anfitriones consintieron en el acuerdo"
"Finally the hosts consented to the arrangement"
Y continuó la historia tal como la hemos seguido.
And he continued the story as we have followed it.

"Así que a menudo dormía fuera del zenana"
"So I often slept outside the zenana"
"No estaba lejos de la puerta exterior del palacio"
"I was not far from the outer gate of the palace"
"Y desde allí pude observarla"
"And from there I could observe her"
"La vi devorando diversas cabras y ovejas "
"I saw her devouring sundry goats and sheep"
"Y la vi devorando caballos y elefantes"
"And I saw her devouring horses and elephants"
Y continuó la historia tal como la hemos seguido.
And he continued the story as we have followed it.
"Un día pusieron una carta en mi habitación"
"One day a letter was put in my room"
"Me entristeció leer la carta"
"I was grieved upon reading the letter"
"Monté mi flota de caballos"
"I mounted my fleet of horses"
"Y en mis caballos salió del palacio"
"And on my horses he left the palace"
"Mis caballos son extraordinariamente veloces"
"My horse are uncommonly fleet"
"Pronto había recorrido miles de millas"
"Soon I had traversed thousands of miles"
"Y finalmente llegué a una nueva ciudad"
"And eventually I reached a new city"
Y continuó la historia tal como la hemos seguido.
And he continued the story as we have followed it.
"Tomé el bastón de plata en su mano"
"I took the silver stick into his hand"
"Y con el palo toqué tu cuerpo"
"And with the stick I touched your body"
"Pero ningún cambio fue perceptible en tu sueño"
"But no change was perceptible to your sleep"
"Entonces tomé la vara de oro"
"I then took up the gold stick"
Y con el palo tocó tu cuerpo.

And with the stick he touched your body.
"Esta vez sí te despertaste de tu sueño"
"This time you did awake from your sleep"
La joven había escuchado la historia de Champa-Dal.
The young lady had listened to Champa-Dal's story.
La joven era en realidad una princesa.
The young lady was in fact a princess.
¡Infeliz! ¿Por qué has venido?
"Unhappy man! why have you come here?"
"Este es el país de los Rakshasas"
"This is the country of Rakshasas"
"No menos de setecientos Rakshasas viven aquí"
"No less than seven hundred Rakshasas live here"
"Cada mañana los Rakshasas se van"
"Every morning the Rakshasas leave"
"Se van al otro lado del océano"
"They go to the other side of the ocean"
"Y allí buscan provisiones"
"And they search for provisions there"
"Y antes del anochecer vuelven de nuevo"
"And before dusk they return again"
"Mi padre era rey en estas regiones"
"My father was king in these regions"
"Su reino tenía millones de súbditos"
"His kingdom had millions of subjects"
"Vivían en pueblos y ciudades florecientes"
"They lived in flourishing towns and cities"
"Pero hace algunos años los Rakshasas invadieron"
"But some years ago the Rakshasas invaded"
"Y devoraron a todos los súbditos del reino"
"And they devoured all the subjects of the kingdom"
"Los Rakshasas devoraron a mi padre y a mi madre"
"The Rakshasas devoured my father and my mother"
"Los Rakshasas devoraron a mis hermanos y hermanas"
"The Rakshasas devoured my brothers and sisters"
"Y devoraron todo el ganado del país"
"And they devoured all the cattle of the country"

"No hay ningún ser humano vivo en estas regiones"
"There is no living human being in these regions"
"Soy el último ser humano vivo que queda"
"I am the last human living left"
"Yo también habría sido devorado hace mucho tiempo"
"I too would have been devoured long ago"
"Pero un viejo Rakshasi me tomó cariño"
"But an old Rakshasi took a liking to me"
"Ella impide que los otros Rakshasas me coman"
"She prevents the other Rakshasas from eating me"
"¿Ves esos palitos de plata y oro?"
"Do you see those sticks of silver and gold?"
"Todas las mañanas me mata con el palo de plata"
"Every morning she kills me with the silver stick"
"Todas las noches me reanima con el bastón de oro"
"Every evening she re-animates me with the gold stick"
"No sé cómo aconsejarte"
"I do not know how to advise you"
"Si los Rakshasas te ven, eres un hombre muerto"
"If the Rakshasas see you, you are a dead man"
Luego hablaron de manera muy cariñosa.
Then they talked in a very affectionate manner.
Y juntaron sus cabezas.
And they laid their heads together.
Y pensaron en idear una forma de escapar.
And they thought to devise a means of escape.
Alguna manera de escapar de las manos de los Rakshasas.
Some way to get out of the hands of the Rakshasas.

Se acercaba la hora del regreso de los Rakshasas.
The hour of the return of the Rakshasas was coming.
Los setecientos carnívoros regresaron pronto.
The seven hundred flesh-eaters were soon returning.
Keshavati llamó a Champa-Dal.
Keshavati called out to Champa-Dal.
(Porque así se llamaba la princesa)
(Because that was the name of the princess)

"Escóndete entre los montones del trébol sagrado"
"Hide yourself in the heaps of the sacred trefoil"
Pero primero Champ Dal recogió el palo de plata.
But first Champ Dal picked up the silver stick.
Tocó a Keshavati con la vara de plata.
He touched Keshavati with the silver stick.
Y tan pronto como la tocó, ella murió.
And as soon as he touched her, she died.
Luego fue al centro del templo de Siva.
Then he went to the center of the temple of Siva.
Y se escondió bajo los montones de trébol sagrado.
And he hid beneath the heaps of sacred trefoil.
Desde su escondite escuchó el sonido del viento soplando.
From his hiding place he heard the sound of wind rushing.
Entonces oyó ruidos terribles en el palacio.
Then he heard terrible noises in the palace.
Los Rakshasas habían regresado a casa después de cazar.
The Rakshasas had come home from their hunt.
Habían llenado sus estómagos de carne.
They had filled their stomachs with meat.
Varias cabras, ovejas, vacas, caballos, búfalos.
Sundry goats, sheep, cows, horses, buffaloes.
Y también habían devorado elefantes.
And they had devoured elephants too.
El viejo Rakshasi también regresó al palacio.
The old Rakshasi returned to the palace too.
Ella fue a la habitación de la princesa durmiente.
She went to the room of the sleeping princess.
Y la despertó con el bastón de oro.
And she woke her with the stick made of gold.
¡Ay, ay, ay! Huelo a ser humano.
"Hye, mye, khye! A human being I smell"
"Soy el único ser humano aquí", dijo la princesa.
"I am the only human being here," said the princess.
"Cómeme si quieres", añadió Keshavati.
"Eat me if you like," added Keshavati.
A esto el Rakshasi respondió:

To this the Rakshasi replied:
"Déjame devorar a tus enemigos"
"Let me eat up your enemies"
"¿Por qué debería comerte?" le preguntó a la princesa.
"Why should I eat you?" she asked the princess.
Ella se tumbó en el suelo.
She laid herself down on the ground.
Era tan larga y alta como las colinas de Vindhya.
She was as long and high as the Vindhya Hills.
Y en esta posición se quedó dormida.
And in this position she fell asleep.
Los otros Rakshasas y Rakshasis pronto también se durmieron.
The other Rakshasas and Rakshasis soon fell asleep too.
Porque estaban cansados de su gigantesco trabajo.
Because they were tired from their gigantic labour.
Keshavati también se dispuso a dormir.
Keshavati also composed herself to sleep.
Pero Champa no se atrevió a salir de debajo de las hojas.
But Champa did not dare to come out from under the leaves.
Y él intentó con todas sus fuerzas orar al dios del reposo.
And he tried his best to pray to the god of repose.

Al amanecer, los setecientos Rakshasas se levantaron nuevamente.
At daybreak all seven hundred Rakshasas got up again.
Continuaron con su habitual excursión depredadora.
They went on their usual predatory excursion.
Y junto a ellos se fue el viejo Rakshasi.
And along with them went the old Rakshasi.
Pero primero el viejo Rakshasi recogió el bastón de plata.
But first the old Rakshasi picked up the silver stick.
Y tocó a Keshavati con la vara de plata.
And she touched Keshavati with the silver stick.
Pronto la costa estuvo despejada para Champa-Dal.
Soon the coast was clear for Champa-Dal.
Y se atrevió a salir de debajo del montón de hojas.

And he dared to come out from under the pile of leaves.
Regresó a la habitación de la princesa.
He walked back into the room of the princess.
Y la tocó con la vara de oro.
And he touched her with the golden stick.
Y la princesa revivió de su muerte nuevamente.
And the princess revived from her death again.
Paseaban por los jardines.
They sauntered about in the gardens.
Disfrutaron de la brisa fresca de la mañana.
They enjoyed the cool breeze of the morning.
Se bañaron en una piscina de agua lúcida.
They bathed in a lucid pool of water.
Y comieron y bebieron comida en el palacio.
And they ate and drank food in the palace.
Y pasaron el día conversando dulcemente.
And they spent the day in sweet converse.
Y tramaron un plan para su liberación.
And they concocted a plan for their deliverance.
Keshavaity iba a hablar con el viejo Rakshasi.
Keshavaity was going to speak to the old Rakshasi.
Ella iba a preguntar de qué dependía la vida de un Rakshasa.
She was going to ask on what a Rakshasa's life depended.
Y con ese secreto iban a actuar en consecuencia.
And with that secret they were going to act accordingly.

Se acercaba nuevamente la hora del regreso de los Rakshasas.
The hour of the return of the Rakshasas was coming again.
Y los acontecimientos se desarrollaron como la noche anterior.
And events unfolded as they had the evening before.
Los setecientos carnívoros regresaban al palacio.
The seven hundred flesh-eaters were returning to the palace.
Champ Dal tocó a Keshavati con el palo de plata.
Champ Dal touched Keshavati with the silver stick.

Ella murió como había muerto la noche anterior.
She died like the had died the night before.
Champa-Dal fue al centro del templo de Siva.
Champa-Dal went to the centre of the temple of Siva.
Se escondió de nuevo bajo los montones de trébol sagrado.
He hid beneath the heaps of sacred trefoil again.
Escuchó el sonido del viento soplando.
He heard the sound of wind rushing.
Y oyó ruidos terribles en el palacio.
And he heard terrible noises in the palace.
Los Rakshasas habían regresado a casa después de cazar.
The Rakshasas had come home from their hunt.
Habían llenado sus estómagos con carne.
They had filled their stomachs with meat.
Varias cabras, ovejas, vacas, caballos, búfalos.
Sundry goats, sheep, cows, horses, buffaloes.
Y también habían devorado elefantes.
And they had devoured elephants too.
El viejo Rakshasi también regresó al palacio.
The old Rakshasi returned to the palace too.
Ella fue a la habitación de la princesa durmiente.
She went to the room of the sleeping princess.
Y la despertó con el bastón de oro.
And she woke her with the stick made of gold.
¡Ay, ay, ay! Huelo a ser humano.
"Hye, mye, khye! A human being I smell"
"Soy el único ser humano aquí", dijo la princesa.
"I am the only human being here," said the princess.
"Cómeme si quieres", añadió Keshavati.
"Eat me if you like," added Keshavati.
A esto el Rakshasi respondió:
To this the Rakshasi replied:
"Déjame devorar a tus enemigos"
"Let me eat up your enemies"
"¿Por qué debería comerte?" le preguntó a la princesa.
"Why should I eat you?" she asked the princess.
Ella se tumbó en el suelo.

She laid herself down on the ground.

Y parecía una parte de las montañas del Himalaya.

And she looked like a part of the Himalaya mountains.

Keshavati tenía un frasco de aceite de mostaza caliente.

Keshavati had a phial of heated mustard oil.

Y ella se acercó al pie del Rakshasi.

And she approached the foot of the Rakshasi.

"Mamá, te duelen los pies de tanto caminar"

"Mother, your feet are sore from walking"

"Déjame frotarte los pies doloridos con aceite"

"Let me rub your sore feet with oil"

Y comenzó a frotar con aceite los pies del Rakshasi.

And she began to rub with oil the Rakshasi's feet.

Entonces unas cuantas lágrimas cayeron de los ojos de la princesa.

Then a few tear-drops fell from the eyes of the princess.

Y las lágrimas cayeron sobre las piernas del monstruo.

And the tear-drops landed on the monster's legs.

La Rakshasi saboreó las lágrimas con sus labios.

The Rakshasi tasted the tear-drops with her lips.

Y descubrió que las lágrimas tenían un sabor salado.

And she found the tear-drops tasted briny.

"¿Por qué lloras, cariño?", preguntó el Rakshasi.

"Why are you weeping, darling?" asked the Rakshasi.

"¿Qué te pasa?" quiso saber.

"What aileth thee?" she wanted to know.

La princesa intentó contener el llanto.

The princess tried to stop herself from crying.

"Mamá, lloro porque estás vieja"

"Mother, I am weeping because you are old"

"Cuando mueras, uno de los Rakshasas me devorará"

"When you die one of the Rakshasas will devour me"

¿Cuando muera? ¡No seas tonta, niña!

"When I die?! Don't be foolish, girl"

"¿No sabes que los Rakshasas nunca mueren?"

"Don't you know that Rakshasas never die?"

"No somos inmortales por naturaleza"

"We are not naturally immortal"
"Hay un secreto de nuestra fuerza"
"There is a secret to our strength"
"Pero ningún humano puede desentrañar este secreto"
"But no human can unravel this secret"
"Pero déjame contarte el secreto"
"But let me tell you the secret"
"Para que seáis un poco consolados"
"So that you are comforted a little"
"¿Ves el estanque de agua en el palacio?"
"Do you see the pool of water in the palace?"
"En ese estanque de agua hay un Sphatikasthamba"
"In that pool of water is a Sphatikasthamba"
"El Sphatikasthambha está en lo profundo del agua"
"The Sphatikasthambha is deep in the water"
"Y en Sphatikasthambha hay dos abejas"
"And on the Sphatikasthambha are two bees"
"Un ser humano tendría que sumergirse en el agua"
"A human being would have to dive into the water"
"El ser humano tendría que traer las abejas a tierra firme "
"The human being would have to bring the bees onto dry land"
"Entonces el ser humano tendría que matar a las dos abejas"
"Then the human being would have to kill the two bees"
"Pero ni una gota de su sangre debe tocar el suelo"
"But not a drop of their blood must touch the ground"
"Solo entonces puede un humano matar a un Rakshasa"
"Only then can a human kill a Rakshasa"
"Pero si la sangre toca el suelo, mil Rakshasas se levantarán"
"But if the blood touches the ground, a thousand Rakshasas will rise"
"¿Pero qué humano descubrirá este secreto?"
"But what human will find out this secret?"
"¿Y qué ser humano puede lograr tal hazaña?"
"And what human can achieve this feat?"
"Ningún ser humano conoce el secreto de la vida de un Rakshasa"

"No human knows the secret to the life of a Rakshasa"
"Y ningún ser humano puede lograr semejante hazaña"
"And no human can achieve such a feat"
"Así que no hay razón para estar triste, mi amor"
"So there is no reason to be sad, my darling"
"Soy prácticamente inmortal", confirmó.
"I am practically immortal," she confirmed.
Keshavati atesoró el secreto en su memoria.
Keshavati treasured the secret in her memory.
Y luego volvió a dormirse.
And then she went back to sleep.

A la mañana siguiente los Rakshasas, como de costumbre, se fueron.
Next morning the Rakshasas, as usual, went away.
Champa salió de su escondite.
Champa came out of his hiding-place.
Y despertó a Keshavati de su sueño.
And he roused Keshavati from her sleep.
La princesa le contó el secreto que había aprendido.
The princess told him the secret she had learnt.
Champa-Dal inmediatamente comenzó a prepararse.
Champa-Dal immediately started to prepare himself.
Llevó un cuchillo a la piscina.
He brought to the pool a knife.
Y trajo una cantidad de cenizas.
And he brought a quantity of ashes.
Se quitó la ropa pesada.
He took off his heavy clothes.
Puso una o dos gotas de aceite de mostaza en cada oído.
He put a drop or two of mustard oil into each ear.
Para evitar que entre agua en sus oídos.
To prevent water from entering into his ears.
Nadó hasta el centro del agua.
He swam out into the middle of the water.
Y desde allí se zambulló en la piscina.
And from there he dove down into the pool.

Pronto llegó a la cima del pilar de cristal.
Soon he reached the top of the crystal pillar.
Y en Sphatikasthambha estaban las dos abejas.
And on Sphatikasthambha were the two bees.
Atrapó las dos abejas que encontró allí.
He caught hold of the two bees he found there.
Y volvió a nadar hacia arriba con un solo aliento.
And he swam up again in a singular breath.
Tomó el cuchillo que había dejado al borde del agua.
He took the knife he had left at the edge of the water.
Y sobre las cenizas cortó las abejas.
And over the ashes he cut up the bees.
Una o dos gotas de sangre cayeron de las abejas.
A drop or two of the blood fell from the bees.
Pero su sangre no tocó el suelo.
But their blood did not touch the ground.
En cambio, su sangre cayó sobre las cenizas.
Instead, their blood landed on the ashes.
A lo lejos se oyó un grito terrible.
A terrible scream was heard at a distance.
El grito era el lamento de los Rakshasas.
The scream was the wailing of the Rakshasas.
Todos corrían a casa tan rápido como podían.
They were all running home as fast as they could.
Querían evitar que las abejas murieran.
They wanted to prevent the bees from being killed.
Pero no pudieron llegar al palacio a tiempo.
But they could not reach the palace in time.
Porque las abejas ya habían perecido.
Because the bees had already perished.
En el momento en que las abejas fueron asesinadas, todos los Rakshasas murieron.
The moment the bees were killed, all the Rakshasas died.
Sus cadáveres cayeron en el mismo lugar en el que se encontraban.
Their carcases fell on the very spot they were standing.
Sus cadáveres ahora bloqueaban la entrada del palacio.

Their carcases now blocked the gateway of the palace.

De esta manera los setecientos Rakshasas fueron destruidos.

In this manner the seven hundred Rakshasas were destroyed.

Después Champa-Dal y Keshavati se casaron.

Afterwards Champa-Dal and Keshavati got married.

Realizaron el tradicional intercambio de guirnaldas de flores.

They made the traditional exchange of garlands of flowers.

La princesa nunca había salido de la casa.

The princess had never been out of the house.

Naturalmente, expresó su deseo de ver el mundo exterior.

So she naturally expressed a desire to see the outer world.

Todas las mañanas y tardes salían a dar largos paseos.

Every morning and evening they went on long walks.

Había un gran río en el que Keshavati deseaba bañarse.

There was a large river Keshavati wished to bathe in.

Mientras se bañaba, uno de los cabellos de Keshavati se desprendió.

As she bathed one of Keshavati's hairs came off.

Había una costumbre especial en aquellos tiempos.

There was a special custom in those times.

Una mujer jamás tira un cabello a la basura.

A woman never threw away a hair away by itself.

Una concha marina flotaba en el agua.

A sea-shell was floating in the water.

Entonces Keshavati ató el mechón de cabello a la concha.

So Keshavati tied the strand of hair to the sea-shell.

Y luego la pareja regresó al palacio.

And then the couple returned to the palace.

Mientras tanto la concha flotaba río abajo.

Meanwhile the sea-shell floated down the stream.

Y a su debido tiempo la concha llegó a otro lugar de baño.

And in due time the sea-shell reached another bathing spot.

Éste era el lugar de baño al que acudía Sahasra-Dal.

This was the bathing spot Sahasra-Dal went to.

Aquí el hermano de Champa-Dal realizó sus abluciones.

Here Champa-Dal's brother performed his ablutions.
Ese día Sahasra-Dal estaba en el agua.
On this day Sahasra-Dal was in the water.
Estaba bañándose y nadando con sus amigos.
He was bathing and swimming with his friends.
Y así la concha pasó flotando junto a los hombres.
And so the sea-shell floated past the men.
Los hombres estaban de humor juguetón ese día.
The men were in a playful mood that day.
"Quien llegue primero a la concha gana"
"Whoever gets to the sea-shell first wins"
Y así todos nadaron hacia la concha.
And so they all swam towards the sea-shell.
Sahasra-Dal era el nadador más fuerte entre sus amigos.
Sahasra-Dal was the strongest swimmer among his friends.
Y así fue como él fue el primero en alcanzar la concha.
And so he was the first the reach the sea-shell.
Al examinar la concha, encontró un cabello atado a ella.
Examining the seashell, he found a hair tied to it.
Pero era un cabello de una longitud extraordinaria.
But it was a hair of extraordinary length.
Nunca había visto un cabello tan largo.
He had never seen such a long hair.
El mechón de cabello medía exactamente siete codos de largo.
The strand of hair was exactly seven cubits long.
"Este mechón de cabello debe pertenecer a una mujer"
"This strand of hair must belong to a woman"
"Y esta mujer debe ser muy notable"
"And this woman must be very remarkable"
"Tengo que ver quién es esta mujer extraordinaria"
"I must see who this remarkable woman is"
Sahasra-Dal estaba decidido a encontrar a esa mujer extraordinaria.
Sahasra-Dal was determined to find the remarkable woman.
Regresó a casa desde el río con humor pensativo.
He went home from the river in a pensive mood.

Y no procedió a ir al zenana para desayunar.
And he did not proceed to the zenana for breakfast.
En cambio, permaneció en la parte exterior del palacio.
Instead he remained in the outer part of the palace.
La reina madre se enteró de la melancolía de Sahasra-Dal.
The queen-mother heard about Sahasra-Dal's meloncholy.
Y ella escuchó que él no había venido a desayunar.
And she heard he had not come to breakfast.
Entonces ella fue a verlo y le preguntó el motivo.
So she went to him and asked the reason.
Le mostró el mechón de cabello que había encontrado.
He showed her the strand of hair he had found.
"Debo ver a la mujer cuya cabeza adorna este mechón de cabello"
"I must see the woman who's head this strand of hair adorned"
La reina madre estaba feliz de ayudar a su yerno.
The queen-mother was happy to help her son-in-law.
"Muy bien", le dijo.
"Very well," she said to him.
"Pronto tendrás a esa dama en el palacio"
"You shall soon have that lady in the palace"
"Te prometo traerla aquí"
"I promise you to bring her here"
La reina madre ya tenía un plan.
The queen mother already had a plan.
Su sirvienta favorita sería buena en el trabajo.
Her favourite maid-servant would be good at the job.
Porque esta sirvienta era muy ingeniosa.
Because this maid-servant was very resourceful.
Por supuesto que la reina madre no conocía realmente a su doncella.
Of course the queen-mother did not really know her maid.
Ella no sabía que su sirvienta favorita era una Rakshasi.
She did not know her favourite maid was a Rakshasi.
"Por favor, encuentre al dueño de este mechón de cabello", pidió.

"Please find the owner of this strand of hair," she asked.
Y su sirvienta aceptó más que cortésmente.
And her maid-servant more than politely agreed.
"Sería un placer encontrar a esta mujer"
"It would my pleasure to find this woman"
"Pronto la traeré al palacio"
"I will soon bring her to the palace"
Necesitaré construir un barco con madera de Hajol.
"I will need a boat build from Hajol wood"
"Los remos del barco deben estar hechos de madera de Mon-Paban"
"The oars of the boat must be made from Mon-Paban wood"
Los constructores de barcos pronto construyeron el barco.
The boat makers soon made the boat.
Y el barco fue lanzado al arroyo.
And the boat was launched on the stream.
La criada subió a bordo del barco.
The maid-servant went on board of the boat.
Llevó consigo algunas cestas de mimbre.
With her she took some baskets of wicker.
Las cestas de mimbre eran de una curiosa factura.
The baskets of wicker were of curious workmanship.
También llevó consigo algunos dulces.
She also took with her some sweetmeats.
En los dulces se había mezclado algún veneno.
Into the sweetmeats some poison had been mixed.
Ella chasqueó los dedos tres veces.
She snapped her fingers thrice.
Y luego pronunció el siguiente encantamiento:
And then she uttered the following charm:
"¡Barco de Hajol! ¡Remos de Mon Paban!"
"Boat of Hajol! Oars of Mon Paban!"
"Llévame al Ghat"
"Take me to the Ghat,"
"El Ghat donde se baña Keshavati"
"The Ghat in which Keshavati bathes"
El barco obedeció su orden.

The boat heeded to her command.
Y la barca voló como un rayo sobre las aguas.
And the boat flew like lightning over the waters.
Y la barca dejó atrás muchas ciudades y pueblos.
And the boat left many towns and cities behind.
Finalmente el barco se detuvo en un lugar de baño.
At last the boat stopped at a bathing-place.
La sirvienta Rakshasi había alcanzado su objetivo.
The Rakshasi maid-servant had reached her goal.
Ella concluyó que era el ghat de baño de Keshavati.
She concluded it was the bathing ghat of Keshavati.
Ella aterrizó con los dulces en la mano.
She landed with the sweetmeats in her hand.
Ella fue a la puerta del palacio y gritó en voz alta:
She went to the gate of the palace, and cried aloud:
¡Oh, Keshavati! ¡Keshavati! Soy tu tía.
"Oh Keshavati! Keshavati! I am your aunt"
"Oh Keshavati, soy la hermana de tu madre"
"Oh Keshavati, I am your mother's sister"
"He venido a verte, mi amor"
"I have come to see you, my darling"
"He venido después de tantos años"
"I have come after so many years"
"¿Estás en casa, Keshavati?", preguntó.
"Are you home, Keshavati?" she asked.
La princesa escuchó las palabras de la falsa tía.
The princess heard the words of the false-aunt.
Ella salió de su habitación y llegó a la entrada del palacio.
She came out of her room and to the entrance of the palace.
No tenía ninguna duda de que realmente era su tía.
She had no doubt that it was really her aunt.
Y abrazó y besó a su tía.
And she embraced and kissed her aunt.
Ambos lloraron ríos de alegría.
They both wept rivers of joy.
Aunque deberías saber que Rakshasi lloró primero.
Although you should know the Rakshasi wept first.

Keshavati lloró con ella por empatía.
Keshavati wept with her out of empathy.
Champa-Dal también creía que Rakshasi era su tía.
Champa-Dal also believed the Rakshasi to be her aunt.
Todos comieron y bebieron y disfrutaron de la feliz ocasión.
They all ate and drank and enjoyed the happy occasion.
Y luego descansaron al mediodía.
And then they took rest in the middle of the day.
Y por la noche volvieron a festejar.
And they celebrated again in the evening.

Al día siguiente las celebraciones continuaron en el desayuno.
The next day the celebrations continued at breakfast.
Champa-Dal tenía la costumbre de dormir después del desayuno.
Champa-Dal had a habit of sleeping after breakfast.
Hacia la tarde, la supuesta tía le dijo a Keshavati:
Towards afternoon, the supposed aunt said to Keshavati:
"Vayamos ambos al río y lavémonos:
"Let us both go to the river and wash ourselves:
Keshavati respondió: "¿Cómo podemos ir ahora?"
Keshavati replied, "How can we go now?"
"Mi marido está durmiendo", explicó.
"My husband is sleeping," she explained.
—No te preocupes por el sueño de tu marido —dijo la tía.
"Do not worry about your husband's sleep," said the aunt.
"Déjalo dormir todo lo que quiera"
"Let him sleep as much as he likes"
"Déjame poner estos dulces cerca de su cama"
"Let me put these sweetmeats near his bedside"
"Así, cuando se despierte, tendrá algo para comer"
"That way, when he awakes, he has something to eat"
Luego fueron a la orilla del río.
Then they then went to the river-side.
Se acercaron al lugar donde se encontraba el barco.
They went close to the spot where the boat was.

Desde lejos, Keshavati vio las cestas de mimbre.
From a distance Keshavati saw the baskets of wicker-work.
—¡Tía, qué cosas tan bonitas son esas!
"Aunt, what beautiful things are those!"
"Ojalá pudiera conseguir algunas de esas cestas de mimbre"
"I wish I could get some of those wicker baskets"
Su tía felizmente la complació.
Her aunt happily obliged her.
"Ven, hijo mío, y mira las cestas de mimbre"
"Come, my child, and look at the wicker baskets"
"Puedes tener tantas cestas como quieras"
"You can have as many baskets as you like"
Al principio Keshavati se negó a subir al barco.
Keshavati at first refused to go into the boat.
Pero su tía fue muy persuasiva.
But her aunt was very persuasive.
Y finalmente subió al barco.
And finally she went onto the boat.
Pero una vez en el barco su tía hizo algo extraño.
But once on the boat her aunt did a strange thing.
La tía chasqueó los dedos tres veces y dijo:
The aunt snapped her fingers thrice and said:
"¡Barco de Hajol! ¡Remos de Mon-Paban!"
"Boat of Hajol! Oars of Mon-Paban!"
"Llévame al Ghat"
"Take me to the Ghat,"
"El Ghat donde se baña Sahasra-Dal"
"The Ghat in which Sahasra-Dal bathes"
Y el barco obedeció su orden.
And the boat heeded to her command.
Y la barca voló como una flecha sobre las aguas.
And the boat flew like an arrow over the waters.
Keshavati se asustó y comenzó a llorar.
Keshavati was frightened and began to cry.
Pero el barco siguió adelante a pesar de su llanto.
But the boat went on despite her crying.
Y la barca dejó atrás muchas ciudades y pueblos.

And the boat left behind many towns and cities.
En un santiamén el barco llegó a su destino.
In a trice the boat reached its destination.
El ghat donde Sahasra-Dal solía bañarse.
The ghat where Sahasra-Dal was in the habit of bathing.
Keshavati fue llevada al palacio.
Keshavati was taken to the palace.
Sahasra-Dal admiró su belleza y la longitud de su cabello.
Sahasra-Dal admired her beauty and the length of her hair.
Y las damas del palacio hicieron todo lo posible para consolarla.
And the ladies of the palace tried their best to comfort her.
Pero ella lanzó un fuerte grito de protesta.
But she set up a loud cry of protest.
Y ella quería que la llevaran de nuevo con su marido.
And she wanted to be taken back to her husband.
Finalmente vio que la habían hecho prisionera.
Finally she saw that she had been taken captive.
Así habló con las damas del palacio.
So she spoke to the ladies of the palace.
"Al casarme le hice una promesa a mi marido"
"Upon marriage I made a vow to my husband"
"Prometí no mirar la cara de ningún otro hombre"
"I promised not to look upon the face of any other man"
"Prometí mantener esta promesa durante seis meses"
"I promised to uphold this vow for six months"
Luego la alojaron lejos de los demás en el palacio.
She was then lodged away from the others in the palace.
Y le dieron una pequeña casa para vivir.
And she was given a small house to live in.
La ventana de la casa daba a la calle.
The window of the house overlooked the road.
Allí pasó todo el día.
There she spent the livelong day.
Y allí pasó toda la noche.
And there she spent the livelong night.
Porque dormía muy poco.

Because she had very little sleep.

Porque su tiempo lo pasaba en suspirar y llorar.

Because her time was spent in sighing and weeping.

Mientras tanto Champa-Dal se despertó de su sueño.

In the meantime Champa-Dal awoke from his sleep.

Estaba distraído con el dolor de no encontrar a su esposa.

He was distracted with the grief of not finding his wife.

Sus sospechas se dirigieron hacia la tía de Keshavati.

His suspicions turned to the aunt of Keshavati.

Él sabía que ella era una tramposa y una impostora.

He knew she was a cheat and an impostor.

Debería haber sido ella quien se llevó a Keshavati.

It must have been her who carried away Keshavati.

No comió los dulces que le dejaron.

He did not eat the sweetmeats left for him.

Porque sospechaba que los dulces estaban envenenados.

Because he suspected the sweets to have been poisoned.

Le arrojó uno de los dulces a un cuervo.

He threw one of the sweets to a crow.

En el momento en que el cuervo comió el dulce, cayó muerto.

The moment the crow ate the sweet, it dropped down dead.

Esto confirmó sus sospechas sobre la supuesta tía.

This confirmed his suspicion of the pretend aunt.

Enloquecido por el dolor, salió corriendo de la casa.

Maddened with grief, he rushed out of the house.

Estaba decidido a ir a donde sus pies lo llevaran.

He was determined to go wherever his feet took him.

Como un loco, balbuceó: "¡Oh, Keshavati! ¡Oh, Keshavati!".

Like a madman he blubbered, "Oh Keshavati! Oh Keshavati!"

Viajaba a pie día tras día.

He travelled on foot day after day.

Y él seguía cualquier camino que sus pies le llevaban.

And he followed whatever way his feet took him.

Pasó seis meses viajando de esta manera fatigosa.

Six months he spent travelling in this wearisome manner.

Después de seis meses llegó a la capital de Sahasra-Dal.
After six month he reached the capital of Sahasra-Dal.
Pasó por la puerta del palacio.
He passed by the gate of the palace.
Y desde el camino se podía ver una pequeña casa.
And from the road he could see a small house.
Y desde dentro de la casa se oían suspiros.
And from in the house he could hear sighs.
Champa-Dal reconoció instantáneamente a su esposa.
Champa-Dal instantly recognized his wife.
Y Keshavita reconoció instantáneamente a su marido.
And Keshavita instantly recognized her husband.
Keshavita le contó a su marido todo lo que había sucedido.
Keshavita told her husband everything that had happened.
"La mujer pidió bañarse después del desayuno"
"The woman asked to go bathing after breakfast"
"En el río había un barco"
"At the river there was a boat"
"La mujer me convenció de subir al barco"
"The woman persuaded me onto the boat"
"Y luego el barco nos llevó a este lugar"
"And then the boat took us to this place"
"Me di cuenta de que me habían hecho prisionera"
"I realized that I had been made captive"
"Así que les conté mis votos hacia ti"
"So I told them of my vows to you"
"Pero mañana será el final de seis meses"
"But tomorrow will be the end of six month"
Había una costumbre en aquellos días:
There was a custom in those days.
Los cumplimientos de los votos se recitaban públicamente.
The fulfilments of vows were publicly recited.
Normalmente esto lo cumplía un brahmán erudito.
This was normally fulfilled by a learned Brahman.
Planearon que Champa-Dal asumiera este papel.
They planned for Champa-Dal to take on this role.
Y así, aquella tarde, sonó el tambor del palacio.

And so that evening the palace drum was beat.
El rey quería que un brahmán erudito hiciera una recitación.
The king wanted a learned Brahman to make a recitation.
La historia de Keshavati sobre el cumplimiento de su voto.
The story of Keshavati on the fulfilment of her vow.
Champa-Dal tocó el tambor y se ofreció como voluntario.
Champa-Dal touched the drum and volunteered.
"Haré la recitación de los votos de Keshavita"
"I will make the recitation of Keshavita's vows"
A la mañana siguiente todos se reunieron en el patio.
The next morning all assembled in the courtyard.
El viejo rey y la reina madre.
The old king and the queen mother.
Sahasra-Dal y su esposa estaban allí.
Sahasra-Dal and his wife were there.
Todos los cortesanos y los eruditos brahmanes del país.
All the courtiers and the learned Brahmans of the country.
Toda la realeza estaba bajo un enorme dosel de seda.
All royalty was under a huge canopy of silk.
Kashavati también estaba allí, pero detrás de un velo.
Kashavati was also there, but behind a veil.
Para que no estuviera expuesta a la mirada grosera de la gente.
So that she wouldn't be exposed to the rude gaze of people.
Champa-Dal, el recitador, estaba sentado en un estrado.
Champa-Dal, the reciter, sat on a dais.
Y comenzó a contar la historia de Keshavati.
And he began to tell the story of Keshavati.
"Había una vez un pobre brahmán tonto"
"There was once a poor dimwitted Brahman"
"Este hombre tonto tenía esposa, pero no hijos"
"This dimwitted man had a wife, but no children"
"Pero que no tuviera hijos probablemente fue lo mejor"
"But him not having children was probably for the best"
"Porque apenas podía satisfacer sus propias necesidades"
"Because he was barely able to meet his own needs"
"Y apenas podía proveer lo suficiente para su esposa"

"And he could hardly supply enough for his wife"
"Pero su estupidez ni siquiera era su mayor problema"
"But his dimwittedness was not even his biggest problem"
Y continuó la historia tal como la hemos seguido.
And he continued the story as we have followed it.
Y a veces se volvía hacia Keshavati.
And sometimes he turned around to Keshavati.
Y le preguntó si estaba contando la historia correctamente.
And he asked her if he was telling the story correctly.
Y ella le dijo que estaba contando la historia correctamente.
And she told him he was telling the story correctly.
"La mujer brahmán concluyó que su destino estaba sellado"
"The Brahman woman concluded her fate was sealed"
"Y ella pensó que su marido correría la misma suerte"
"And she thought her husband would meet the same fate"
"Y ella tampoco esperaba que su hijo se salvara"
"And she did not expect her son to be spared either"
"Esa noche apenas durmió"
"That night she hardly slept at all"
"El Rakshasi le había impedido ver a su marido"
"The Rakshasi had prevented her from seeing her husband"
Temprano a la mañana siguiente, Champa-Dal fue a la escuela.
"Early next morning Champa-Dal went to school"
"Antes de ir a la escuela, le dio a su hijo una botella de oro"
"Before he went to school, she gave her son a golden bottle"
"En la botella de oro estaba su propia leche materna"
"In the golden bottle was her own breast milk"
"Observa atentamente el color de la leche "
"Carefully watch the colour of the milk"
Durante la recitación la sirvienta Rakshasi palideció.
During the recitation the Rakshasi maid-servant grew pale.
Ella percibió que su verdadero carácter iba a ser descubierto.
She perceived that her real character was going to be discovered.
Y Sahasra-Dal estaba asombrado por el conocimiento del recitador.

And Sahasra-Dal was astonished at the knowledge of the reciter.

El recitador contó claramente la historia de la vida del príncipe.

The reciter clearly told the history of the prince's life.

"Una o dos gotas de sangre cayeron de las abejas"

"A drop or two of the blood fell from the bees"

"Pero su sangre no tocó la tierra"

"But their blood did not touch the ground"

"En cambio, su sangre cayó sobre las cenizas"

"Instead, their blood landed on the ashes"

"Un grito terrible se escuchó a lo lejos"

"A terrible scream was heard at a distance"

"El grito era el lamento de los Rakshasas"

"The scream was the wailing of the Rakshasas"

"Todos corrían a casa tan rápido como podían"

"They were all running home as fast as they could"

"Querían evitar que mataran a las abejas"

"They wanted to prevent the bees from being killed"

"Pero no pudieron llegar al palacio a tiempo"

"But they could not reach the palace in time"

"Porque las abejas ya habían sido asesinadas"

"Because the bees had already been killed"

"En el momento en que mataron a las abejas, todos los Rakshasas murieron"

"The moment the bees were killed, all the Rakshasas died"

"Sus cadáveres cayeron en el mismo lugar donde estaban parados"

"Their carcasses fell on the very spot they were standing"

"Sus cadáveres ahora bloqueaban la entrada del palacio"

"Their carcasses now blocked the gateway of the palace"

"De esta manera los setecientos Rakshasas fueron destruidos"

"In this manner the seven hundred Rakshasas were destroyed"

Todos quedaron cautivados por la historia de los Rakshasas.

All where enthralled by the story of the Rakshasas.

Porque la historia estaba siendo contada por un verdadero narrador.
Because the story was being told by a true storyteller.
Todos disfrutaron la historia excepto la sirvienta.
All enjoyed the story except for the maid-servant.
Porque su verdadero carácter estaba destinado a ser descubierto.
Because her real character was bound to be discovered.
"Champa-Dal tocó el tambor y se ofreció como voluntario.
"Champa-Dal touched the drum and volunteered.
"Haré la recitación de los votos de Keshavita"
"I will make the recitation of Keshavita's vows"
"A la mañana siguiente todos reunidos en el patio"
"The next morning all assembled in the courtyard"
"El viejo rey y la reina madre"
"The old king and the queen mother"
"Sahasra-Dal y su esposa estaban allí"
"Sahasra-Dal and his wife were there"
"Todos los cortesanos y los eruditos brahmanes del país"
"All the courtiers and the learned Brahmans of the country"
"Toda la realeza estaba bajo un enorme dosel de seda"
"All royalty was under a huge canopy of silk"
"Kashavati también estaba allí, pero tras un velo"
"Kashavati was also there, but behind a veil"
"Para que no estuviera expuesta a la mirada grosera de la gente"
"So that she wouldn't be exposed to the rude gaze of people"
"Champa-Dal, el recitador, se sentó en un estrado"
"Champa-Dal, the reciter, sat on a dais"
"Y comenzó a contar la historia de Keshavati"
"And he began to tell the story of Keshavati"
Sahasra-Dal saltó de su asiento.
Sahasra-Dal jumped up from his seat.
Y abrazó al recitador de la historia.
And he embraced the reciter of the story.
"No puedes ser otro que mi hermano Champa-Dal"
"You can be none other than my brother Champa-Dal"

Entonces el príncipe se enfureció.

Then the prince was inflamed with rage.

Ordenó a la sirvienta que entrara en su presencia.

He ordered the maid-servant to come into his presence.

Se cavó en el suelo un hoyo de la altura de un hombre.

A hole the height of a man was dug in the ground.

Y la sierva fue puesta en el hoyo, y allí estaba.

And the maid-servant was put into the hole, standing.

Espinas punzantes se amontonaban a su alrededor.

Prickly thorns were heaped around her.

Estaba cubierta de espinas hasta la coronilla.

Up to the crown of her head she was covered in thorns.

De esta manera la sirvienta fue enterrada viva.

In this way the maid-servant was buried alive.

Después de esto todos vivieron felices juntos durante muchos años.

After this all lived happily together for many years.

Sahasra-Dal y su princesa, y Champa-Dal y Keshavati.

Sahasra-Dal and his princess, and Champa-Dal and Keshavati.

La historia de Swet y Bachanta
The Story of Swet and Bachanta

Había una vez un rico comerciante.
There was once upon a time a rich merchant.
Este rico comerciante sólo tenía un hijo.
This rich merchant had only one son.
Y amaba mucho a su único hijo.
And he loved his only son very much.
Le dio a su hijo todo lo que quiso.
He gave to his son whatever he wanted.
Por supuesto que su hijo quería una casa bonita.
Of course his son wanted a beautiful house.
Y también quería tener un gran jardín.
And he also wanted to have a large garden.
Y así le construyeron una hermosa casa.
So a beautiful house was built for him.
Y también le hicieron un hermoso jardín.
And a fine garden was made for him too.
El hijo del comerciante estaba contento con el jardín.
The merchant's son was pleased with the garden.
Y le encantaba pasear por el jardín.
And he enjoyed walking in the garden.
Un día un nido de pájaro llamó su atención.
One day a bird's nest caught his attention.
Este pájaro se llama Toontooni.
This bird happens to be called Toontooni.
Metió la mano en el pequeño nido del pájaro.
He put his hand into the small bird's nest.
Y en el nido encontró un huevo.
And in the nest he found an egg.
Sacó el huevo del nido.
He took the egg out of its nest.
Había un armario en la pared de su casa.
There was an almirah in the wall of his house.
Entonces puso el huevo en el armario.
So he put the egg in the almirah.

Cerró la puerta del armario.
He closed the door of the almirah.
Y luego no pensó más en el huevo.
And then he thought no more of the egg.
El hijo del comerciante tenía una casa propia.
The merchant's son had a house of his own.
Pero él tenía una casa sin familia.
But he had a house without a household.
Así que en su casa no había cocinero.
So in his house there was no cook.
Pero no necesitaba un cocinero propio.
But he had no need for his own cook.
Porque su madre le enviaba comida regularmente.
Because his mother regularly sent him food.
Por la mañana le envió el desayuno.
In the morning she sent him breakfast.
Y todos los días le enviaban la cena.
And every day she had dinner sent to him.
Un día el huevo que estaba en el armario estalló.
One day the egg in the almirah burst.
Pero no fue un pájaro lo que salió del huevo.
But it was not a bird that came out of the egg.
Del huevo salió un hermoso infante.
Out of the egg came a beautiful infant.
La niña no era un pájaro sino una niña humana.
The infant was not a bird, but a human girl.
Pero el hijo del comerciante no sabía nada del acontecimiento.
But the merchant's son knew nothing of the event.
Se había olvidado todo acerca del huevo.
He had forgotten everything about the egg.
La puerta del almacén de la muralla se había mantenido cerrada.
The door of the wall-almirah had been kept closed.
Sin embargo, el hijo del comerciante no cerró la puerta.
However, the merchant's son did not lock the door.
El niño creció dentro del armario de la pared.

The child grew up within the wall-almirah.
Ella no tenía conocimiento del hijo del comerciante.
She had no knowledge of the merchant's son.
Tampoco conocía a nadie más.
Nor did she know of anyone else.
Cuando el niño pudo caminar sintió curiosidad.
When the child could walk it grew curious.
Y por curiosidad abrió la puerta.
And out of curiosity she opened the door.
Ese día también la madre había enviado el desayuno.
That day, too, the mother had sent breakfast.
Y el desayuno había sido dejado en el suelo.
And the breakfast had been put on the floor.
El niño vio la comida que estaba en el suelo.
The child saw the food that was on the floor.
Por supuesto que el niño comió de la comida.
Of course the child ate from the food.
Y entonces el niño regresó a la pared.
And then the child returned into the wall.
La madre del comerciante siempre hacía mucha comida.
The merchant's mother always made a lot of food.
Era más comida de la que podía comer.
It was more food than he could possibly eat.
Así que no se dio cuenta de que faltaba comida.
So he didn't notice that any food was missing.
La muchacha del almirah de la pared salía todos los días.
The girl of the wall-almirah came out every day.
Y cada día comía una parte de la comida.
And every day she ate a part of the food.
Después de comer la comida regresó al armario.
After eating the food she returned to the almirah.
Pero con el tiempo la niña se fue haciendo cada vez mayor.
But with time the girl got older and older.
Y con la edad se hizo cada vez más grande.
And with age she got bigger and bigger.
Y cuanto más grande era, más hambre tenía.
And the bigger she got the hungrier she got.

Y empezó a comer más comida cada día.

And she began to eat more of the food each day.

Finalmente el hijo del comerciante se dio cuenta de que faltaba comida.

Eventually the merchant's son noticed the missing food.

Pero no tenía forma de saber a dónde iba la comida.

But he had no way of knowing where the food went.

Lo último que sospechó fue una chica de dentro del armario.

The last thing he suspected was a girl from inside the almirah.

Y así llegó a una conclusión muy diferente.

And so he came to a very different conclusion.

"¿Por qué mamá envía tan poca cantidad de comida?"

"Why is mother sending such a small quantity of food?".

Y le envió un mensaje a su madre.

And he had a message sent to his mother.

"¿Por qué me envían comida insuficiente?"

"Why am I being sent insufficient food?".

"¿Y por qué el plato se sirve tan mal?"

"And why is the dish served so slovenly?".

Por supuesto que sabemos por qué la comida era insuficiente.

Of course we know why the food was insufficient.

Y sabemos por qué la comida estaba presentada de forma descuidada.

And we know why the food was presented slovenly.

La muchacha de la pared comió de su comida.

The girl from in the wall ate from his food.

Y mientras comía, tocaba el arroz y el curry.

And as she ate she fingered the rice and curry.

Y ella siempre se apresuraba a regresar a su celda en la pared.

And she always hurried back into her cell in the wall.

Para que no la viera nadie.

So that she would not be seen by anyone.

No tuvo tiempo de poner el arroz en el orden apropiado.

She had no time to put the rice in proper order.

La madre quedó sorprendida ante la queja de su hijo.

The mother was astonished at her son's complaint.
Ella le dio más de lo que podía comer.
She gave him more than he could eat.
La comida se sirvió en un plato de plata.
The food was served up on a silver plate.
Y ella misma preparó cuidadosamente la comida.
And she neatly arranged the food herself.
Pero su hijo volvió a repetir la misma queja.
But her son repeated the same complaint again.
Día tras día se quejaba de las pequeñas porciones.
Day after day he complained of the small portions.
Día tras día se quejaba de la mala calidad de la comida.
Day after day he complained of the messy food.
Y entonces su madre empezó a sospechar que algo andaba mal.
And so his mother began to suspect foul play.
Ella le dijo a su hijo que vigilara la comida.
She told her son to watch over the food.
"Mira si alguien está comiendo tu comida".
"See if anyone is eating your food".
Al día siguiente un sirviente trajo la comida.
The next day a servant brought the food.
El sirviente puso la comida en un lugar limpio.
The servant laid the food in a clean place.
Normalmente el hijo del comerciante se bañaba.
Normally the merchant's son took a bath.
Pero ese día no fue a bañarse.
But this day he did not go for a bath.
En cambio, ese día se escondió cerca.
Instead, on this day he hid himself nearby.
Desde su escondite podía ver la comida.
From his hiding place he could see the food.
El hijo del comerciante no tuvo que esperar mucho tiempo.
The merchant's son did not have to wait for long.
Pronto vio que el armario de la pared estaba abierto.
Soon he saw the wall-almirah open.
Y vio salir una hermosa damisela.

And he saw a beautiful damsel step out.

No podía tener más de dieciséis años.

She could not have been more than sixteen.

Ella se sentó en la alfombra junto al desayuno.

She sat on the carpet by the breakfast.

Y empezó a comer de la comida que había quedado en el suelo.

And she began to eat from the food left on the floor.

El hijo del comerciante salió de su escondite.

The merchant's son came out of his hiding-place.

Y la doncella no pudo escapar de él.

And the damsel could not escape from him.

"¿Quién eres, hermosa criatura?".

"Who are you, beautiful creature?".

"No pareces haber nacido en la tierra".

"You do not seem to be earth-born".

"¿Eres una de las hijas de los dioses?"

"Are you one of the daughters of the gods?".

La muchacha respondió: "No sé quién soy".

The girl replied, "I do not know who I am".

«Pero hay una cosa que sí sé», continuó la niña.

"But there is one thing I do know," the girl continued.

"Un día me encontré en el armario de la pared".

"One day I found myself in the almirah in the wall".

"Y desde entonces vivo en el muro".

"And since then I have been living in the wall".

El hijo del comerciante pensó que su historia era extraña.

The merchant's son thought her story was strange.

Pero luego pensó un poco más en la historia.

But then he thought a bit more about the story.

Y recordó lo que pasó hace dieciséis años.

And he remembered what happened sixteen years ago.

Recordó el nido del pájaro toontoori.

He remembered the nest of the toontoori bird.

Y recordó haber encontrado un huevo en el nido.

And he remembered finding an egg in the nest.

Y se acordó de haber puesto el huevo en el armario.

And he remembered putting the egg in the almirah.
La muchacha del armario de pared era de una belleza poco común.
The wall-almirah girl was of uncommon beauty.
Y el hijo del comerciante quedó impresionado por su belleza.
And the merchant's son was struck by her beauty.
Su belleza dejó una profunda impresión en su mente.
Her beauty made a deep impression on his mind.
Y resolvió en su mente casarse con ella.
And he resolved in his mind to marry her.
Desde ese momento la muchacha no permaneció más en el armario.
From then on the girl didn't stay in the almirah.
Le dieron una habitación en la casa del hijo del comerciante.
She was given a room in the merchant's son's house.
Al día siguiente, el hijo del comerciante escribió un mensaje.
The next day the merchant's son wrote a message.
Y le envió el mensaje a su madre.
And he had the message sent to his mother.
Puedes adivinar el tema general del mensaje.
You can guess the general theme of the message.
El hijo del comerciante dijo que le gustaría casarse.
The merchant's son said he would like to get married.
La madre del hijo del comerciante se reprochó esto.
The mother of the merchant's son reproached herself.
Ella no había intentado encontrar una esposa para su hijo.
She had not tried to find a wife for his son.
Ella sintió que debería haber pensado en su matrimonio.
She felt she should have thought of his marriage.
Y así respondió rápidamente al mensaje de su hijo.
And so she promptly replied to her son's message.
Ella y su padre iban a enviar ghataks.
She and her father were going to send out ghataks.
Los ghataks iban a ir a diferentes países.
The ghataks were going to go to different countries.
Allí iban a buscar novias adecuadas.

There they were going to look for suitable brides.
Pero el hijo del comerciante dijo que no habría necesidad.
But the merchant's son said there would be no need.
Se había conseguido una joven encantadora.
He had secured himself a lovely young lady.
Si no tenían objeción, él se la presentaría.
If they had no objection, he would introduce her to them.
Y así la joven fue llevada a la casa del comerciante.
And so the young lady was taken to the merchant's house.
El comerciante y su esposa dieron la bienvenida al extraño.
The merchant and his wife welcomed the stranger.
Y también quedaron impresionados por su inigualable belleza.
And they were also struck by her unmatched beauty.
La muchacha era de una belleza y gracia perfectas.
The girl was of perfect loveliness and grace.
Los padres no hicieron ninguna pregunta sobre su nacimiento.
The parents made no questions to her birth.
Y allí mismo se celebraron las nupcias.
And the nuptials were celebrated there and then.

Con el paso del tiempo el hijo del comerciante tuvo dos hijos.
In the course of time the merchant's son had two sons.
Al mayor de los hijos lo llamó Swet.
The elder of the sons he named Swet.
Y al hijo menor le puso por nombre Basanta.
And the younger son he named Basanta.
Después de pasar más tiempo, el viejo comerciante murió.
After the passing of more time the old merchant died.
Así que el hijo del comerciante ahora se convirtió en el comerciante.
So the merchant's son now became the merchant.
Y después de un tiempo su madre también murió.
And after some time his mother died too.

Swet y Basanta crecieron y se convirtieron en buenos muchachos.
Swet and Basanta grew up to be fine lads.
Y el hijo mayor, a su debido tiempo, se casó.
And the elder son was in due time married.
Algún tiempo después del matrimonio de Swet, su madre también murió.
Sometime after Swet's marriage his mother also died.
La muchacha de la pared ya no existía.
The girl from in the wall was no more.
El viudo no perdió tiempo en casarse nuevamente.
The widower lost no time in marrying again.
Y tenía una nueva esposa, joven y hermosa.
And he had a new young and beautiful wife.
La esposa de Swet era mayor que su madrastra.
Swet's wife was older than his stepmother.
Entonces su esposa se convirtió en la señora de la casa.
So his wife became the mistress of the house.
La madrastra era como todas las madrastras.
The stepmother was like all stepmothers are.
Ella odiaba a Swet y Basanta con un odio perfecto.
She hated Swet and Basanta with a perfect hatred.
Y las dos damas tampoco se soportaban.
And the two ladies also couldn't stand each other.
Un día llegó un pescador.
It so happened one day that a fisherman came.
El pescador trajo al comerciante un pescado.
The fisherman brought to the merchant a fish.
Este pez era de una belleza singular y notable.
This fish was of singular and remarkable beauty.
No se parecía a ningún otro pez que habíamos visto antes.
It was unlike any other fish that had been seen.
Y el pescado también tenía otras cualidades.
And the fish had other qualities too.
El pescador explicó las maravillas de los peces.
The fisherman explained the wonders of the fish.
"Si comes este pescado sucederán dos cosas".

"Two things will happen if you eat this fish".
"Cuando te rías, te caerán maniks de la boca".
"When you laugh maniks will drop from your mouth".
"Y cuando llores, caerán perlas de tus ojos".
"And when you weep pearls will drop from your eyes".
El comerciante quedó asombrado por lo que había oído.
The merchant was astounded by what he had heard.
Y quería las maravillosas propiedades del pescado.
And he wanted the wonderful properties of the fish.
Y entonces compró el pescado por mil rupias.
And so he bought the fish at one thousand rupees.
Y puso el pescado en manos de la mujer de Swet.
And he put the fish into the hands of Swet's wife.
Porque la esposa de Swet era la señora de la casa.
Because Swet's wife was the mistress of the house.
Él le ordenó estrictamente que cocinara bien el pescado.
He strictly instructed her to cook the fish well.
Y le dijo que le diera a él solo el pescado para comer.
And he told her to give the fish to him alone to eat.
Pero la madre de la casa conocía el secreto del pez.
The house-mother however knew the fish's secret.
Ella había escuchado lo que dijo el pescador.
She had overheard what the fisherman had said.
En secreto, ella hizo un plan diferente en su mente.
Secretly she made a different plan in her mind.
Ella iba a cocinar el pescado para su marido.
She was going to cook the fish for her husband.
Y ella iba a compartir el pescado con su hermano.
And she was going to share the fish with his brother.
Para su suegro iba a preparar una rana.
For her father-in-law she was going to prepare a frog.
Pronto terminó de cocinar el maravilloso pescado.
Soon she had finished cooking the marvelous fish.
Y también había terminado de cocinar una rana.
And she had finished cooking a frog too.
Pero desde la cocina se oía una pelea.
But from the kitchen she could hear a squable.

Ella podía escuchar quién estaba discutiendo.
She could hear who it was that was arguing.
Su madrastra y el hermano de su marido.
Her stepmother-in-law and her husband's brother.
Y ella entendió la causa de la discusión.
And she understood the cause of the argument.
Basanta era todavía un muchacho joven.
Basanta was still but a young lad.
Pero él era un apasionado de sus palomas.
But he was passionately fond of his pigeons.
Y amansaba muy bien sus palomas.
And he tamed his pigeons very well.
Sin embargo, una de sus palomas había escapado.
Nonetheless, one of his pigeons had escaped.
Y la paloma voló a la habitación de su madrastra.
And the pigeon flew into his stepmother's room.
Su madrastra escondió la paloma entre su ropa.
His stepmother hid the pigeon in her clothes.
Basanta corrió tras la paloma y entró en la habitación.
Basanta rushed after the pigeon into the room.
Y exigió en voz alta que le devolvieran la paloma.
And he loudly demanded to have the pigeon back.
Su madrastra negó tener la paloma.
His stepmother denied having the pigeon.
Swet, sin embargo, sabía que tenía la paloma.
Swet, however, did know she had the pigeon.
Y el hermano mayor tomó el pájaro a la fuerza.
And the older brother forcibly took the bird.
Y liberó a la paloma de sus vestiduras.
And he freed the pigeon from her clothes.
Y devolvió la paloma a su hermano.
And he gave the pigeon back to his brother.
La madrastra maldijo y juró, y añadió:
The stepmother cursed and swore, and added;
"Espera hasta que el jefe de familia llegue a casa".
"Wait until the head of the house comes home".
"No tendrá agua hasta que derrame tu sangre".

"He will get no water till he sheds your blood".
La esposa de Swet llamó a su marido y le dijo:
Swet's wife called her husband and said to him;
"Mi querido señor, esa mujer es una mujer muy malvada".
"My dearest lord, that woman is a most wicked woman".
"Y ella tiene una influencia ilimitada sobre mi suegro".
"And she has boundless influence over my father-in-law".
"Ella le obligará a cumplir lo que ha amenazado".
"She will make him do what she has threatened".
"Todas nuestras vidas están en peligro inminente".
"All our lives are in imminent danger".
«Pero primero comamos un poco», añadió.
"But let us first eat a little," she added.
"Y entonces huyamos los tres de este lugar".
"And then let us all three run away from this place".
Swet inmediatamente llamó a Basanta.
Swet forthwith called Basanta to him.
Y le contó lo que había oído de su mujer.
And he told him what he had heard from his wife.
Decidieron huir antes del anochecer.
They resolved to run away before nightfall.
La mujer colocó el pescado delante de su marido.
The woman placed before her husband the fish.
Y su cuñado también comió del pescado.
And her brother-in-law ate of the fish too.
Y comieron del pescado con avidez.
And they ate of the fish heartily.
La mujer guardó todas sus joyas en una caja.
The woman packed up all her jewels in a box.
Sólo había un caballo en los establos.
There was only one horse in the stables.
Pero el caballo era de una rapidez poco común.
But the horse was of uncommon fleetness.
Todos podrían sentarse juntos en el caballo.
They could all sit on the horse together.
Swet sostenía las riendas del caballo.
Swet held the reins of the horse.

La mujer estaba sentada en medio del caballo.
The woman sat in the middle of the horse.
Y ella tenía el joyero en su regazo.
And she had the jewel-box in her lap.
Y Basanta se sentó en la parte trasera del caballo.
And Basanta sat on the rear of the horse.
El caballo galopaba con la mayor rapidez.
The horse galloped with the utmost swiftness.
Pasaron por muchas ciudades sencillas y famosas.
They passed through many a plain and noted town.
Después de medianoche se encontraron en un bosque.
After midnight they found themselves in a forest.
Y no estaban lejos de las orillas de un río.
And they were not far from the banks of a river.
Aquí ocurrió el acontecimiento más nefasto.
Here the most untoward event took place.
La esposa de Swet comenzó a sentir los dolores del parto.
Swet's wife began to feel the pains of child-birth.
Se apearon del caballo sin demora.
They dismounted from the horse without delay.
Y en cuestión de una hora la esposa de Swet dio a luz un hijo.
And within an hour Swet's wife gave birth to a son.
¿Qué debían hacer los dos hermanos en este bosque?
What were the two brothers to do in this forest?
Sabían que era necesario encender un fuego.
They knew that a fire had to be kindled.
La madre y el recién nacido necesitaban calor.
The mother and the new-born baby needed warmth.
Pero ¿de dónde se podía sacar el fuego?
But from where was there fire to be gotten?
No se veían viviendas humanas.
There were no human habitations visible.
Aún así, fue necesario provocar un incendio.
Nonetheless, a fire had to be procured.
Y era el mes de invierno de diciembre.
And it was the winter month of December.

La madre y el bebé seguramente perecerían.
The mother and the baby would certainly perish.
Swet le dijo a Basanta que se sentara junto a su esposa.
Swet told Basanta to sit beside his wife.
Y partió en la oscuridad de la noche.
And he set out in the darkness of the night.
Y fue en busca de leña para hacer fuego.
And he went in search of wood to make a fire.
Swet caminó muchas millas a través de la oscuridad.
Swet walked many a mile through the darkness.
Pero a pesar de la distancia no vio viviendas humanas.
But despite the distance he saw no human habitations.
Pero al final sus ojos recibieron alguna ayuda.
But eventually his eyes were given some help.
La luz genial de Sukra iluminó un poco su camino.
The genial light of Sukra somewhat illumined his path.
Y vio a lo lejos lo que parecía una gran ciudad.
And he saw at a distance what seemed a large city.
Se estaba felicitando por el final de su viaje.
He was congratulating himself on his journey's end.
Y se felicitó por haber encontrado el fuego.
And he congratulated himself for finding fire.
El incendio que iba a beneficiar a su pobre esposa.
The fire that was going to benefit his poor wife.
Su esposa que yacía fría en el bosque.
His wife that was lying cold in the forest.
El incendio que iba a salvar a su hijo recién nacido.
The fire that was going to save his new-born child.
El bebé recién nacido que nació en el frío.
The new-born baby born into the coldness.
De repente, un elefante se cruzó en su camino.
Suddenly an elephant shot across his path.
El elefante estaba lujosamente enjaezado.
The elephant was gorgeously caparisoned.
Y el elefante lo recogió suavemente con su trompa.
And the elephant gently picked him with his trunk.
Lo colocó sobre el rico howdah, sobre su espalda.

He placed him on the rich howdah on its back.

Luego el elefante caminó rápidamente hacia la ciudad.

The elephant then walked rapidly towards the city.

Swet quedó bastante desconcertado por los acontecimientos.

Swet was quite taken aback by the events.

No entendió las acciones del elefante.

He did not understand the elephant's actions.

Y se preguntó qué le esperaba.

And he wondered what was in store for him.

Una corona era lo que le esperaba.

A crown is that which was in store for him.

Lo llevaban a la ciudad principal de un reino.

He was being taken to the chief city of a kingdom.

En este reino cada mañana se elegía un rey.

In this kingdom every morning a king was elected.

Porque los reyes de esta ciudad sólo duraron un día.

Because the kings of this city lasted but a day.

Cada noche, el nuevo rey se unía a la reina en su habitación.

Every night the new king joined the queen in her room.

Y cada mañana el rey anterior era encontrado muerto.

And every morning the previous king was found dead.

Nadie sabía qué causaba la muerte de los reyes.

No one knew what caused the deaths of the kings.

Ni siquiera la reina sabía qué causó su muerte.

Not even the queen knew what caused their death.

Así que este reino tenía su propio hacedor de reyes.

So this kingdom had its own king-maker.

El elefante que de repente atrapó a Swet.

The elephant who suddenly took hold of Swet.

Temprano por la mañana el elefante estaba deambulando.

Early in the morning the elephant roamed about.

A veces el elefante iba a lugares lejanos.

Sometimes the elephant went to distant places.

Y cada tarde el elefante regresaba con un hombre.

And every evening the elephant returned with a man.

El hombre del elefante se convirtió en su rey.

The man on the elephant's became their king.

El elefante marchó majestuosamente por las calles.
The elephant majestically marched through the streets.
Una multitud de personas dio la bienvenida a su nuevo rey.
A crowd of people welcomed their new king.
Pero Swet aún no entendía sus aplausos.
But Swet did not yet understand their cheers.
El elefante entró en el palacio del reino.
The elephant entered the kingdom's palace.
Y el elefante colocó a Swet en el trono.
And the elephant placed Swet on the throne.
Entre mucho regocijo fue proclamado rey.
Amid much rejoicing he was proclaimed king.
Pero también hubo lamentaciones entre la multitud.
But there were lamentations in the crowd too.
Durante el transcurso del día se enteró de la maldición.
In the course of the day he heard of the curse.
La muerte nocturna de cada rey recién elegido.
The nightly death of every newly elected king.
Pero Swet poseía una gran discreción.
But Swet was possessed of great discretion.
Y tuvo el coraje de no intentar escapar.
And he had the courage not to try an escape.
Tomó todas las precauciones que pudo.
He took every precaution that he could take.
Pero no sabía cómo evitar la catástrofe.
But he did not know how to avert the catastrophe.
Y no sabía qué remedio adoptar.
And he knew not what expedients to adopt.
Porque no conocía la naturaleza del peligro.
Because he didn't know the nature of the danger.
Sin embargo, decidió hacer dos cosas:
He resolved, however, upon two things;
Iba a entrar armado al dormitorio.
He was going to go armed into the bedchamber.
Y se quedaría despierto toda la noche.
And he was going to stay awake the whole night.
La reina era joven y de exquisita belleza.

The queen was young and of exquisite beauty.
La expresión de su rostro era inocente y benévola.
Guileless and benevolent was the expression of her face.
Era imposible atribuirle ninguna malicia.
It was impossible to attribute her any malice.
Nadie creyó que ella causó todas las muertes de los reyes.
No one believed she caused all the kings' deaths.
En la cámara de la reina, Swet pasó una velada agradable.
In the queen's chamber Swet spent an agreeable evening.
A medida que avanzaba la noche la reina se quedó dormida.
As the night advanced the queen fell asleep.
Pero Swet se mantuvo despierto y alerta.
But Swet kept awake, and was on the alert.
Miró cada rincón y cada rincón de la habitación.
He looked at every creek and corner of the room.
Y esperaba que cada minuto fuera asesinado.
And he expected every minute to be murdered.
Pero la reina no se levantó para asesinarlo.
But the queen did not rise to murder him.
Y nadie entró en la habitación para asesinarlo.
And no one entered the room to murder him either.
Y no sentía nada más que somnolencia.
Nor did he feel anything other than sleepiness.
Pero en plena noche percibió algo.
But in the dead of night he perceived something.
Un hilo salía de la fosa nasal de la reina.
A thread was coming out the queen's nostril.
El hilo era tan fino que era casi invisible.
The thread was so thin that it was almost invisible.
Poco a poco el hilo fue alcanzando varios metros de longitud.
Slowly the thread reached several yards in length.
Y al final salió todo el hilo.
And eventually all the thread came out.
Sólo entonces el hilo empezó a hacerse más grueso.
Only then did the thread begin to grow thicker.
Pronto el hilo tomó su forma real.

Soon the thread took on its real shape.

El hilo era en realidad una enorme serpiente.

The thread was in fact a huge serpent.

Inmediatamente Swet cortó la cabeza de la serpiente.

Immediately Swet cut off the head of the serpent.

El cuerpo de la serpiente se retorcía violentamente.

The body of the serpent wriggled violently.

Se sentó en silencio en la habitación, esperando otras aventuras.

He sat quiet in the room, expecting other adventures.

Pero no pasó nada más el resto de la noche.

But nothing else happened the rest of the night.

La reina durmió más de lo habitual.

The queen slept longer than usual.

Porque se había librado de la enorme serpiente.

Because she had been relieved of the huge snake.

Temprano a la mañana siguiente llegaron los ministros.

Early next morning the ministers came.

Esperaban oír hablar de la muerte del rey.

They were expecting to hear of the king's death.

Las damas del dormitorio llamaron a la puerta.

The ladies of the bedchamber knocked at the door.

Pero para su sorpresa, Swet salió.

But to their astonishment Swet come out.

El pueblo aprendió el misterio de la muerte de todos los reyes.

The folk learned the mystery of all the kings' deaths.

Y ahora el país se regocijó con su rey permanente.

And now the country rejoiced their permanent king.

Hay algo extraño que probablemente hayas notado.

There is a strange thing you probably noticed.

Swet no recordaba a su esposa que había dejado atrás.

Swet did not remember his wife he left behind.

Es una cosa extraña, pero es verdad.

It is a strange thing, nevertheless it is true.

Tampoco recordaba al indefenso bebé recién nacido.

Nor did he remember the defenceless new-born babe.

Y tampoco se acordó de su hermano.
And he did not remember his brother either.
No tuvo tiempo de recordar cuándo llegó el elefante.
He had no time to remember when the elephant came.
La primera noche tuvo que preocuparse por su propia vida.
On the first night he had to worry for his own life.
Y ahora la corona trajo consigo su olvido.
And now the crown brought on his forgetfulness.
Pero él había confiado su esposa y su hijo a Basanta.
But he had entrusted his wife and child to Basanta.
Y su hermano permaneció sentado esperando durante muchas horas agotadoras.
And his brother sat waiting for many weary hours.
A cada momento esperaba ver a Swet regresar con fuego.
Every moment he expected to see Swet return with fire.
Pero pasó toda la noche sin su regreso.
But the whole night passed away without his return.
Al amanecer se dirigió a la orilla del río.
At sunrise he went to the bank of the river.
Allí miró ansiosamente a su hermano.
There he anxiously looked about for his brother.
Pero su espera y búsqueda fueron en vano.
But his waiting and searching were all in vain.
Angustiado hasta lo indecible, lloró a la orilla del río.
Distressed beyond measure, he wept at the riverside.
Mientras él lloraba, pasó un barco.
As he was weeping a boat was passing by.
En la barca regresaba del negocio un comerciante.
In the boat a merchant was returning from business.
El barco no estaba lejos de la orilla.
The boat was not far from the shore.
Entonces el comerciante pudo ver a Basanta llorando.
So the merchant could see Basanta weeping.
Algo llamó la atención del comerciante.
Something struck the attention of the merchant.
Al hombre que lloraba le pareció un montón de perlas.
By the weeping man appeared to be a pile of pearls.

El comerciante pidió al barquero que se detuviera.
The merchant requested the boatman to halt.
Y el comerciante se dirigió al hombre que lloraba.
And the merchant went to the weeping man.
Junto al hombre que lloraba había en realidad un montón de perlas.
By the weeping man was in fact a pile of pearls.
Y las perlas eran de la más alta calidad.
And the pearls were of the highest quality.
Y otra cosa asombró al comerciante.
And another thing astonished the merchant.
La pila de perlas se hacía más grande cada segundo.
The pile of pearls grew larger every second.
Porque el hombre lloraba, pero no lágrimas.
Because the man was crying, but not tears.
Porque sus lágrimas se convirtieron en perlas en la tierra.
Because his tears turned to pearls on the ground.
El comerciante guardó las perlas en su barca.
The merchant stowed away the pearls into his boat.
Entonces el comerciante llamó a sus sirvientes para que lo ayudaran.
Then the merchant got his servants to help him.
Y juntos capturaron al hombre que lloraba.
And together they captured the crying man.
Lo subieron a bordo del barco.
They put him on board of the vessel.
Y lo ató a uno de los mástiles del barco.
And he tied him to one of the ship's masts.
Basanta, por supuesto, hizo todo lo posible por resistirse.
Basanta, of course, tried his best to resist.
Pero ¿qué podía hacer contra tantos marineros?
But what could he do against so many sailors?
Pensó en su hermano que nunca regresó.
He thought of his brother who never returned.
Pensó en su cuñada en el bosque.
He thought of his sister-in-law in the forest.
Y pensó en su sobrina recién nacida.

And he thought of his newly born niece.
Y lloró aún más amargamente que antes.
And he cried even more bitterly than before.
Su llanto agradó mucho al comerciante.
His weeping mightily pleased the merchant.
Porque aún caían más perlas al suelo.
Because even more pearls were falling to the ground.
Y el comerciante se hacía cada vez más rico.
And the merchant became richer and richer.
Finalmente el comerciante llegó a su ciudad natal.
Eventually the merchant reached his native town.
Cuando llegaron allí, confinó a Basanta en una habitación.
When they got there he confined Basanta in a room.
A horas determinadas todos los días lo mandaba azotar.
At stated hours every day he had him whipped.
Para hacerle derramar aún más lágrimas.
In order to make him shed yet more tears.
Y cada lágrima se convirtió en una perla brillante.
And every tear converted into a bright pearl.
Un día el comerciante dijo a sus sirvientes:
The merchant one day said to his servants;
"Este hombre me está haciendo rico con su llanto".
"The fellow is making me rich by his weeping".
"Veamos qué me regala riéndose".
"Let us see what he gives me by laughing".
En consecuencia, comenzó a hacerle cosquillas a su prisionera.
Accordingly, he began to tickle his captive.
Al hacerle cosquillas Basanta comenzó a reír.
Upon being tickled Basanta began to laugh.
Por supuesto que no se reía de felicidad.
Of course he was not laughing out of happiness.
Pero aún así, maniks cayeron de su boca.
But none the less maniks dropped from his mouth.
Después de esto Basanta ya no fue simplemente azotado.
After this Basanta was not just whipped anymore.
Ahora le azotaban y le hacían cosquillas alternativamente.

Now he was alternately whipped and tickled.
Fue explotado todo el día y hasta bien entrada la noche.
All day and far into the night he was exploited.
La riqueza del comerciante aumentaba día y noche.
The merchant's wealth increased day and night.
Pronto se convirtió en el hombre más rico del país.
Soon he became the wealthiest man in the land.
Pero volvamos a la subyugación de Basanta más tarde.
But let us return to Basanta's subjugation later.
Ahora dirijamos nuestra atención a la esposa de Swet.
Now let us turn our attention to Swet's wife.

La esposa abandonada de Swet todavía estaba en el bosque.
Swet's abandoned wife was still in the forest.
Ella acababa de dar a luz a su hijo.
She had just given birth to her child.
Pero ahora estaba sola en el bosque.
But now she was alone in the forest.
Primero su marido la había abandonado.
First her husband had abandoned her.
Y ahora su cuñado también la abandonó.
And now her brother-in-law abandoned her too.
Imagínese lo abrumada por el dolor que se sentía.
Imagine how overwhelmed with grief she felt.
Solo y en un bosque, lejos de la civilización.
Alone, and in a forest, far from civilization.
Su caso realmente merecía compasión.
Her case was indeed deserving of sympathy.
Ella lloró ríos de lágrimas tristes y solitarias.
She wept rivers of sad and lonely tears.
Sin embargo, el dolor excesivo le trajo alivio.
Excessive grief, however, brought her relief.
Ella se quedó dormida con el recién nacido en sus brazos.
She fell asleep with the new-born in her arms.
Mientras ella dormía profundamente ocurrió otra tragedia.
While she was deep in sleep another tragedy took place.
Dio la casualidad de que el Kotwal estaba pasando por allí.

It so happened that the Kotwal was passing by.
Recientemente había sufrido su propia desgracia.
He had recently suffered his own misfortune.
Pero su desgracia fue de otra naturaleza.
But his misfortune was of a different nature.
Los hijos que dio a luz su esposa murieron poco después de nacer.
The children his wife bore died shortly after birth.
Y ahora iba a enterrar al último niño.
And he was now going to bury the last infant.
Se dirigía a las orillas del río.
He was heading to the banks of the river.
El lugar donde fueron enterrados los demás infantes.
The place where the other infants were buried.
Pero entonces vio a la mujer durmiendo en el bosque.
But then he saw the woman sleeping in the forest.
Y en sus brazos la vio sosteniendo un bebé.
And in her arms he saw her holding a baby.
El bebé era un niño vivaz y hermoso.
The infant was a lively and beautiful boy.
Su vivacidad no perturbó el sueño de su madre.
His liveliness did not disturb his mother's sleep.
El Kotwal quería mucho al adorable bebé.
The Kotwal wanted the lovely infant very much.
Le quitó el niño a su madre en silencio.
He quietly took the child from his mother.
Y en sus brazos colocó a su propio hijo muerto.
And in her arms he placed his own dead child.
Por supuesto que esto no es lo que le podía decir a su esposa.
Of course this is not what he could tell his wife.
"Ambos pensamos que nuestro hijo había muerto".
"We both thought that our son had died".
"Y llevé su cuerpo a la orilla del río".
"And I carried his body to the river bank".
"Y entonces ocurrió el milagro".
"And that was when a miracle occurred".
"Una vez más nuestro hijo abrió sus jóvenes ojos".

"Once more our son opened his young eyes".

"Y ahora tenemos un niño hermoso y vivaz".

"And now we have a beautiful and lively boy".

Pero la esposa de Swet no sabía los verdaderos hechos.

But Swet's wife did not know the true events.

Cuando despertó, sostenía al niño muerto en sus brazos.

When she woke she held the dead child in her arms.

Y ella pensó que era su hijo el que había muerto.

And she thought it was her child that had died.

La angustia de su mente puede imaginarse fácilmente.

The distress of her mind may easily be imagined.

El mundo entero se volvió oscuro para ella.

The whole world became dark to her.

Estaba distraída por la pérdida de su hijo.

She was distracted by the loss of her child.

Y en su distracción tomó una resolución.

And in her distraction she formed a resolution.

Ella había decidido quitarse la vida.

She had resolved to take her own life.

El río no estaba lejos de donde ella había dormido.

The river was not far from where she had slept.

Y decidió ahogarse en el río.

And she determined to drown herself in the river.

Ella tomó en su mano el paquete de joyas.

She took in her hand the bundle of jewels.

Y luego se dirigió a la orilla del río.

And then she proceeded to the river-side.

A poca distancia se encontraba un viejo brahmán.

An old Brahman was at no great distance.

El brahmán estaba realizando sus abluciones matutinas.

The Brahman was performing his morning ablutions.

Se dio cuenta que la mujer entraba al agua.

He noticed the woman going into the water.

Naturalmente pensó que iba a bañarse.

Naturally he thought that she was going to bathe.

Pero entonces la vio adentrándose en aguas profundas.

But then he saw her going into the deep waters.

Algo parecido a una sospecha surgió en su mente.
Something akin to suspicion arose in his mind.
El brahmán abandonó sus devociones.
The Brahman discontinued his devotions.
Él también se adentró en el agua hacia la profundidad del río.
He too waded out towards the river's depth.
Y ordenó a la mujer que viniese a él.
And he ordered the woman to come to him.
La esposa de Swet escuchó al anciano llamándola.
Swet's wife heard the old man calling her.
Entonces volvió sobre sus pasos hasta donde estaba el anciano.
So she retraced her steps to the old man.
"¿Cuáles eran tus intenciones?" preguntó Braham.
"What were your intentions?" asked the Braham.
Y la mujer confirmó sus sospechas.
And the woman confirmed his suspicions.
"Iba a poner fin a mi vida".
"I was going to put an end to my life".
Y ella agradeció al Brahman por salvarla.
And she thanked the Brahman for saving her.
"Acepta estas joyas como muestra de agradecimiento".
"Accept these jewels as a sign of appreciation".
El Brahman aceptó la señal de agradecimiento.
The Brahman accepted the sign of appreciation.
Pero a él le interesaba más su historia.
But he was more interested in her story.
Y a petición suya ella contó su historia.
And at his request she related her story.
Ella había escapado de su madrastra.
She had escaped from her stepmother in law.
En el bosque dio a luz un niño.
In the forest she gave birth to a child.
Primero su marido fue a buscar fuego.
First her husband went looking for fire.
Pero su marido nunca regresó con ella.

But her husband never came back to her.
Entonces su cuñado buscó a su marido.
Then her brother-in-law looked for her husband.
Pero su cuñado tampoco regresó.
But her brother-in-law did not return either.
Al final se quedó dormida con su hijo.
Eventually she fell asleep with her child.
Pero cuando despertó su hijo estaba muerto.
But when she woke her child was dead.
Y fue entonces cuando decidió ahogarse.
And that's when she decided to drown herself.
Sintió el alivio de contar su destino.
She felt the relieve of telling her fate.
El brahmán invitó a la mujer a su casa.
The Brahman invited the woman to his house.
Y la mujer fue aceptada en su familia.
And the woman was accepted into his family.
La esposa del brahmán la trataba como a una hija.
The Brahman's wife treated her like a daughter.
Y pasó años con su nueva familia.
And she spent years with her new family.
Swet pasó esos años en su reino.
Swet spend those years in his kingdom.
Basanta pasó esos años siendo torturado.
Basanta spent those years being tortured.
Y el hijo adoptivo del Kotwal creció.
And the adopted son of the Kotwal grew up.
La casa del Brahman no estaba lejos de la del Kotwal.
The Brahman's house was not far from the Kotwal's.
Entonces el hijo del Kotwal conoció a la hija adoptiva del Brahman.
So the Kotwal's son met the Brahman's adopted daughter.
Y el muchacho pensó que se había enamorado de ella.
And the lad thought he fell in love with her.
Habló con su padre sobre la mujer.
He spoke to his father about the woman.
Y el padre le habló al Brahman acerca de la mujer.

And the father spoke to the Brahman about the woman.
La ira del brahmán no conocía límites.
The Brahman's rage knew no bounds.
"¿Qué es esta insolencia?", protestó el brahmán.
"What is this insolence!" the Brahman protested.
"Tu hijo es hijo de un infiel".
"Your son is the son of an infidel".
"¿Cómo puede aspirar a la mano de la hija de un brahmán?".
"How can he aspire to the hand of a Brahman's daughter!?".
"¡Un enano también podría aspirar a alcanzar la Luna!".
"A dwarf may as well aspire to catch hold of the moon!".
Pero el hijo del Kotwal decidió tomarla por la fuerza.
But the Kotwal's son determined to have her by force.
Un día escaló el muro de la casa del brahmán.
One day he scaled the wall of the Brahman's house.
Se subió al techo de paja del establo.
He got upon the thatched roof of the cow-house.
Y desde aquella elevada posición realizó un reconocimiento.
And from that lofty position he reconnoitered.
Y vio debajo de él dos terneros jóvenes.
And he saw two young calves below him.
Y oyó la conversación de dos terneros jóvenes.
And he overheard the conversation of two young calves.
"Los hombres nos acusan de ignorancia brutal e inmoralidad".
"Men accuse us of brutish ignorance and immorality".
"Pero en mi opinión los hombres son cincuenta veces peores".
"But in my opinion men are fifty times worse".
—¿Qué te hace decir eso, hermano? —preguntó el ternero.
"What makes you say so, brother?" the calf asked.
"¿Ha presenciado usted casos de depravación humana?"
"Have you witnessed instances of human depravity?".
"¿Quién es mayor monstruo que el hijo de Kotwal?"
"Who is a greater monster than the Kotwal's son?".
"El mismo muchacho de pie sobre el tejado de paja".
"The same lad standing on the thatched roof".

"El techo de esta choza sobre nuestras cabezas".

"The roof of this hut above our heads".

"Pensé que era sólo el hijo de nuestro Kotwal".

"I thought he was just the son of our Kotwal".

"Nunca había oído que fuese excepcionalmente cruel".

"I never heard that he was exceptionally vicious".

"Puede que nunca hayas oído hablar de su maldad".

"You may have never heard of his wickedness".

"Pero ahora oiréis de mi parte acerca de su maldad".

"But now you will hear of his wickedness from me".

"Este muchacho malvado ahora está haciendo planes inmorales".

"This wicked lad is now making immoral plans".

"¡Está intentando casarse con su propia madre!".

"He is trying get married to his own mother!".

Luego el Primer Becerro contó toda la historia.

The First Calf then related the whole story.

Y el inquisitivo Segundo Ternero escuchó.

And the inquisitive Second Calf listened.

Y el ternero contó la historia de Swet y Basanta.

And the calf told Swet's and Basanta's story.

"Un comerciante construyó una casa para su hijo"

"A merchant built a house for his son"

"En el jardín de la casa había un pájaro Toontooni"

"In the garden of the house was a Toontooni bird"

"En el nido del pájaro Toontooni había un huevo"

"In the nest of the Toontooni bird was an egg"

"El hijo del comerciante puso el huevo en un almirah"

"The merchant's son put the egg in a almirah"

"Del huevo salió una hermosa niña"

"Out of the egg came a beautiful girl"

"Finalmente, el hijo del comerciante se casó con esta hermosa muchacha"

"Eventually the merchant's son married this beautiful girl"

"Juntos tuvieron dos hijos: Swet y Basanta"

"Together they had two children; Swet and Basanta"

"Algún tiempo después murió el abuelo de los niños"

"Some time later the grandfather of the children died"

"Algún tiempo después, su abuela también murió"

"Some time later again their grandmother died too"

"En el momento oportuno, el hijo mayor, Swet, se casó"

"At the right time, the oldest son, Swet, got married"

Su madre, la mujer Toontooni, murió algún tiempo después.

"His mother, the Toontooni woman, died sometime later"

"Poco después su padre se casó con una mujer más joven"

"Soon after their father married a younger woman"

"Pero su nueva madrastra odiaba a sus hijastros"

"But their new stepmother hated her stepsons"

"Y también odiaba a su nueva nuera"

"And she also hated her new stepdaughter-in-law"

"Un día un pescador visitó por casualidad al comerciante"

"One day a fisherman happened to visit the merchant"

"El pescador le había vendido al comerciante un pez mágico"

"The Fisherman had sold the merchant a magical fish"

"Quien comió el pescado se reirá maniks"

"Whoever ate the fish would laugh maniks"

"Y el que comió el pescado llorará perlas"

"And whoever ate the fish would weep pearls"

"Ese mismo día hubo una discusión por unas palomas"

"The same day there was an argument over some pigeons"

"La madrastra era terriblemente vengativa con sus hijastros"

"The stepmother was terribly vengeful to her stepsons"

"Y juró vengarse de sus hijastros "

"And she swore revenge on her stepsons"

"Ese día Swet, su esposa y Basanta escaparon"

"That day Swet, his wife, and Basanta escaped"

"Pero antes de irse se comieron el pez mágico"

"But before leaving they ate the magical fish"

"En su viaje, la esposa de Swet dio a luz a un niño"

"On their journey Swet's wife gave birth to a baby boy"

"Swet fue a buscar leña para hacer fuego"

"Swet went to look for wood to make a fire"

"Pero se lo llevó un elefante"

"But he was carried away by an elephant"

"Fue llevado ante una Reina acosada por una serpiente "

"He was taken to a Queen haunted by a snake"

"Pero logró matar a la serpiente"

"But he succeeded in killing the serpent"

"Y así se convirtió en rey de la tierra" " Basanta fue a buscar a su hermano"

"And so he became king of the land" "Basanta went looking for his brother"

"Pero fue capturado por un comerciante"

"But he was captured by a merchant"

"Y ahora lo azotan y le hacen cosquillas a diario"

"And now he's flogged and tickled daily"

"Y llora perlas y ríe maniks"

"And he cries pearls and laughs maniks"

"El hijo del Kotwal había muerto esa noche"

"The Kotwal's son had died that night"

"Entonces el Kotwal intercambió a los dos bebés"

"So the Kotwal exchanged the two babies"

"La madre no pudo soportar la pérdida de su hijo"

"The mother couldn't bear the loss of her child"

"Así que tomó la decisión de ahogarse"

"So she made the decision to drown herself"

"Pero hubo un brahmán que le salvó la vida"

"But there was a Brahman that saved her life"

"Y este brahmán la acogió en su casa"

"And this Brahman took her into his home"

"El hijo del Kotwal creció siendo un niño fuerte"

"The Kotwal's son grew up a hardy boy"

"Y se enamoró de la mujer"

"And he fell in love with the woman"

"Y ahora está de pie en el tejado"

"And now he stands on the roof"

"Y él tiene la intención de tener a la mujer"

"And he's intent on having the woman"

Todo esto oyó el hijo del Kotwal.

All this the Kotwal's son heard.

Y quedó sobrecogido de horror.
And he was struck with horror.
Inmediatamente se bajó del techo de paja.
He forthwith got down from the thatch.
Y regresó a casa de su padre.
And he went home to his father.
Y dijo que debía hablar con el rey.
And he said he must speak with the king.
El padre protestó contra la petición.
The father protested against the request.
Pero consiguió una entrevista con el rey.
But he got an interview with the king.
Le contó al rey lo de los dos becerros.
He told the king about the two calves.
Y repitió toda la historia.
And he repeated the whole story.
El rey ahora se acordó de su pobre esposa.
The king now remembered his poor wife.
Entonces le enviaron un sirviente al Brahman.
So a servant was sent to the Brahman.
Y el brahmán fue ricamente recompensado.
And the Brahman was richly rewarded.
Y su esposa fue traída de regreso al palacio.
And his wife was brought back to the palace.
Su esposa fue puesta en el lugar que le correspondía.
His wife was put in her proper position.
Y ella se convirtió en reina del reino.
And she became queen of the kingdom.
El supuesto hijo del Kotwal fue adoptado nuevamente.
The reputed son of the Kotwal was readopted.
Y fue proclamado heredero del trono.
And he was proclaimed heir to the throne.
Basanta fue sacado de la mazmorra.
Basanta was brought out of the dungeon.
Y el malvado comerciante fue enterrado vivo.
And the wicked merchant was buried alive.
Y pusieron espinas en su sepulcro.

And thorns were put in his burying-place.
Y todos vivieron juntos y felices durante muchos años.
And all lived together happily for many years.
Swet, su esposa y su hijo, y Basantas.
Swet, his wife and son, and Basantas.

El mal de ojo de Sani
The Evil Eye of Sani

Una vez, Sani y Lakshmi se pelearon.
Once upon a time Sani and Lakshmi fell out with each other.
Sani, también conocido como Saturno, es el dios de la mala suerte.
Sani, also known as Saturn, is the God of bad luck.
Y Lakshmi es la diosa de la buena suerte.
And Lakshmi is the Goddess of good luck.
Y estos dos dioses se pelearon en el cielo.
And these two Gods fell out with each other in heaven.
Sani dijo que su rango era superior al de Lakshmi.
Sani said he was higher in rank than Lakshmi.
Y Lakshmi dijo que ella tenía un rango superior al de Sani.
And Lakshmi said she was higher in rank than Sani.
Pero había tantos dioses como diosas.
But there were just as many Gods as there were Goddesses.
Por tanto, la disputa no pudo resolverse en el cielo.
Therefore the dispute could not be settled in heaven.
Las deidades contendientes acordaron remitir el asunto a los humanos.
The contending deities agreed to refer the matter to humans.
Los humanos tenían un nombre para la sabiduría y la justicia.
The humans had a name for wisdom and justice.
En ese tiempo vivía en la tierra un hombre llamado Sribatsa.
There lived at that time upon earth a man named Sribatsa.
(Sri es otro nombre de Lakshmi).
(Sri is another name of Lakshmi).
(Y "batsa " es otra palabra para niño).
(And"batsa" is another word for child).
(Sribatsa significa literalmente "el niño de la fortuna").
(so Sribatsa literally means"the child of fortune").
Sribatsa tenía tanta sabiduría como riqueza.
Sribatsa had as much wisdom as he had wealth.
Y era tan justo como rico también.

And he was as fair as he was rich, too.
Fue pues un buen juez en la disputa.
He was therefore a good judge for the dispute.
Y el Dios y la Diosa acordaron que él podía juzgar su caso.
And the God and Goddess agreed he could judge their case.
Un día, pues, nos pusimos en contacto con Sribatsa.
One day, accordingly, Sribatsa was contacted.
Le dijeron que Sani y Lakshmi vendrían a verlo.
He was told that Sani and Lakshmi would come to him.
Y le dijeron que querían que él resolviera su disputa.
And he was told they wished for him to settle their dispute.
Esto puso a Sribatsa en una situación delicada.
This put Sribatsa in a delicate situation.
Podría decirse que Sani tenía un rango superior al de Lakshmi.
He could say Sani was higher in rank than Lakshmi.
Pero entonces ella se enojaría con él y lo abandonaría.
But then she would be angry with him and forsake him.
Podría decirse que Lakshmi tenía un rango superior al de Sani.
He could say Lakshmi was higher in rank than Sani.
Pero entonces Sani le lanzó su mal de ojo.
But then Sani would cast his evil eye upon him.
Decidió no decir nada directamente.
He made up his mind not to say anything directly.
El dios y la diosa tenían que observar sus acciones.
The god and the goddess had to observe his actions.
Y de sus acciones podían extraer sus opiniones.
And from his actions they could gather their opinions.
Sribatsa ordenó que se hicieran dos sillas.
Sribatsa ordered two chairs to be made.
Una de las sillas estaba hecha de oro.
One of the chairs was made from gold.
Y la otra silla estaba hecha de plata.
And the other chair was made from silver.
Y colocó las dos sillas a su lado.
And he placed the two chairs beside himself.

Llegó el día en que Sani y Lakshmi visitaron Sribatsa.
The day came when Sani and Lakshmi visited Sribatsa.
Le dijo a Sani que se sentara en la silla de plata.
He told Sani to sit upon the silver chair.
Y le dijo a Lakshmi que se sentara en la silla de oro.
And he told Lakshmi to sit upon the gold chair.
Sani se puso furioso y habló enojado:
Sani became mad with rage, and spoke angrily;
"¿Me consideras de rango inferior a Lakshmi?"
"You consider me lower in rank than Lakshmi"
"Te vigilaré durante tres años"
"I will cast my eye on you for three years"
"Veremos cómo te va al final de ese período"
"We shall see how you fare at the end of that period"
Entonces el dios se marchó muy enojado.
The god then went away in great anger.
Lakshmi, antes de irse, le dijo a Sribatsa:
Lakshmi, before she went away, said to Sribatsa;
"Hijo mío, no temas. Yo seré tu amigo."
"My child, do not fear. I'll befriend you"
Entonces el dios y la diosa se fueron.
The god and the goddess then went away.
Sribatsa habló con su esposa, Chantamani:
Sribatsa spoke to his wife, Chantamani;
"Querida, el mal de ojo de Sani caerá sobre mí"
"Dearest, the evil eye of Sani will be upon me"
Será mejor que me vaya de casa.
"I had better go away from the house"
"Si me quedo, el mal caerá sobre ti y sobre mí"
"If I stay evil will befall you and me"
"Pero si me voy, solo me alcanzará el mal"
"But if I go, evil will overtake me only"
Chintamani dijo: "No puede ser así".
Chintamani said, "it cannot be that way"
"Dondequiera que vayas, yo iré contigo"
"Wherever you go, I will go with you"
"Tu buena suerte será mi buena suerte"

"Your good luck shall be my good luck"
"Y tu mala suerte será mi mala suerte"
"And your bad luck shall be my bad luck"
El marido intentó con todas sus fuerzas convencer a su mujer para que se quedara.
The husband tried hard to persuade his wife to stay.
Pero todos sus esfuerzos fueron inútiles.
But all his efforts were of no use.
Ella se negó a abandonar a su marido.
She refused to abandon her husband.
Sribatsa le dijo a su esposa que hiciera una abertura en el colchón.
Sribatsa told his wife to make an opening in their mattress.
Y le dijo que guardara todo su dinero y sus joyas.
And he told her to stow away all their money and jewels.
En vísperas de dejar su casa, Sribatsa invocó a Lakshmi.
On the eve of leaving their house, Sribatsa invoked Lakshmi.
Al ser invocada, Lakshmi apareció inmediatamente.
Upon being invoked, Lakshmi forthwith appeared.
"Madre Lakshmi, el mal de ojo de Sani está sobre nosotros"
"Mother Lakshmi, the evil eye of Sani is upon us"
"Nos vamos al exilio"
"We are going away into exile"
"Por favor, hazte amigo nuestro y cuida nuestra propiedad"
"Please befriend us, and take care of our property"
La diosa de la buena suerte respondió.
The goddess of good luck answered.
"No tengas miedo; yo seré tu amigo"
"Do not fear; I'll befriend you"
"Al final todo estará bien"
"In the end all will be right"
Luego emprendieron su viaje.
They then set out on their journey.
Sribatsa enrolló el colchón y se lo puso sobre la cabeza.
Sribatsa rolled up the mattress and put it on his head.
No habían recorrido muchas millas cuando vieron un río.
They had not gone many miles when they saw a river.

Había una canoa con un hombre sentado en ella.
There was a canoe with a man sitting in it.
Los viajeros pidieron al barquero que los llevara al otro lado.
The travelers requested the ferryman to take them across.
El barquero dijo que sólo podía llevar uno a la vez.
The ferryman said he could only take one at a time.
"Sois tres", objetó.
"Tere are three of you," he objected.
"Estás tú, tu esposa y tu colchón"
"There is you, your wife, and your mattress"
Sribatsa propuso en qué orden deberían cruzar el río.
Sribatsa proposed in what order they should ferry over the river.
"Primero deben llevar a mi esposa al otro lado del río"
"First my wife should be taken across the river"
"Después de mi esposa, lleva el colchón al otro lado del río"
"After my wife, take the mattress across the river"
"Y luego puedes llevarme al otro lado del río"
"And then you can take me across the river"
Pero el barquero no quiso ni oír hablar del asunto.
But the ferryman would not hear of it.
"Sólo uno a la vez", repitió.
"Only one at a time," he repeated.
"Primero déjame llevar el colchón al otro lado"
"First let me take across the mattress"
Sribatsa no vio ninguna razón para oponerse a la propuesta.
Sribatsa saw no reason to object to the proposal.
El barquero comenzó a llevar el colchón a través del río.
The ferryman started taking the mattress across the river.
Había llegado a la mitad del río.
He had reached halfway across the river.
Pero entonces, de la nada, surgió un vendaval feroz.
But then, from nowhere, a fierce gale arose.
El barquero perdió el control de su canoa.
The ferryman lost control of his canoe.
El colchón fue arrojado al río.
The mattress was blown into the river.

El río se lo llevó todo.
The river carried everything away with it.
Y nunca más se volvió a ver al barquero, ni la canoa, ni el colchón.
And the ferrymen, canoe, and mattress were never seen again.
Pero aquello no fue ni siquiera el acontecimiento más extraño.
But that was not even the strangest events.
Porque el río también desapareció en el aire.
Because the river also disappeared into thin air.
Donde había agua ahora había tierra seca.
Where there was water there was now dry ground.
Sribatsa sabía que el mal de ojo de Sani había estado observando.
Sribatsa knew the evil eye of Sani had been watching.

Sribatsa y su esposa no tenían ni un céntimo en sus bolsillos.
Sribatsa and his wife had not a pice in their pockets.
Juntos, empobrecidos, se dirigieron a un pueblo cercano.
Together, impoverished, they went to a nearby village.
El pueblo estaba habitado en su mayoría por leñadores.
The village was dwelt in mostly by wood-cutters.
Al amanecer los leñadores fueron a cortar leña.
At sunrise the woodcutters went to cut wood.
Y la madera que cortaban la vendían en un pueblo lejano.
And the wood they cut they sold in a faraway town.
Sribatsa pidió trabajar con los leñadores.
Sribatsa asked to work with the wood-cutters.
Y los leñadores accedieron a dejarle cortar leña.
And the wood-cutters agreed to let him cut wood.
Podía talar árboles tan bien como el mejor.
He could fell trees as well as the best of them.
Pero Sribatsa era diferente de los leñadores.
But Sribatsa was different from the wood-cutters.
Los leñadores cortan todo tipo de madera.
The wood-cutters cut any and every sort of wood.

Pero Sribatsa sólo cortaba los tipos de madera más preciosos.
But Sribatsa cut only the precious types of wood.
Sus esfuerzos se centraron en talar sándalo.
His efforts were focused on cutting down sandal-wood.
Los leñadores llevaban al mercado grandes cargas de madera común.
The wood-cutters brought to market large loads of common wood.
Sribatsa sólo trajo unos pocos trozos de sándalo al mercado.
Sribatsa brought only a few pieces of sandal-wood to the market.
Le pagaban mucho más dinero que a los demás.
He was paid a great deal more money than the others.
Las cosas continuaron así durante algunos días.
Things went on this way for some days.
Y los leñadores sintieron celos de Sribatsa.
And the wood-cutters became jealous of Sribatsa.
En sus celos conspiraron contra Sribatsa.
In their jealousy they plotted against Sribatsa.
Y finalmente expulsaron a Sribatsa y su esposa del pueblo.
And finally they drove Sribatsa and his wife from the village.

Sribatsa y su esposa se dirigieron a otro pueblo.
Sribatsa and his wife made their way to another village.
En este pueblo había muchas mujeres que tejían.
In this village there were many women that weaved.
Aquí Chintamani se hizo útil hilando algodón.
Here Chintamani made herself useful by spinning cotton.
Chintamani era una mujer inteligente y hábil.
Chintamani was an intelligent and skillful woman.
Así que ella hilaba hilo más fino que las otras mujeres.
So she spun finer thread than the other women.
Y a ella le pagaban más dinero que a las otras mujeres.
And she got paid more money than the other women.
Esto despertó la envidia de las mujeres nativas del pueblo.
This roused the envy of the native women of the village.
Pero la envidia de las demás mujeres no era todo.

But the envy of the other women was not all.
Sribatsa quería ganarse la gracia de los tejedores.
Sribatsa wanted to gain the good grace of the weavers.
Entonces invitó a las mujeres que hilaban algodón a un banquete.
So he invited the women that spun cotton to a feast.
Los platos de la hazaña fueron todos cocinados por su esposa.
The dishes of the feat were all cooked by his wife.
Chintamani era un buen tejedor y un excelente cocinero.
Chintamani was a good weaver, and an excellent in cook.
Colocó los manjares delante de las mujeres.
She placed the delicacies before the women.
Y los tejedores bárbaros quedaron encantados.
And the barbarous weavers were quite charmed.
Los hombres regresaron a sus casas con el estómago lleno.
The men went to their homes with their bellies full.
Pero cuando llegaron a casa, reprocharon a sus esposas.
But when they got home, they reproached their wives.
"¿Por qué no cocinas como la esposa de Sribatsa?"
"Why do you not cook like the wife of Sribatsa"
Y los hombres llamaban a sus esposas «mujeres inútiles».
And the men called their wives good-for-nothing women.
Esto hizo que las mujeres odiaran aún más a Chintamani.
This made the women hate Chintamani the more.

Un día Chintamani fue a la orilla del río.
One day Chintamani went to the river-side.
Ella quería bañarse junto con las demás mujeres del pueblo.
She wanted to bathe along with the other women of the village.
Un barco se encontraba encallado en la orilla, varado en la arena.
A boat had been lying on the bank, stranded on the sand.
El barco permaneció varado allí durante muchos días.
The boat had been stranded there for many days.
Habían intentado mover el barco, pero en vano.

They had tried to move the boat, but in vain.
Dio la casualidad de que Chintamani tocó el barco.
It so happened that Chintamani touched the boat.
Fue un accidente porque ella no tenía intención de tocar el barco.
It was an accident, for she did not mean to touch the boat.
Pero, quisiera o no, el barco se movió.
But whether she meant to or not, the boat moved.
Y pronto el barco se dirigía hacia el río.
And soon the boat was heading off to the river.
Los barqueros quedaron asombrados por lo que habían visto.
The boatmen were astonished by what they had seen.
Creían que la mujer tenía un poder extraordinario.
They thought that the woman had uncommon power.
Y pensaron que podría ser útil en el futuro.
And so they thought she might be useful in future.
Entonces la agarraron contra su voluntad.
They therefore caught hold of her, against her will.
Y la pusieron en la barca y se fueron remando.
And they put her in the boat, and rowed off.
Las mujeres del pueblo estuvieron presentes en este secuestro.
The women of the village were present for this kidnapping.
Pero no le ofrecieron ninguna ayuda a Chintamani.
But they did not offer Chintamani any assistance.
Porque Chintamani los había puesto en una mala posición.
Because Chintamani had put them in a bad light.

Sribatsa escuchó cómo su esposa había sido arrastrada por unos barqueros.
Sribatsa heard how his wife had been carried away by boatmen.
Os dejo que imaginéis cómo se volvió loco de dolor.
I will let you imagine how he became mad with grief.
Abandonó el pueblo y se dirigió a la orilla del río.
He left the village and went to the river-side.

Y decidió seguir el curso del arroyo.
And he resolved to follow the course of the stream.
A lo largo del arroyo estaba seguro de encontrarse con el barco de los secuestradores.
Along the stream he was sure to meet the kidnappers' boat.
Continuó viajando y viajando a lo largo del lado del río.
He travelled on and on, along the side of the river.
Y viajó hasta que finalmente oscureció.
And he travelled till it eventually became dark.
Donde él estaba no se veían chozas.
Where he was there were no huts to be seen.
Entonces se subió a un árbol para dormir esa noche.
So he climbed into a tree to sleep for the night.
A la mañana siguiente se bajó del árbol.
In the next morning he got down from the tree.
Al pie del árbol vio una vaca Kapila.
At the foot of the tree he saw a Kapila-cow.
Una vaca Kapila nunca tiene terneros propios.
A Kapila-cow never has any calves of her own.
Pero se la puede ordeñar a cualquier hora del día.
But she can be milked at all hours of the day.
Sribatsa ordeñó la vaca sin que ella se opusiera.
Sribatsa milked the cow without her objecting.
Y bebió la leche hasta saciarse.
And he drank the milk to his heart's content.
Y luego notó algo más sobre la vaca.
And then he noticed something else about the cow.
El estiércol de la vaca era de un color amarillo brillante.
The dung of the cow was of a bright yellow color.
De hecho, el estiércol de la vaca estaba hecho de oro puro.
In fact, the dung of the cow was made of pure gold.
El estiércol de vaca dorada todavía estaba blando.
The golden cow dung was still in a soft state.
Y así fue como pudo escribir su nombre en el estiércol de oro.
So he was able to write his name in the golden dung.
Durante el transcurso del día el estiércol se endureció.

During the course of the day the dung hardened.
Y al final el estiércol parecía un ladrillo de oro.
And finally the dung looked like a brick of gold.
El árbol en el que había dormido crecía a la orilla del río.
The tree he had slept in grew on the river-side.
Y la vaca Kapila le suministró leche todo el día.
And the Kapila-cow supplied him with milk all day.
Entonces Sribatsa decidió esperar allí el barco.
So Sribatsa decided to wait there for the boat.
Por la mañana la vaca depositó el preciado artículo.
In the morning the cow deposited the precious article.
Y por la noche la vaca depositó el preciado artículo.
And at night the cow deposited the precious article.
Así los ladrillos de oro aumentaban cada día.
So the gold bricks increased every day.
Y en cada ladrillo dorado tenía grabado su nombre.
And on each golden brick he had engraved his name.
Apiló los ladrillos uno encima del otro.
He stacked the bricks on top of each other.
Desde lejos parecía un montículo de oro.
From a distance it looked like a hillock of gold.

Pero ahora debemos dejar que Sribatsa acumule su oro.
But now we must leave Sribatsa to stack his gold.
Y debemos dirigir nuestra atención a Chintamani.
And we must turn our attention to Chintamani.
Chintamani era una mujer elegante y de gran belleza.
Chintamani was a graceful woman of great beauty.
Le preocupaba que su belleza pudiera ser su ruina.
She had worried her beauty might be her ruin.
Entonces ella ofreció una oración mientras era secuestrada.
So she offered a prayer as she was being kidnapped.
"¡Lakshmi, oh Madre Lakshmi! Ten piedad de mí".
"Lakshmi, O Mother Lakshmi! have pity upon me"
"Me has hecho hermosa, me has hecho hermosa"
"Thou hast made me beautiful, you have"
"Pero ahora mi belleza sin duda será mi ruina"

"But now my beauty will undoubtedly be my ruin"
"Estoy destinado a perder mi honor y mi castidad"
"I am bound to loss my honor and my chastity"
"Por tanto, te suplico, Madre misericordiosa;"
"I therefore beseech thee, gracious Mother;"
"Quítame mi belleza y hazme fea"
"Take my beauty from me, and make me ugly"
"Cubre mi cuerpo con alguna enfermedad repugnante"
"Cover my body with some loathsome disease"
"Así los barqueros no me tocarían"
"That way the boatmen might not touch me"
Chintamani estaba en brazos de los barqueros.
Chintamani was in the arms of the boatmen.
Pero la diosa de la buena fortuna escuchó su oración.
But the Goddess of good fortune heard her prayer.
En un abrir y cerrar de ojos su forma cambió.
In the twinkling of an eye her form changed.
Su forma naturalmente hermosa se desvaneció.
Her naturally beautiful form faded away.
Y ella se convirtió en un vil cadáver.
And she was turned into a vile carcass.
Los barqueros la estaban bajando al bote.
The boatmen were putting her down in the boat.
Encontraron que su cuerpo estaba cubierto de llagas repugnantes.
They found her body was covered with loathsome sores.
Y las llagas desprendían un hedor repugnante.
And the sores were giving out a disgusting stench.
Entonces la arrojaron a la bodega del bote.
They therefore threw her into the hold of the boat.
Y la dejaron entre la carga del barco.
And they left her amongst the cargo of the ship.
Por la mañana y por la tarde le enviaban algo de comida.
Morning and evening they sent her some food.
Un poco de arroz hervido y un poco de agua para beber.
A little boiled rice, and some water to drink.
Chintamani se sentía miserable en el casco del barco.

Chintamani was miserable in the hull of the ship.
Pero ella prefería la miseria a la alternativa.
But she greatly preferred misery to the alternative.
Preferiría ser miserable antes que perder su castidad.
She would rather be miserable than loss her chastity.

Los barqueros habían ido a algún puerto a vender carga.
The boatmen had gone to some port to sell cargo.
Mientras navegaban de regreso avistaron algo.
While sailing back they caught sight something.
A la orilla del río parecía haber un montículo de oro.
By the river-side there seemed to be a hillock of gold.
Sribatsa había estado vigilando el río.
Sribatsa had been keeping watch by the river.
Así que se alegró mucho cuando vio que un barco se acercaba a él.
So he was delighted to see a boat approach him.
Porque imaginaba con cariño que su esposa podría estar a bordo.
Because he fondly imagined his wife might be on board.
Los barqueros se dirigieron ávidamente al montículo de oro.
The boatmen went greedily to the hillock of gold.
Por supuesto Sribatsa les dijo que el oro era suyo.
Of course Sribatsa told them the gold was his.
Pero eso no ayudó mucho a Sribatsa.
But that didn't help Sribatsa very much.
Los marineros lo tomaron prisionero en el barco.
The sailors took him prisoner on the boat.
Y cargaron el oro en su barco.
And they loaded the gold onto their vessel.
Por casualidad lo encarcelaron cerca de la mujer fea.
They happened to imprison him close to the ugly woman.
Por supuesto que marido y mujer se reconocieron.
Of course the husband and wife recognized each other.
A pesar del cambio que había experimentado Chintamani.
In spite of the change Chintamani had undergone.
Y a pesar de su excitación mantuvieron la compostura.

And despite their excitement they kept their composure.
Y creyeron prudente no hablarse.
And they thought it prudent not to speak to each other.
Más bien, comunicaron sus ideas mediante gestos.
Instead they communicated their ideas through gestures.
Hay algo que debes saber acerca de los barqueros.
There is something you should know about the boatmen.
A estos barqueros les gustaba mucho jugar a los dados.
These boatmen were very fond of playing at dice.
Sribatsa les pareció un hombre respetable.
Sribatsa appeared to them to be a respectable man.
Así que siempre le pedían que se uniera al juego.
So they always asked him to join in the game.
Resultó que Sribatsa era un experto jugador de dados.
Sribatsa happened to be an expert dice player.
A pesar de sus esfuerzos, ganó casi todos los partidos.
Despite their efforts he won almost every game.
Podéis imaginaros cómo se sintieron los marineros al perder.
You can imagine how the sailors felt about losing.
Y los barqueros, llenos de celos, lo arrojaron por la borda.
And in jealousy the boatmen threw him overboard.
Chintamani vio a los hombres arrojar a su marido por la borda.
Chintamani saw the men throw her husband overboard.
Afortunadamente para Sribatsa, su esposa tenía gran presencia de ánimo.
Fortunately for Sribatsa, his wife had great presence of mind.
Los barqueros le habían permitido una almohada para apoyar la cabeza.
The boatmen had allowed her a pillow to rest her head.
Y al mismo tiempo arrojó la almohada al agua.
And she simultaneously threw this pillow into the water.
Sribatsa logró agarrar la almohada.
Sribatsa was able to grab hold of the pillow.
Y la almohada le ayudó a flotar río abajo.
And the pillow helped him float down the stream.
Hasta el anochecer el río lo arrastró río abajo.

Up until nightfall the river carried him downstream.
Al anochecer llegó a lo que parecía un jardín.
At nightfall he arrived at what seemed to be a garden.
Como estaba oscuro no había nada que pudiera hacer.
Because it was dark there was nothing he could do.
Así que permaneció toda la noche en el jardín, frío y mojado.
So all night he stayed in the garden, cold and wet.
Debería decirte a quién pertenecía este jardín.
I should tell you who this garden belonged to.
Éste era el jardín de una anciana viuda.
This was the garden of an old widowed woman.
Esta mujer solía suministrar flores al rey.
This woman used to supply flowers for the king.
Pero un día una plaga azotó su jardín.
But one day some blight had come over her garden.
Casi todos los árboles y plantas dejaron de florecer.
Almost all the trees and plants ceased flowering.
Por lo tanto, ella había renunciado al negocio que tenía.
She had therefore given up the business she had.
Y ella ya no era la proveedora real de flores.
And she was no longer the royal flower supplier.
Sin embargo, la llegada de Sribatsa había rejuvenecido su jardín.
However, Sribatsa's arrival had rejuvenated her garden.
A la mañana siguiente apenas podía creer lo que veía.
She could scarcely believe her eyes in the morning.
Todo el jardín volvió a estar resplandeciente de flores.
The whole garden was ablaze with flowers again.
No había ninguna planta que no estuviera en flor.
There was no plant that was not in bloom.
Y cada árbol que tenía estaba adornado con flores.
And every tree she had was begemmed with flowers.
Ella no tenía forma de saber la causa del milagro.
She had no way of knowing the cause of the miracle.
Y así fue como dio un paseo por el jardín.
And so she took a walk through the garden.

Pero pronto encontró la causa de todas las flores.
But she soon found the cause of all the flowers.
En el borde de su jardín había un hombre frío y mojado.
At the edge of her garden was a cold, wet man.
Estaba temblando y casi muerto por hipotermia.
He was shivering and almost dead from hypothermia.
Inmediatamente llevó al hombre a su cabaña.
She immediately brought the man into to her cottage.
Y encendió un fuego para darle un poco de calor.
And she lighted a fire to give him some warmth.
Ella lo cuidó y le demostró toda clase de atenciones.
She nursed him and showed him every attention.
Y ella atribuyó el milagro a su presencia.
And she ascribed the miracle to his presence.
Ella lo hizo sentir lo más cómodo que pudo.
She made him as comfortable as she could.
Y luego corrió al palacio del rey.
And then she ran to the king's palace.
Ella pidió hablar con el sirviente principal del rey.
She asked to speak to the king's chief servant.
Y le contó la buena fortuna que había tenido.
And she told him the good fortune she had had.
"Puedo volver a abastecer de flores el palacio"
"I can again supply the palace with flowers"
Sus flores se habían echado mucho de menos en palacio.
Her flowers had been very much missed at the palace.
Así que inmediatamente fue restituida a su antiguo puesto.
So she was immediately restored to her former position.
Ella era nuevamente la dama de las flores de la casa real.
She was again the flower-woman of the royal household.

Sribatsa pasó unos días más recuperándose de su salud.
Sribatsa spent a few more days recovering his health.
Y finalmente recuperó toda su vitalidad.
And eventually he had all his vitality back.
Le preguntó a la mujer si podía hablar con un ministro.
He asked the woman if he could speak with a minister.

Entonces la mujer lo llevó consigo al palacio.
So the woman took him to the palace with her.
Uno de los ministros del rey le dio un nombramiento.
One of the king's ministers gave him an appointment.
Y enseguida se descubrió que era un hombre inteligente.
And he was at once found to be a man of intelligence.
Así que le ofrecieron un puesto al servicio del rey.
So was offered a position in the king's service.
De hecho, se le permitió elegir el trabajo que quería.
In fact, he was allowed to choose what job he wanted.
Pidió ser cobrador de peajes en el río.
He asked to be collector of tolls on the river.
El Ministro estaba feliz de darle el trabajo a Sribatsa.
The minister was happy to give Sribatsa the job.
El reino necesitaba a alguien que cobrara los peajes de los ríos.
The kingdom needed someone to collect river-tolls.
Y Sribatsa inmediatamente comenzó su nuevo trabajo.
And Sribatsa immediately started his new job.
No pasó mucho tiempo hasta que su plan se hizo realidad.
It wasn't long before his plan came to fruition.
El barco en el que viajaba su esposa venía río abajo.
The boat his wife was on was coming down the river.
Bajo la autoridad del rey detuvo el barco.
Under the king's authority he detained the boat.
Y acusó a los barqueros del robo de ladrillos de oro.
And he charged the boatmen with the theft of gold-bricks.
Al rey le gustaba el sonido de un barco lleno de oro.
The king liked the sound of a boat full of gold.
Entonces el rey llegó personalmente a la orilla del río.
So the king himself came to the river-side.
Incluso él estaba asombrado por la cantidad de oro que tenían.
Even he was amazed by the quantity of gold they had.
Y cada ladrillo de oro tenía la inscripción de Sribatsa.
And every gold brick had Sribatsa's inscription.
Al mismo tiempo rescató a su esposa de los barqueros.

At the same time he rescued his wife from the boatmen.
De regreso a tierra firme recuperó su belleza anterior.
Back on dry land she returned to her previous beauty.
Le contó al rey la historia de su desgracia.
He told the king the story of their misfortune.
Y el rey los recibió como huéspedes en su palacio.
And the king had them as a guest in his palace.
El rey les dio regalos de caballos y elefantes.
The king gave them presents of horses and elephants.
Y sobre caballos y elefantes cabalgaron hacia su país.
And on the horses and elephants they rode to their country.
El mal de ojo de Sani ahora se apartó de Sribatsa.
The evil eye of Sani was now turned away from Sribatsa.
Y volvió a ser lo que antes era.
And he again became what he formerly was.
Él era nuevamente Sribatsa: el Niño de la Fortuna.
He was again Sribatsa; the Child of Fortune.

El niño que siete madres amamantaron
The Boy whom Seven Mothers Suckled

Había una vez un rey que tenía siete reinas.
Once on a time there reigned a king who had seven queens.
Estaba muy triste, porque las siete reinas eran estériles.
He was very sad, for the seven queens were all barren.
Un día, sin embargo, se encontró con un santo mendicante.
One day, however, he met a holy mendicant.
El santo mendigo le contó al rey acerca de cierto bosque.
The holy mendicant told the king about a certain forest.
En este bosque crecía un tipo especial de árbol.
In this forest there grew a special kind of tree.
En una rama de este árbol colgaban siete mangos.
On a branch of this tree hung seven mangoes.
Estos mangos podrían restaurar la fertilidad de sus reinas.
These mangos could restore the fertilities of his queens.
Pero el rey tuvo que recoger los mangos él mismo.
But the king had to pluck the mangoes himself.
El rey siguió el consejo del mendigo.
The king followed the advice of the mendicant.
Y se puso en camino para ir al bosque donde estaba el árbol de mango.
And he set off to go to the forest with the mango tree.
Pronto encontró el árbol del que hablaba el mendigo.
Soon he had found the tree the mendicant spoke of.
Y arrancó los siete mangos que crecían en una rama.
And he plucked the seven mangoes that grew upon one branch.
Le dio un mango a cada una de las reinas para comer.
He gave a mango to each of the queens to eat.
En poco tiempo el corazón del rey se llenó de alegría.
In a short time the king's heart was filled with joy.
Le dijeron que las siete reinas estaban embarazadas.
He was told that the seven queens were all with child.

Un día el rey estaba cazando.

One day the king was out hunting.
En su camino vio a una joven de una belleza incomparable.
On his path he saw a young lady of peerless beauty.
Se enamoró instantáneamente de la hermosa mujer.
He instantly fell in love with the beautiful woman.
Y la trajo a su palacio y se casó con ella.
And he brought her to his palace, and married her.
Esta señora, sin embargo, no era un ser humano.
This lady was, however, not a human being.
Pero esta mujer era una Rakshasi.
But what this woman was was a Rakshasi.
Pero el rey, por supuesto, no lo sabía.
But the king of course did not know this.
El rey se encariñó profundamente con ella.
The king became dotingly fond of her.
Y él hizo todo lo que ella le dijo que hiciera.
And he did whatever she told him to do.
Un día ella le hizo una petición muy particular al rey.
One day she made a very particular request of the king.
"Dices que me amas más que a nadie"
"You say that you love me more than anyone else"
"Déjame ver si realmente me amas tanto como dices"
"Let me see whether you really love me as much as you say"
"Si me amas, deja ciegas a tus otras siete reinas"
"If you love me, make your seven other queens blind"
"Y una vez que estén ciegos, que los maten"
"And once they are blind, let them be killed"
El rey se puso muy triste ante la terrible petición.
The king became very sad at the terrible request.
Estaba especialmente triste porque todas las reinas estaban embarazadas.
He was especially sad because the queens were all pregnant.
Pero no tuvo más remedio que acceder a su petición.
But he had no choice but to comply with her request.

Los ojos de las reinas fueron arrancados de sus cuencas.
The eyes of the queens were plucked out of their sockets.

Y las reinas fueron entregadas al primer ministro.
And the queens were delivered up to the chief minister.
Le correspondía al primer ministro destruir a las reinas.
It was up to the chief minister to destroy the queens.
Pero el primer ministro era un hombre misericordioso.
But the chief minister was a merciful man.
En la ladera de la colina había una cueva secreta.
In the side of the hill there was secret a cave.
En lugar de matar a las reinas, el ministro las escondió.
Instead of killing the queens, the minister hid them.
Con el paso del tiempo, la mayor de las siete reinas dio a luz.
In course of time the eldest of the seven queens gave birth.
"¿Qué haré con el niño?" dijo ella.
"What shall I do with the child," said she.
" ¿Estamos ciegos y morimos por falta de comida?"
"we are blind and are dying for want of food?"
"Déjame matar al niño", propuso.
"Let me kill the child," she proposed.
" Comamos todos la carne del niño", añadió.
"let us all eat of the child's flesh" she added.
Tal como dijo que lo haría, mató al bebé.
Just as she said she would, she killed the infant.
Ella dio a cada una de sus hermanas reinas una parte del niño.
She gave to each of her sister-queens a part of the child.
Y las reinas hermanas comieron su parte del niño.
And the sister queens ate their part of the child.
Pero la reina más joven no comió su parte.
But the youngest queen did not eat her share.
En lugar de eso, puso la parte del niño a su lado.
Instead, she laid her part of the child beside her.
A los pocos días la segunda reina también dio a luz un niño.
In a few days the second queen also was delivered of a child.
Ella hizo con su hijo lo mismo que su hermana mayor había hecho con el suyo.
She did with her child as her eldest sister had done with hers.

Lo mismo hicieron la tercera, la cuarta, la quinta y la sexta reina.

So did the third, the fourth, the fifth, and the sixth queen.

Finalmente, la séptima reina dio a luz a un hijo.

Eventually the seventh queen gave birth to a son.

Pero ella no siguió el ejemplo de sus hermanas reinas.

But she did not follow the example of her sister-queens.

En lugar de eso, decidió criar al niño.

Instead, she resolved to raise the child.

Las demás reinas exigieron su parte del recién nacido.

The other queens demanded their portions of the newly-born.

Pero aún tenía las porciones que no había comido.

But she still had the portions she had not eaten.

Y devolvió a sus hermanas reinas las partes de sus hijos.

And she gave her sister-queens back their children's parts.

Las otras reinas percibieron inmediatamente que sus porciones estaban secas.

The other queens at once perceived that their portions were dry.

Por lo tanto las partes no podrían ser del niño recién nacido.

Therefore the parts could not be of the newly born child.

"He decidido no matar a mi hijo", explicó.

"I have decided not to kill me child," she explained.

"No me lo comeré, sino que intentaré criarlo"

"I will not eat him, but try to raise him instead"

Los demás se alegraron al oír esta noticia.

The others were glad to hear this news.

Todos dijeron que la ayudarían a cuidar al niño.

They all said that they would help her in nursing the child.

Y así el niño fue amamantado por siete madres.

And so the child was suckled by seven mothers.

Y el niño se convirtió en el niño más fuerte y resistente que jamás haya existido.

And the child became the hardiest and strongest boy that ever lived.

Mientras tanto la reina Rakshasi estaba haciendo infinitas travesuras.

In the meantime the Rakshasi-queen was doing infinite mischief.

Y metió a la casa real en todo tipo de problemas.

And she got the royal household into all sorts of trouble.

Lo que comía en la mesa real no llenaba su espacioso estómago.

What she ate at the royal table did not fill her capacious stomach.

Ella entonces, en la oscuridad de la noche, salió a cazar.

She therefore, in the darkness of night, went hunting.

Poco a poco fue devorando a todos los miembros de la familia real.

Gradually she ate up all the members of the royal family.

Ella se comió a todos los siervos del rey y a sus criados.

She ate all the king's servants, and his attendants.

Ella se comió todos sus caballos, elefantes y ganado.

She ate all his horses, elephants, and cattle.

Y al final sólo quedaron su consorte real y el rey.

And eventually only her royal consort and the king were left.

Después de eso solía salir por las noches a la ciudad.

After that she used to go out in the evenings into the city.

Y devoraba a los seres humanos extraviados dondequiera que los encontraba.

And she ate up stray human beings wherever she found any.

El rey se quedó sin sirvientes.

The king was left without any servants.

Ya no quedaba nadie que pudiera cocinarle.

There was no person left to cook for him.

Porque nadie aceptaría este trabajo.

Because no one would accept this job.

Pero por fin alguien ofreció sus servicios.

But at last someone volunteered their services.

El niño que fue amamantado por siete madres.

The boy who had been suckled by seven mothers.

Ya había crecido y se había convertido en un joven valiente.

He had now grown up to be a stalwart youth.
Él atendió al rey y preparó su comida.
He attended on the king and prepared his food.
Pero él tomó todas las precauciones mientras estuvo con la reina.
But he took every care while with the queen.
Y se aseguró de que ella no se lo tragara.
And he made sure that she did not swallow him up.
La reina Rakshasi capturaba a sus víctimas sólo por la noche.
The Rakshasi-queen seized her victims only at night.
Así que el muchacho regresó a casa mucho antes del anochecer.
So the boy he went home long before nightfall.
Entonces tuvo que encontrar otra forma de deshacerse del niño.
So she had to find another way to get rid of the boy.

El niño siempre se jactaba de poder hacer cualquier trabajo.
The boy always boasted that he could do any work.
Entonces la reina inventó una enfermedad para sí misma.
So the queen invented a disease for herself.
Ella dijo que había una cura para su enfermedad.
She said that there was a cure for her disease.
Pero dijo que la cura no es fácil de conseguir.
But she said the cure was not easy to get.
Esto hizo que el niño se interesara aún más en la tarea.
This made the boy even more interested in the task.
Ella dijo que había un melón que curaba su enfermedad.
She said there was a melon which cured her disease.
El melón tenía doce codos de largo.
The melon was twelve cubits in length.
Pero el hueso del limón tenía trece codos de largo.
But the stone of the lemon was thirteen cubits long.
La fruta sólo podía obtenerse de su madre.
The fruit could only be gotten from her mother.
Y su madre vivía al otro lado del océano.
And her mother lived on the other side of the ocean.

Ella le dio una carta de presentación para su madre.
She gave him a letter of introduction to her mother.
Pero en realidad la nota le decía que se comiera al niño.
But actually the note told her to eat the boy.
El muchacho sospechaba que se trataba de algo sucio.
The boy had suspected there was some foul play.
Entonces rompió la carta y continuó su viaje.
So he tore up the letter and proceeded on his journey.
El intrépido joven pasó por muchas tierras.
The dauntless youth passed through many lands.
Después de mucho viajar, llegó a la orilla del océano.
After much travel he stood on the shore of the ocean.
Al otro lado del océano estaba el país de los Rakshasis.
On the other side of the ocean was the country of the
Rakshasis.
Entonces gritó tan fuerte como pudo y dijo:
He then bawled as loud as he could, and said;
¡Abuelita! ¡Abuelita! ¡Ven a salvar a tu hija!
"Granny! granny! come and save your daughter"
"Tu hija, mi madre, está gravemente enferma"
"Your daughter, my mother, is dangerously ill"
Al otro lado del océano, un viejo Rakshasi lo escuchó.
On the other side of the ocean an old Rakshasi heard him.
El viejo Rakshasi cruzó el océano hacia el niño.
The old Rakshasi crossed the ocean to the boy.
El niño le contó el mensaje de la reina.
The boy told her the message of the queen.
Y la Rakshasi tomó al niño en su espalda.
And the Rakshasi took the boy on her back.
Ella volvió a cruzar el océano hasta la tierra de los Rakshasi.
She re-crossed the ocean to the land of the Rakshasi.
Y de inmediato le dieron al niño el melón medicinal.
And the boy was at once given the medicinal melon.
La Rakshasi le dijo que regresara rápidamente con su hija.
The Rakshasi told him to hurry back to her daughter.
**Pero el niño dijo que estaba demasiado cansado para seguir
viajando.**

But the boy said he was too tired to keep travelling.
Y pidió que le permitieran descansar un día.
And he begged to be allowed to rest one day.
La anciana Rakshasi consintió en los deseos de su nieto.
The old Rakshasi consented to her grandson's wishes.

El niño notó cosas interesantes en la habitación de Rakshasi.
The boy noticed interesting things in the Rakshasi's room.
Había un palo grueso y una cuerda colgando en la habitación.
There was a stout club and a rope hanging in the room.
El muchacho preguntó para qué servían el garrote y la cuerda.
The boy inquired what the stout club and rope were for.
"Niño, con ese garrote y esa cuerda cruzaré el océano"
"Child, with that club and rope I cross the ocean"
"Solo hay que tomar el palo y la cuerda en las manos"
"One just has to take the club and the rope in his hands"
"Y luego tienes que decir las siguientes palabras mágicas:"
"And then you have to say the following magical words:"
¡Oh, maza robusta! ¡Oh, cuerda fuerte!
"O stout club! O strong rope!"
"Llévame inmediatamente al otro lado"
"Take me at once to the other side"
"Luego lo llevarán al otro lado del océano"
"Then they will take him to the other side of the ocean"
El niño notó otra cosa interesante en la habitación.
The boy noticed another interesting thing in the room.
Había un pájaro en una jaula en la esquina de la habitación.
There was a bird in a cage in the corner of the room.
El niño también quería saber para qué servía ese pájaro.
The boy also wanted to know what this bird was for.
"El pájaro guarda un secreto, hija mía"
"The bird contains a secret, my child"
"Pero ese secreto no debe ser revelado a los mortales"
"But that secret must not be disclosed to mortals"
"¿Pero cómo puedo ocultarle este secreto a mi propio nieto?"

"But how can I hide this secret from my own grandchild?"
"Ese pájaro, niña, contiene la vida de tu madre.
"That bird, child, contains the life of your mother.
"Si matan al pájaro, tu madre morirá inmediatamente"
"If the bird is killed, your mother will at once die"
Armado con estos secretos, el niño se fue a la cama esa noche.
Armed with these secrets, the boy went to bed that night.

A la mañana siguiente, el viejo Rakshasi partió hacia países lejanos.
Next morning the old Rakshasi went to distant countries.
Junto con todos los demás Rakshasis, ella fue a buscar comida.
Together with all the other Rakshasis, she went to forage.
El niño bajó la jaula de pájaros del techo.
The boy took down the bird-cage from the ceiling.
Y el muchacho tomó el garrote y la cuerda.
And the boy took the club and the rope.
Y luego pronunció las palabras mágicas al garrote y a la cuerda.
And then he spoke the magic words to the club and rope.
¡Oh, maza robusta! ¡Oh, cuerda fuerte!
"O stout club! O strong rope!"
"Llévame inmediatamente al otro lado"
"Take me at once to the other side"
En un abrir y cerrar de ojos el niño fue puesto en este lado del océano.
In the twinkling of an eye the boy was put on this side of the ocean.
Luego volvió sobre sus pasos hasta llegar a la reina.
He then retraced his steps, back to the queen.
Para su sorpresa, realmente tenía el limón medicinal.
To her astonishment he really had the medicinal lemon.
Pero al pájaro lo mantuvo cuidadosamente oculto en la jaula.
But the bird in the cage he kept carefully concealed.

Con el paso del tiempo la gente de la ciudad acudió al rey.
In the course of time the people of the city came to the king.
Y contaron al rey sus problemas.
And they told the king of their troubles.
"Un pájaro monstruoso sale del palacio todas las noches"
"A monstrous bird comes from the palace every evening"
"El pájaro atrapa a la gente en las calles"
"The bird seizes the people in the streets"
"Y el pájaro se traga al pueblo entero"
"And the bird swallows the people up whole"
"Esto lleva ocurriendo mucho tiempo"
"This has been going on for a long time"
"Y ahora la ciudad ha quedado casi desolada"
"And now the city has become almost desolate"
El rey no sabía qué era ese pájaro monstruoso.
The king did not know what this monstrous bird was.
Pero el criado del rey, el muchacho, dijo que lo sabía.
But the king's servant, the boy, said he knew.
"Mataré a ese pájaro monstruoso", ofreció.
"I will kill the monstrous bird," he offered.
"Pero la reina tiene que estar a nuestro lado", añadió.
"But the queen has to stand beside us," he added.
El rey no vio motivo alguno para oponerse a la propuesta.
The king saw no reason to object to the proposal.
Y entonces la reina fue obligada a pararse al lado del rey.
And so the queen was made to stand beside the king.
Luego el niño sacó el pájaro de su jaula.
The boy then took the bird out from its cage.
Al ver el pájaro, cayó en un ataque de desmayo.
On seeing the bird she fell into a fainting fit.
Entonces el muchacho se volvió hacia el rey y le habló:
Then the boy turned to the king, and spoke.
"Rey, pronto percibirás quién es el pájaro monstruoso"
"King, you will soon perceive who the monstrous bird is"
"Verás lo que devora a tu pueblo cada tarde"
"You will see what devours your people every evening"
"Le arranco cada extremidad a este pájaro"

"I tear off each limb of this bird"

"La extremidad correspondiente del devorador de hombres se caerá"

"The corresponding limb of the man-eater will fall off"

El niño entonces arrancó una pata del pájaro que tenía en la mano.

The boy then tore off one leg of the bird in his hand.

Todos los reunidos quedaron asombrados por lo que ocurrió a continuación.

All assembled were astonished at what happened next.

Una de las piernas de la reina se cayó.

One of the legs of the queen fell off.

Entonces el niño apretó la garganta del pájaro.

Then the boy squeezed the throat of the bird.

Y mientras apretaba al pájaro, la reina entregó el alma.

And as he squeezed the bird, the queen gave up the ghost.

Luego el niño le contó su historia al rey.

The boy then retold his history to the king.

"Solías tener siete esposas estériles"

"You used to have seven barren wives"

"Para curar su esterilidad, les diste a cada uno un mango"

"To treat their barrenness, you gave them each a mango"

"Y cada una de tus esposas quedó embarazada de un hijo"

"And each of your wives fell pregnant with a child"

"Sin embargo, luego te casaste con una octava esposa"

"However, you then married an eighth wife"

"Esta esposa te ordenó cegar a tus otras esposas"

"This wife ordered you to blind your other wives"

"Y te ordenó que mataras a tus otras esposas"

"And she ordered you to have your other wives killed"

"Tu ministro cegó a tus siete esposas"

"Your minister blinded your seven wives"

"Pero él era demasiado bondadoso para matar a sus esposas"

"But he was too good hearted to kill your wives"

"Tus siete esposas fueron llevadas a un escondite"

"Your seven wives were taken to a hiding place"

"Y en este escondite cada una dio a luz"

"And in this hiding place they each gave birth"
"Pero se vieron obligados a comerse a sus hijos recién nacidos"
"But they were forced to eat their newly born children"
"Sólo mi madre no dejó que me comieran"
"Only my mother did not let me be eaten"
"En cambio, fui amamantada por siete madres"
"Instead, I was suckled by seven mothers"
"Y crecí fuerte y capaz"
"And I grew up strong and capable"
"Finalmente llegué a trabajar en tu palacio"
"Eventually I came to work in your palace"
"Tu esposa, mi madrastra, me envió en una misión"
"Your wife, my stepmother, sent me on a mission"
"Me envió a su madre por una medicina"
"She sent me to her mother for a medicine"
"Sin embargo, su madre era una Rakshasi"
"However, her mother was a Rakshasi"
"De ella encontré el secreto de la vida de tu esposa"
"From her I found the secret of your wife's life"
"Y entonces traje el pájaro que sostenía la vida de tu esposa"
"And so I brought the bird that held your wife's life"
El rey había escuchado la historia que le contó su hijo.
The king had listened to the story his son told him.
Las siete reinas fueron devueltas al palacio.
The seven queens were brought back to the palace.
Y sus ojos fueron restaurados milagrosamente.
And their eyes were miraculously restored.
El niño que fue amamantado por siete madres fue coronado.
The boy that was suckled by seven mothers was crowned.
Y fue reconocido por el rey como su legítimo heredero.
And he was recognized by the king as his rightful heir.
Y vivieron juntos y felices.
And they lived together happily.

La historia del príncipe Sobur
The Story of Prince Sobur

Érase una vez un comerciante.
Once upon a time there lived a merchant.
Este comerciante tenía siete hijas.
This merchant had seven daughters.
Un día el comerciante les hizo una pregunta.
One day the merchant asked them a question.
¿De qué fortuna vives?
"From whose fortune do you live?"
La hija mayor respondió primero.
The eldest daughter answered first.
"Papá, vivo de tu fortuna"
"Papa, I live from your fortune"
La segunda hija dio la misma respuesta.
The second daughter gave the same answer.
La misma respuesta dio la tercera hija.
The same answer was given by the third daughter.
Su cuarta hija también vivió de su fortuna.
His fourth daughter also lived from his fortune.
Su quinta hija no fue diferente.
His fifth daughter was no different.
Y su sexta hija era como el resto.
And his sixth daughter was like the rest.
Pero su hija menor lo sorprendió.
But his youngest daughter surprised him.
Ella tenía una respuesta muy diferente.
She had a very different answer.
"Vivo de mi propia fortuna"
"I live from my own fortune"
No le gustó esta respuesta.
He did not like this answer.
Su respuesta hizo enfadar mucho al comerciante.
Her answer made the merchant very angry.
"Eres muy desagradecida", le dijo.
"You are very ungrateful," he told her.

"Mira lo bien que lo haces por tu cuenta"
"See how well you do on your own"
"Te voy a echar de mi casa"
"I am kicking you out of my house"
"No tendrás ni una rupia en tu bolsillo"
"You will not have a rupee in your pocket"
Llamó a sus palanquines para que vinieran.
He called his palanquins to come.
Y les ordenó que se llevaran a la muchacha.
And he ordered them to take the girl away.
"Déjala en medio de un bosque"
"Leave her in the midst of a forest"
La niña pidió que le permitieran una cosa.
The girl begged to be allowed one thing.
"Por favor, déjame llevar mi caja de trabajo"
"Please let me take my work-box"
"En la caja están mis agujas e hilos"
"In the box are my needles and threads"
Su padre le permitió llevar su caja.
Her father allowed her to take her box.
Ella subió al asiento de los palanquines.
She got into the seat of the palanquins.
Y los portadores la levantaron.
And the bearers lifted her up.
Y la pusieron sobre sus hombros.
And they put her onto their shoulders.
Mientras los portadores corrían cantaban.
As the bearers ran they chanted.
"¡ Hoon ! ¡Hoon! ¡Hoon! ¡Hoon! ¡Hoon!"
"hoon! hoon! hoon! hoon! hoon!"
Pero no llegaron muy lejos.
But they didn't get very far.
Una anciana se interpuso en su camino.
An old woman stood in their way.
Ella se acercó al carruaje.
She came up to the carriage.
"¿A dónde llevas a mi hija?"

"Where are you taking my daughter?"
Ella era la criada del niño.
She was the maid of the child.
"Hemos recibido órdenes del comerciante"
"We have been given orders by the merchant"
"Nos dijo que nos la lleváramos"
"He told us to take her away"
"La dejaremos en un bosque"
"We will leave her in a forest"
"Vamos a cumplir sus órdenes"
"We are going to do his bidding"
"Debo ir con ella", dijo la anciana.
"I must go with her," said the old woman.
Pero los portadores no estaban seguros.
But the bearers were not sure.
Los porteadores corren cuando llevan una silla de manos.
Bearers run when they carry a sedan chair.
¿Cómo podrás seguir nuestro ritmo?
"How will you be able to keep pace with us?"
La anciana no se dejó intimidar.
The old woman was not deterred.
"No importa cómo lo haga"
"It does not matter how I do it"
"Tengo que ir a donde va mi hija "
"I must go where my daughter goes"
La hija más pequeña rogó a los porteadores.
The youngest daughter begged the bearers.
"Por favor lleva a mi madre conmigo"
"Please carry my mother with me"
Y los porteadores aceptaron amablemente.
And the bearers gracefully agreed.
Llevaron a madre y niño al bosque.
They carried mother and child to the forest.
"¡ Hoon ! ¡Hoon! ¡Hoon! ¡Hoon! ¡Hoon!"
"hoon! hoon! hoon! hoon! hoon!"
Por la tarde llegaron a un bosque denso.
In the afternoon they reached a dense forest.

Se adentraron cada vez más en el bosque.
They went deeper and deeper into the forest.
Hacia el atardecer alcanzaron su objetivo.
Towards sunset they reached their goal.
Se detuvieron al pie de un viejo árbol.
They stopped at the foot of an old tree.
Bajaron a la muchacha y a la anciana.
They lowered the girl and the old woman.
Y los dejaron en el bosque.
And they left them in the forest.
Luego volvieron sobre sus pasos hasta casa.
Then they retraced their steps home.

La hija menor del comerciante miró a su alrededor.
The merchant's youngest daughter looked around.
No te hubiera gustado estar en su lugar.
You would not have wanted to be in her shoes.
Su situación era verdaderamente lamentable.
Her situation was truly pitiable.
Ella tenía apenas catorce años.
She was hardly fourteen years old.
Ella había crecido en el lujo.
She had grown up in luxury.
Pero ahora ya no había ningún lujo para ella.
But now there was no luxury for her.
Ella estaba en el corazón de un bosque oscuro.
She was in the heart of a dark forest.
Ella no tenía ni una rupia en el bolsillo.
She had not a rupee in her pocket.
Y ella no tenía nada con qué protegerse.
And she had nothing for protection.
Nada excepto una mujer vieja y decrépita.
Nothing except an old, decrepit, woman.
Hasta los árboles del bosque se compadecieron de ella.
Even the trees of the forest pitied her.
La joven y la anciana se sentaron juntas.
The young girl and old woman sat together.

Estaban al pie de un árbol viejo.
They were at the foot of an old tree.
Y juntos lloraron por su situación.
And together they cried over their situation.
Debo decir que todo esto ocurrió hace mucho tiempo.
I should say this all happened long ago.
En aquellos tiempos los árboles podían hablar.
In these times the trees could talk.
Y el viejo árbol le habló a la niña.
And the old tree spoke to the girl.
"Mujeres infelices, me dais mucha pena"
"Unhappy women, I much pity you"
"Hay bestias salvajes en este bosque"
"There are wild beasts in this forest"
"Pronto saldrán de sus guaridas"
"Soon they will come out of their lairs"
"Deambularán en busca de presas"
"They will roam about for prey"
"Y seguro que os devorarán a los dos"
"And they are sure to devour you two"
"Pero puedo ayudarte, si quieres"
"But I can help you, if you want"
"Te haré una abertura"
"I will make an opening for you"
"Cuando veas la apertura, entra en ella"
"When you see the opening, go into it"
"Y luego cerraré la abertura"
"And then I will close the opening up"
"Mientras estés en mí estarás a salvo"
"As long as you are in me you'll be safe"
"De esta manera las fieras no podrán tocarte"
"This way the wild beasts can't touch you"
Y entonces el árbol se partió en dos.
And then the tree split itself in two.
Las dos mujeres entraron en el árbol.
The two women went inside the tree.
Y el viejo árbol recuperó su forma natural.

And the old tree resumed its natural shape.

La sombra de la noche oscureció el bosque.
The shade of night darkened the forest.
Todo lo que el árbol había dicho era verdad.
Everything the tree had said was true.
Las bestias salvajes salieron de sus guaridas.
The wild beasts came out of their lairs.
El tigre feroz salió por la noche.
The fierce tiger came out at night.
El oso salvaje abandonó su guarida.
The wild bear left his lair.
El rinoceronte vagaba por el bosque.
The rhinoceros roamed the forest.
El oso peludo estaba allí esa noche.
The bushy bear was there that night.
Se podía oír al gran elefante.
The great elephant could be heard.
Y allí estaba el búfalo cornudo.
And there was the horned buffalo.
Todos gruñeron mientras rodeaban el árbol.
They all growled as they circled the tree.
Habían percibido el olor de sangre humana.
They had gotten the scent of human blood.
Podían oír los gruñidos de las bestias.
They could hear the growls of the beasts.
Las bestias se lanzaron contra el árbol.
The beasts came dashing against the tree.
Rompieron las ramas del árbol viejo.
They broke the old tree's branches.
Sus cuernos perforaron el tronco del árbol.
Their horns pierced the tree's trunk.
Arañaron su corteza con sus garras.
They scratched its bark with their claws.
Pero todos sus esfuerzos fueron en vano.
But all their efforts were in vain.
La niña y la mujer estaban a salvo en el árbol.

The girl and woman were safe in the tree.
Hacia el amanecer las bestias salvajes se marcharon.
Towards dawn the wild beasts went away.
Después del amanecer el buen árbol volvió a hablar.
After sunrise the good tree spoke again.
"Las fieras han regresado"
"The wild beasts have gone back"
"Están de nuevo en sus guaridas"
"They are in their lairs again"
"Pero hicieron todo lo posible para atormentarme"
"But they did their best to torment me"
"El sol ha vuelto a salir"
"The sun has risen up again"
"Así que ya puedes salir"
"So you can come out now"
El árbol se dividió nuevamente en dos.
The tree split itself into two again.
Salieron la niña y la anciana.
The girl and the old woman came out.
Vieron la magnitud del daño.
They saw the extent of the damage.
Las ramas del árbol se habían roto.
The tree's branches had been broken off.
El tronco del árbol había sido perforado.
The tree's trunk had been pierced.
La corteza había sido arrancada.
The bark had been stripped off.
"Buena madre, te damos gracias"
"Good mother, we thank you"
"Has sido muy amable con nosotros"
"You have been very kind to us"
"Nos diste refugio de las bestias"
"You gave us shelter from the beasts"
"Pero fue un gran coste para ti"
"But it was at a great cost to yourself"
"Tienes muchas heridas de las fieras"
"You have many wounds from the wilds beasts"

"¿Debes estar sufriendo mucho?"
"You must be in great pain?"
Cerca de allí había un río que fluía.
Close by there was a flowing river.
La joven se dirigió a la orilla del río.
The young girl went to the river bank.
En la orilla del río encontró barro.
At the bank of the river she found mud.
Ella cubrió el árbol con el barro.
She covered the tree with the mud.
Cubrió especialmente las partes dañadas.
She especially covered the damaged parts.
El árbol le agradeció el trato.
The tree thanked her for the treatment.
"Mi buena niña, te lo agradezco"
"My good girl, I thank you"
"Me siento muy aliviado de mi dolor"
"I am greatly relieved of my pain"
"Sin embargo, estoy más preocupado por ti"
"I am, however, more concerned for you"
"Debes tener hambre"
"You must be hungry"
"No has comido desde ayer"
"You have not eaten since yesterday"
"¿Pero qué puedo darte?"
"But what can I give you?"
"No tengo fruto propio"
"I have no fruit of my own"
"Pero tengo un consejo"
"But I do have some advice"
"Dale a la anciana todo el dinero que tengas"
"Give the old woman whatever money you have"
"Déjala entrar en la ciudad"
"Let her go into the city"
"En la ciudad puede comprar algo de comida"
"In the city she can buy some food"
Le explicaron su situación al árbol.

They explained their situation to the tree.
"Nos han enviado sin dinero"
"We have been sent out with no money"
Pero de todos modos buscó en su caja de trabajo.
But she searched through her work-box anyway.
Y en la caja encontró cinco cauris.
And in the box she found five cowries.
El árbol continuó dando sus consejos.
The tree continued to give its advice.
"Ve con tus cauris a la ciudad"
"Go with your cowries to the city"
"Usa los cauris para comprar arroz frito"
"Use the cowries to buy some fried rice"
Entonces la anciana fue a la ciudad.
So the old woman went to the city.
Afortunadamente la ciudad no estaba lejos.
Fortunately the city was not far away.
Ella fue al primer comerciante que encontró.
She went to the first shopkeeper she found.
"Por favor, dame cinco cauris de arroz"
"Please give me five cowries worth of rice"
El comerciante se rió de ella.
The shopkeeper laughed at her.
"¿Dónde se puede conseguir arroz por cinco cauris?"
"Where can rice be had for five cowries?"
—Vete, vieja bruja —le dijo.
"Be off, you old hag," he told her.
Entonces intentó hacer trueque en otra tienda.
So she tried to barter at another shop.
Este comerciante podía ver su angustia.
This shopkeeper could see her distress.
Y el tendero se compadeció de ella.
And the shopkeeper took pity on her.
Ella le dio una gran cantidad de arroz.
She gave her a large quantity of rice.
La anciana regresó con el arroz.
The old woman returned with the rice.

Y el árbol dio más instrucciones.
And the tree gave further instructions.
"Come menos de la mitad del arroz"
"Eat less than half of the rice"
"Ve a los terraplenes de la orilla del río"
"Go to the embankments of the river bank"
"Echa el arroz restante a la orilla del río"
"Cast the remaining rice on the river bank"
No entendieron el sentido de esto.
They did not understand the sense of it.
"¿Por qué sembrar arroz en las riberas del río?"
"Why sow the riverbank with rice?"
Pero ellos hicieron lo que se les aconsejó.
But they did as they were advised.
Y arrojaron su arroz al suelo.
And they threw their rice onto the ground.

Pasaron el día lamentando su destino.
They spent the day lamenting their fate.
Así como antes las bestias salieron por la noche.
Just as before the beasts came out at night.
El árbol los albergó nuevamente dentro de su tronco.
The tree housed them inside of its trunk again.
Nuevamente mutilaron y torturaron el árbol.
Again they mutilated and tortured the tree.
Pero esa noche ocurrió algo más.
But that night something else happened.
Las mujeres sólo lo vieron al día siguiente.
The women only saw it the next day.
El arroz había atraído a cientos de pavos reales.
The rice had attracted hundreds of peacocks.
Los pavos reales compitieron por el arroz.
The peacocks competed for the rice.
Y sus plumas cayeron al suelo.
And their feathers fell on the floor.
El árbol sabía lo que pasaría.
The tree had known what would happen.

Y el árbol les aconsejó qué hacer a continuación.
And the tree advised them what to do next.
"Vuelve a la orilla del río"
"Go back to the bank of the river"
"Ve a donde arrojas el arroz"
"Go to where you cast the rice"
"Allí verás muchas plumas"
"There you will see many feathers"
"Recoge todas las plumas que puedas encontrar"
"Collect all the feathers you can find"
"Usa las plumas para hacer un hermoso abanico"
"Use the feathers to make a beautiful fan"
"Y lleva el abanico de plumas a la ciudad"
"And take the feather-fan to the city"
Las dos mujeres hicieron lo que se les indicó.
The two women did as they were advised.
Fue bueno que la niña hubiera cogido su caja de trabajo.
It was good the girl had taken her work-box.
En su caja de trabajo había un poco de cuerda.
In her work-box was some string.
Ataron las plumas juntas.
The tied the feathers together.
Y con las plumas hizo un abanico.
And she had made a fan from the feathers.
Ella llevó el abanico de plumas a la ciudad.
She took the feather fan to the city.
El hijo del rey se encontraba allí.
The son of the king happened to be there.
Él admiraba mucho las plumas.
He admired the feathers greatly.
Pagó una gran suma de dinero por las plumas.
He paid a large sum of money for the feathers.
Cada mañana se recogía una cantidad de plumas.
Each morning a quantity of feathers was collected.
Y cada día se hacía un abanico de plumas y se vendía.
And each day a feather fan was made and sold.
En poco tiempo las dos mujeres se hicieron ricas.

Within a short time the two women got rich.
El árbol entonces les aconsejó que construyeran una casa.
The tree then advised them to build a house.
"Emplea hombres que quemen ladrillos para ti"
"Employ men to burn bricks for you"
"Que corten vigas y cabrios"
"Get them to cut beams and rafters"
"Que enyesen las paredes con cal"
"Make them plaster the walls with lime"
En pocos meses se construyó una casa señorial.
In a few months a stately house was built.
El árbol estaba contento por las mujeres.
The tree was pleased for the women.
"Deberías añadir un jardín a tu casa"
"You should add a garden to your house"
"¿Y quieres poder almacenar agua?"
"And you want to be able to store water"
"Cava un tanque de agua en tu jardín"
"Dig a water tank in your garden"

La niña no había tenido mucho tiempo.
The girl had not had much time.
Así que no pensó en su familia.
So she didn't think of her family.
La suerte del comerciante había cambiado.
The merchant's luck had taken a turn.
La diosa de la riqueza lo miró con malos ojos.
The goddess of wealth frowned upon him.
Le sobrevino una desgracia repentina.
He was struck by a sudden misfortune.
De repente perdió todo su dinero.
All at once he lost all of his money.
Se vio obligado a vender su casa.
He was forced to sell his house.
Pero sufrió grandes pérdidas en la propiedad.
But he made a great loss on the property.
Él y su familia se quedaron sin dinero.

He and his family were left penniless.
Así que se vieron obligados a vivir en otro lugar.
So they were forced to live elsewhere.
Por casualidad se mudaron a un pueblo cercano.
They happened to move to a nearby village.
El palacio no estaba lejos de su nueva casa.
The palace was not far from their new house.
Pero el comerciante ya no era rico.
But the merchant was not rich anymore.
Y todavía tenía que mantener a su familia.
And he still had to support his family.
Se había visto reducido a realizar trabajos manuales.
He had been reduced to doing manual labour.
Solicitó el trabajo en el palacio.
He applied for the job at the palace.
Él iba a cavar el hoyo para el agua.
He was going to dig the hole for the water.
Su esposa también se ofreció a trabajar con él.
His wife also offered to work with him.
Pero llegaron demasiado tarde para trabajar.
But they got there too late to work.
El tanque de agua ya estaba terminado.
The water tank had already been finished.
Y no sabían de quién era aquella casa.
And they did not know whose house it was.
La hija del comerciante estaba mirando por la ventana.
The merchant's daughter was looking out the window.
Por casualidad vio a sus padres en el jardín.
She happened to see her parents in the garden.
Ella podía ver los harapos que llevaban puestos.
She could see the rags they were wearing.
Sus ojos se llenaron de lágrimas al verlo.
Her eyes filled with tears at the sight.
Ella no podía creer lo que veía.
She could not believe what she saw.
Sus padres habían venido a verla para trabajar.
Her parents had come to her for work.

Inmediatamente llamó a sus sirvientes.
She immediately called her servants.
"Afuera en el jardín están mis padres"
"Outside in the garden are my parents"
"Por favor, ofréceles esta fina ropa"
"Please offer them these fine clothes"
"Y pídeles que entren al palacio"
"And ask them to come into the palace"
Sus sirvientes hicieron como se les dijo.
Her servants did as they were told.
Pero sus padres estaban asustados más allá de toda medida.
But her parents were frightened beyond measure.
Habían visto que el tanque estaba terminado.
They had seen that the tank was finished.
Solía haber una extraña tradición.
There used to be a strange tradition.
En aquellos días se ofrecían sacrificios humanos.
In those days human sacrifices were offered.
Una de esas ocasiones fue después de cavar una piscina.
One of those occasions was after digging a pool.
Se puede imaginar el miedo de sus padres.
You can imagine her parents' fear.
Habían venido a cavar el tanque de agua.
They had come to dig the water tank.
Pero ahora los sirvientes los llamaban.
But now servants were calling them.
Creían que iban a ser sacrificados.
They thought they going to be sacrificed.
"Tira tus trapos", dijeron.
"Throw away your rags" they said.
"Toma, ponte esta ropa fina"
"Here, wear these fine clothes"
Y sus temores aumentaron aún más.
And their fears increased even more.
Pero no tuvieron que temer por mucho tiempo.
But they did not have to fear for long.
Su hija rica salió a recibirlos.

Their rich daughter came out to meet them.
Ella abrazó y besó a sus padres.
She hugged and kissed her parents.
Y les contó todo lo que había sucedido.
And she told them everything that had happened.
El padre pensó que ella tenía razón.
The father felt that she had been right.
"Vives de tu propia fortuna"
"You do live from your own fortune"
La hija no culpó a su padre.
The daughter did not blame her father.
Y ella le dio una gran fortuna.
And she gave him a large fortune.
Con el dinero regresó a la ciudad.
With the money he moved back to the city.
Pronto volvió a ser comerciante.
Soon he became a merchant again.
Y se fue a países lejanos para comerciar.
And he went to distant countries for trade.

Un día se preparó para otra aventura empresarial.
One day he got ready for another business venture.
Pero ese día ocurrió algo extraño.
But that day something strange happened.
El barco estaba listo para salir del puerto.
The ship was ready to leave the port.
Pero por alguna razón el barco no se movió.
But for some reason the ship did not move.
Nadie podía explicar lo que estaba pasando.
No one could explain what was happening.
Pero el comerciante tuvo una idea.
But the merchant had an idea.
"Quizás a mis hijas les gustaría recibir regalos"
"Perhaps my daughters would like presents"
"Necesito preguntarles qué les gustaría"
"I need to ask them what they would like"
Fue a ver a sus hijas.

He went to see his daughters.
Les preguntó qué les gustaría.
He asked them what they would like.
Y prometió traerles regalos.
And he promised to bring them presents.
Pero el barco aún no se movía.
But the ship would still not move.
No les había preguntado a todas sus hijas.
He had not asked all his daughters.
Su hija menor no estaba allí.
His youngest daughter was not there.
Ella vivía en una ciudad diferente.
She was living in a different city.
Entonces ordenó a sus sirvientes que fueran a su palacio.
So he ordered his servants go to her palace.
El mensajero llegó en el momento equivocado.
The messenger came at the wrong time.
La joven se dedicaba a la devoción.
The young girl was engaged in devotions.
Pero el mensajero le preguntó de todos modos.
But the messenger asked her anyway.
Ella solo le dijo "sobur "
She just told him"sobur"
El significado de esto era "espera ".
The meaning of this was"wait"
Pero el mensajero no sabía esto.
But the messenger didn't know this.
Él pensó que ella quería algo llamado "sobur ".
He thought she wanted something called"sobur"
Entonces regresó a la ciudad del comerciante.
So he went back to the city of the merchant.
Y entregó el mensaje que recibió.
And he delivered the message he received.
"Tu hija quiere algo llamado 'sobur'"
"Your daughter wants something called 'sobur'"
Esta vez el barco pudo moverse nuevamente.
This time the ship could move again.

Entonces el comerciante emprendió su viaje.
So the merchant started on his travels.
Visitó muchos puertos en su viaje.
He visited many ports on his journey.
Y obtuvo buenas ganancias de sus operaciones.
And he made good profits from his trades.
Encontrar los regalos no fue difícil.
Finding the presents was not difficult.
Encontró todo lo que sus hijas mayores querían.
He found everything his oldest daughters wanted.
Pero el deseo de su hija menor era difícil.
But his youngest daughter's wish was difficult.
No pudo encontrar la cosa llamada "sobur "
He could not find the thing called"sobur"
Preguntó en cada puerto al que llegó.
He asked at every port he came to.
"¿Tienes algo llamado 'sobur'?"
"Do you have something called 'sobur'?"
Pero todos los comerciantes menearon la cabeza.
But the merchants all shook their heads.
"Nunca hemos oído hablar de 'sobur'"
"We've never heard of 'sobur'"
Su viaje casi había llegado a su fin.
His voyage had almost come to its end.
Pronto regresaría a casa.
He was soon going to head back home.
Pero él quería "sobur " para su hija.
But he wanted"sobur" for his daughter.
Así que salió a llamar por las calles.
So he went calling through the streets.
"Sobur, ¿alguien tiene sobur?!"
"Sobur, does anyone have sobur?!"
El hijo del rey estaba en su castillo.
The son of the King was in his castle.
Estaba mirando por la ventana.
He happened to be looking out the window.
Y las llamadas atrajeron su atención.

And the calls attracted his attention.
Porque resultó que su nombre era Sobur.
Because his name happened to be Sobur.
Vino a ver al comerciante para hablar con él.
He came to the merchant to speak with him.
"Tengo el Sobur que quieres"
"I have the Sobur that you want"
"Toma esta caja, pero ten cuidado con ella"
"Take this box, but be careful with it"
"En la caja hay un abanico de plumas mágico y un espejo"
"In the box is a magical feather fan and mirror"
"Éste es el Sobur que tu hija desea"
"This is the Sobur your daughter wishes for"
El comerciante agradeció al príncipe por la caja.
The merchant thanked the prince for the box.
Y regresó a su país.
And he returned back to his country.

Le dio la caja a su hija.
He gave the box to his daughter.
Pero la hija no pensó en ello.
But the daughter didn't think about it.
Ella pensó que era sólo una caja común.
She thought it was just a common box.
Se había olvidado del mensajero.
She had forgotten about the messenger.
Pero un día decidió abrir la caja.
But one day she decided to open the box.
Dentro de la caja encontró un hermoso abanico.
Inside the box she found a beautiful fan.
En el abanico de plumas había un hermoso espejo.
In the feather fan there was a beautiful mirror.
Ella agitó el abanico de plumas para refrescarse.
She waved the feather fan to cool herself.
Y el príncipe Sobur apareció ante ella.
And Prince Sobur appeared before her.
"Me llamaste y aquí estoy", dijo.

"You called me, so here I am," he said.
¿Qué es lo que deseas?, preguntó.
"What is it you wish for?" he asked.
Ella quedó asombrada por lo que vio.
She was astonished at what she saw.
¡De repente apareció un apuesto príncipe!
A handsome prince had suddenly appeared!
-¿Quién eres?-le preguntó al príncipe.
"Who are you?" she asked the prince.
"¿Y cómo apareciste de repente?"
"And how did you suddenly appear?"
El Príncipe explicó lo sucedido.
The Prince explained what had happened.
"Tu padre buscaba 'sobur'"
"Your father was looking for 'sobur'"
"Soy el príncipe Sobur", explicó.
"I am prince Sobur," he explained.
"Le di una caja a tu padre"
"I gave your father a box"
"En esta caja hay un abanico de plumas y un espejo"
"In this box there is a feather fan and mirror"
"Cuando agites el abanico de plumas apareceré"
"When you shake the feather fan I will appear"
Ella le pidió al príncipe que se quedara como invitado.
She asked the prince to stay as a guest.
Y durante dos días el príncipe permaneció con ella.
And for two days the prince stayed with her.
Y ella le hospedó en su palacio.
And she entertained him in her palace.
Durante ese tiempo los dos se enamoraron.
During that time the two fell in love.
Hicieron sus votos cada uno.
They made their vows to each.
Y se convirtieron en marido y mujer.
And they became husband and wife.
Después de esto, el príncipe regresó a su padre.
After this the prince returned to his father.

Le dijo que había elegido una esposa.
He told him that he had selected a wife.
El día de la boda ya estaba decidido.
The day for the wedding was decided.
Toda la familia fue invitada.
All the family was invited.
Y tuvieron una hermosa boda.
And they had a beautiful wedding.

Pero hubo una muerte en el lecho nupcial.
But there was a death in the marriage bed.
Las seis hijas del comerciante estaban envidiosas.
The six daughters of the merchant were envious.
Estaban celosos del éxito de su hermana.
They were jealous of their sister's success.
Entonces decidieron destruir su felicidad.
So they decided to destroy her happiness.
Rompieron varias botellas de vidrio.
They broke several glass bottles.
Y molieron el vidrio hasta convertirlo en polvo fino.
And they ground the glass into fine powder.
Luego esparcieron el polvo sobre la cama.
Then they scattered the powder on the bed.
El príncipe no sospechaba ningún peligro.
The prince suspected no danger.
Se acostó en la cama.
He laid himself down in the bed.
Pronto sintió un dolor agudo.
Soon he felt an acute pain.
Le dolía todo el cuerpo.
All of his whole body ached.
El polvo había atravesado su piel.
The powder had gone through his skin.
El príncipe se sintió inquieto por el dolor.
The prince became restless through pain.
Y empezó a patear y a gritar.
And he started to kick and scream.

Lo llevaron a su propio país.
He was taken away to his own country.
El rey y la reina estaban muy preocupados.
The king and queen were very worried.
Consultaron a todos los médicos del reino.
They consulted all the kingdom's physicians.
Pero sus esfuerzos fueron en vano.
But their efforts were in vain.
Día y noche el joven príncipe gritaba .
Day and night the young prince was screaming.
Nadie pudo determinar la enfermedad.
No one could ascertain the disease.
Así que no tenían forma de saber el remedio.
So they had no way of knowing the remedy.
Se puede imaginar el dolor de su esposa.
You can imagine the grief of his wife.
El nudo matrimonial acababa de ser atado.
The marriage knot had only just been tied.
Ella pensó que una terrible enfermedad lo había atacado.
She thought a terrible disease had attacked him.
Luego fue llevado a cientos de millas de distancia.
Then he was carried hundreds of miles away.
Ella nunca había estado en su país.
She had never been to his country.
Pero ella estaba decidida a ir allí.
But she was determined to go there.
Y ella estaba decidida a cuidarlo mejor.
And she was determined to nurse him better.
Ella se puso el hábito de un Sannyasi.
She put on the garb of a Sannyasi.
Y llevaba una daga en la mano.
And she carried a dagger in her hand.
Y luego emprendió su viaje.
And then she set out on her journey.

La princesa era todavía relativamente joven.
The princess was still relatively young.

Ella no estaba acostumbrada a los viajes largos.
She was unaccustomed to long journeys.
Y ella no estaba acostumbrada a caminar tanto.
And she wasn't used to walking so far.
Pronto se cansó de caminar.
She soon got weary of walking.
Entonces se sentó bajo un árbol a descansar.
So she sat under a tree to rest.
En lo alto del árbol había un nido.
On the top of the tree there was a nest.
Era el nido de dos pájaros divinos.
It was the nest of two divine birds.
Bihangami y Bihangama vivían aquí.
Bihangami and Bihangama lived here.
No estaban en su nido en ese momento.
They were not in their nest at the time.
Pero dos de sus polluelos estaban en el nido.
But two of their chicks were in the nest.
De repente los polluelos dieron un grito.
Suddenly the chicks gave a scream.
Esto despertó a la princesa medio adormilada.
This roused the half-drowsy princess.
Los pajaritos habían visto una serpiente enorme.
The little birds had seen huge serpent.
La serpiente estaba a punto de trepar al árbol.
The snake was about to climb the tree.
Este hubiera sido el fin de los pájaros.
This would have been the end of the birds.
Pero la Sannyasi sacó su daga.
But the Sannyasi took out her dagger.
Y cortó la serpiente en dos.
And she cut the serpent in two.
Por supuesto que esto también asustó a los pájaros jóvenes.
Of course even this frightened the young birds.
Y volaron del nido gritando.
And they flew from the nest screaming.
Bihangama y Bihangami estaban de regreso.

Bihangama and Bihangami were on their way back.
Vinieron navegando por el aire.
They came sailing through the air.
Creían que ya sabían lo que había pasado.
They thought they already knew what had happened.
"No espero ver a nuestros hijos"
"I don't expect to see our children"
"El nido volverá a estar vacío"
"The nest will be empty again"
"A todos nuestros hijos anteriores se los comieron"
"All our previous children were eaten"
"Fueron devorados por nuestro gran enemigo la serpiente"
"They were eaten by our great enemy the serpent"
"Habrán corrido la misma suerte"
"They will have met the same fate"
"No escucho el llanto de mis pequeños"
"I do not hear the cries of my young ones"
Los dos pájaros llegaron a su nido.
The two birds got to their nest.
Y como se predijo, el nido estaba vacío.
And as predicted, the nest was empty.
Esto pareció confirmar sus sospechas.
This seemed to confirm their suspicions.
Pero pronto los pájaros jóvenes regresaron.
But soon the young birds returned.
Los pájaros divinos quedaron gratamente sorprendidos.
The divine birds were pleasantly surprised.
Los pajaritos les contaron lo que había pasado.
The young birds told them what had happened.
"Había un joven Sannyasi debajo del árbol"
"There was a young Sannyasi under the tree"
"Él destruyó la serpiente"
"He destroyed the serpent"
"Cortó la serpiente en dos con su daga"
"He cut the snake in two with his dagger"
Los padres fueron al pie del árbol.
The parents went to foot of the tree.

Las dos mitades de la serpiente todavía estaban allí.
Two halves of the snake were still there.
"El joven Sannyasi ha salvado a nuestra descendencia"
"The young Sannyasi has saved our offspring"
"Ojalá pudiéramos hacerle algún favor a cambio"
"I wish we could do him some service in return"
El pájaro divino Bihangama respondió.
The divine bird Bihangama replied.
"Le haremos nuestro servicio a ELLA"
"We shall do our service to HER"
"El Sannyasi bajo el árbol no es un hombre"
"The Sannyasi under the tree is not a man"
"El Sannyasi bajo el árbol es una mujer"
"The Sannyasi under the tree is a woman"
Anoche se casó con el príncipe Sobur.
"Last night she got married to Prince Sobur"
"Poco después de su matrimonio fue envenenado"
"Shortly after their marriage he was poisoned"
"Su piel estaba perforada con pequeños fragmentos de vidrio"
"His skin was pierced with small shards of glass"
"Sus cuñadas envidiaban a su esposa"
"His sisters-in-law envied his wife"
"Sus hermanas esparcieron el polvo sobre la cama"
"Her sisters spread the powder over the bed"
"Él todavía sufre su dolor"
"He is still suffering from his pain"
"Pero él está en su tierra natal"
"But he is in his native land"
"Y ahora está al borde de la muerte"
"And now he is at the point of death"
"Bajo el árbol está su heroica novia"
"Beneath the tree is his heroic bride"
"Ella lleva el hábito de un Sannyasi"
"She is wearing the garb of a Sannyasi"
"Y ella lo va a amamantar"
"And she is going to nurse him"

El Bihangami preguntó al Bihangama.
The Bihangami asked the Bihangama.
"¿No hay cura para el príncipe?"
"Is there no cure for the prince?"
"Sí, hay una cura", respondió el Bihangama.
"Yes, there is a cure" replied the Bihangama.
"Hay estiércol endurecido en el suelo"
"There is hardened dung lying on the ground"
"Ella debe tomar este estiércol endurecido"
"She must take this hardened dung"
"Entonces debe reducir el estiércol a polvo"
"Then she must reduce the dung to powder"
"Y luego debe bañar al príncipe"
"And then she must bathe the prince"
"Debe bañarlo en siete tinajas de agua"
"She must bathe him in seven jars of water"
"Entonces debe bañarlo en siete jarras de leche"
"Then she must bathe him in seven jars of milk"
"Luego debe aplicarle el polvo en el cuerpo "
"Then she must apply the powder to his body"
"Después de esto, el príncipe Sobur se recuperará"
"After this Prince Sobur will get well"
"No tengo dudas sobre este remedio"
"I have no doubts about this remedy"
Sin embargo, los Bihangami vieron un problema.
The Bihangami saw a problem though.
"La princesa no es más que una jovencita"
"The princess is but a young girl"
"Ella no puede caminar una distancia tan grande"
"She cannot walk such a distance"
"El viaje le llevaría muchos días"
"The journey would take her many days"
"Para entonces el pobre príncipe habrá muerto"
"By that time the poor prince will have died"
"Puedo", respondió el Bihangama.
"I can," replied the Bihangama.
"Llevaré a la jovencita en mi espalda"

"I will take the young lady on my back"
"La llevaré volando a la ciudad del Príncipe Sobur"
"I will fly her to Prince Sobur's city"
"Si no acepta regalos, la traeré de vuelta en avión"
"If she takes no presents, I will fly her back"
La hija del comerciante escuchó esta conversación.
The merchant's daughter heard this conversation.
Ella le rogó al Bihangama que la llevara en su espalda.
She begged the Bihangama to take her on his back.
Y por supuesto el pájaro consintió voluntariamente.
And of course the bird willingly consented.
Primero recogió un poco de excremento de pájaros .
First she gathered some of the birds dung.
Y luego redujo el estiércol a polvo fino.
And then she reduced the dung to fine powder.
Ella estaba armada con esta potente droga.
She was armed with this potent drug.
Y se subió al lomo del amable pájaro.
And she got on the back of the kind bird.

El Bihangama voló tan rápido como un rayo.
The Bihangama flew as fast as lightning.
Pronto llegaron a la ciudad del príncipe Sobur.
They soon reached Prince Sobur's city.
El joven Sannyasi subió al palacio.
The young Sannyasi went up to the palace.
Y ella habló con los guardias de la puerta.
And she spoke to the guards at the gate.
"Envíale un mensaje al rey que tengo una droga"
"Send word to the king that I have a drug"
"Esta droga salvará la vida del príncipe"
"This drug will save the prince's life"
"En cuestión de horas habré curado al príncipe"
"Within hours I will have cured the prince"
El rey había probado a todos los mejores médicos.
The king had tried all the best doctors.
Pero ningún médico había podido curar a su hijo.

But no doctor had been able to cure his son.
Entonces no creyó en las palabras del Sannyasi.
So he didn't believe the Sannyasi's words.
Pero sus consejeros le aconsejaron lo contrario.
But his councilors advised him otherwise.
El Sannyasi pidió siete jarras de agua.
The Sannyasi ordered for seven jars of water.
Y se encargaron siete tarros de leche.
And seven jars of milk were ordered.
Derramó una jarra de agua sobre el príncipe.
He poured a jar of water on the prince.
Y derramó un tarro de leche sobre el príncipe.
And he poured a jar of milk on the prince.
Tenía una pluma del pájaro divino.
He had a feather from the divine bird.
Y usó la pluma para aplicar el polvo.
And he used the feather to apply the powder.
Todo el cuerpo del príncipe estaba cubierto.
All of the prince's body was covered.
Esto se repitió otras seis veces.
This was repeated another six times.
El último tratamiento hizo la magia.
The last treatment did the magic.
El príncipe empezó a sentirse bien nuevamente.
The prince started to feel well again.
El rey estaba más feliz de lo que las palabras pueden describir.
The king was happier than words can describe.
"Dale al Sannyasi los mejores tesoros"
"Give the Sannyasi the finest treasures"
Pero el Sannyasi se negó a aceptar regalos.
But the Sannyasi refused to take presents.
"Déjame tener el anillo en el dedo del príncipe"
"Let me have the ring on the prince's finger"
El rey y el príncipe estaban felices.
The king and the prince were happy.
Y le dieron lo que quería.

And they gave him what he wanted.
La hija del comerciante se apresuró a regresar.
The merchant's daughter hastened back.
El Bihangama estaba esperando en la orilla del mar.
The Bihangama was waiting at the sea-shore.
Llegaron al árbol de los pájaros divinos.
They reached the tree of the divine birds.
La joven novia regresó a su palacio.
The young bride walked back to her palace.

Al día siguiente agitó el abanico de plumas mágico.
The following day she shook the magical feather fan.
Al igual que la vez anterior, apareció su marido.
Just as before, her husband appeared.
Por supuesto que estaba feliz de ver a su esposa.
Of course he was happy to see his wife.
Pero él quedó infinitamente sorprendido.
But he was infinitely surprised.
Ella tenía su anillo en su dedo.
She had his ring on her finger.
Su propia esposa era su médico.
His own wife was his doctor.
¡Fue su esposa quien lo curó!
It was his wife that had cured him!
El príncipe llevó a su novia a su palacio.
The prince took his bride to his palace.
Perdonó a sus cuñadas.
He forgave his sisters-in-law.
Vivieron felices durante muchos años.
They lived happily for many years.
Y fueron bendecidos con hijos.
And they were blessed with children.

Los orígenes del opio
The Origins of Opium

Érase una vez un Rishi.
Once upon on a time there lived a Rishi.
Vivía en las orillas del sagrado Ganges.
He lived on the banks of the holy Ganges.
Este Rishi era un hombre muy religioso.
This Rishi was a very religious man.
Pasaba sus días realizando ritos religiosos.
He spent his days performing religious rites.
Desde el amanecer hasta el atardecer se sentó en la orilla del río.
From sunrise to sunset he sat on the river bank.
Durante todo el tiempo permaneció sentado en devoción.
For the whole time he sat engaged in devotion.
Por la noche se refugió en su choza.
At night he took shelter in his hut.
Su choza estaba hecha de hojas de palma.
His hut was made from palm-leaves.
Las palmeras las había hecho crecer a partir de árboles jóvenes.
The palms he had grown from saplings.
No había nadie alrededor por kilómetros a la redonda.
There was no one around for miles.
Sin embargo, en la cabaña había un ratón.
However, in the hut there was a mouse.
Ella vivió de lo que el Rishi le dejó.
She lived from what the Rishi left for her.
El Rishi era un hombre de buen corazón.
The Rishi was a kind-hearted man.
Él no dañaría a ningún ser vivo.
He would not hurt any living thing.
Así que nuestro ratón nunca se escapó de él.
So our mouse never ran away from him.
De hecho, nuestro ratón fue hacia él.
In fact, our mouse went to him.

Ella tocó sus pies cuando él estaba sentado.
She touched his feet when he was sitting.
Y a ella le encantaba jugar con él.
And she enjoyed playing with him.
Al Rishi también le gustaba el ratoncito.
The Rishi also liked the little mouse.
Entonces él quería ser amable con ella.
So he wanted to be kind to her.
Y quería alguien con quien hablar.
And he wanted someone to talk to.
Entonces le dio el poder de hablar.
So he gave her the power of speech.

Una noche el ratón se puso de pie.
One night the mouse stood up.
Ella se puso sobre sus patas traseras.
She got onto her hind legs.
Y ella se paró frente al Rishi.
And she stood in front of the Rishi.
Y juntó sus patas delanteras.
And she put her front paws together.
"Santo Sabio, has sido amable conmigo"
"Holy Sage, you have been kind to me"
"Y me has dado el lenguaje humano"
"And you have given me human language"
"Espero que no desagrade a vuestra reverencia"
"I hope it doesn't displease your reverence"
"Pero tengo una bendición más que pedir"
"But I have one more boon to ask"
El Rishi escuchó a su ratón.
The Rishi listened to his mouse.
"¿Qué es?" preguntó el Rishi.
"What is it?" asked the Rishi.
"Di lo que quieras, ratoncito"
"Say what you want, little mouse"
El ratón le respondió al Rishi.
The mouse answered the Rishi.

"De día tu reverencia va al río"
"By day your reverence goes to the river"
"Y allí practicas tus devociones "
"And there you practice your devotions"
"Durante este tiempo un gato llega a la cabaña"
"During this time a cat comes to the hut"
"Este gato ha estado intentando atraparme"
"This cat has been trying to catch me"
"Ella todavía tiene algo de miedo de vuestra reverencia"
"She still has some fear of your reverence"
"De lo contrario, me habría comido hace mucho tiempo"
"Otherwise she would have eaten me long ago"
"Pero temo que el gato me coma algún día"
"But I fear the cat will eat me someday"
"Así que tengo una oración que pedirte"
"So I have one prayer to ask of you"
"¡Por favor, que me transformen en gato!"
"Please may I be changed into a cat!"
"Entonces sería rival para mi enemigo"
"Then I would be a match for my foe"
El Rishi comprendió la difícil situación del ratón.
The Rishi understood the mouse's plight.
Le echó un poco de agua bendita al ratón.
He threw some holy water on the mouse.
Y al instante el ratón se transformó en gato.
And the mouse instantly turned into a cat.

Había vivido como gato durante algunos días.
She had lived as a cat for some days.
Una noche ella fue otra vez a ver al Rishi.
One night she went to the Rishi again.
Y el Rishi le habló a su mascota.
And the Rishi spoke to his pet.
- Bueno, gatito, ¿cómo estás?
"Well, little kitty, how are you!"
"¿Qué te parece tu vida actual?"
"How do you like your present life!"

El gato pensó qué decir.
The cat thought about what to say.
Pero ella no tuvo que decir nada.
But she didn't have to say anything.
El Rishi lo pudo notar por su expresión.
The Rishi could tell by her expression.
¿Por qué no te gusta?, preguntó el sabio.
"Why don't you like it?" asked the sage.
"¿No eres tan fuerte como los otros gatos?"
"Are you not as strong as the other cats!"
"Sí, soy lo suficientemente fuerte", respondió el gato.
"Yes, I am strong enough," answered the cat.
"Tu reverencia me ha convertido en un gato fuerte"
"Your reverence has made me a strong cat"
"Tan fuerte como cualquier gato del mundo"
"As strong as any cat in the world"
"Ahora ya no le tengo miedo a los gatos"
"Now I do not fear cats anymore"
"Pero ahora tengo un nuevo enemigo"
"But now I have got a new foe"
"De día tu reverencia va al río"
"By day your reverence goes to the river"
"Durante este tiempo los perros vienen a la cabaña"
"During this time dogs come to the hut"
"Estos perros me han estado ladrando"
"These dogs have been barking at me"
"Y he temido por mi vida"
"And I have been frightened for my life"
"Así que tengo una oración más que pedirte"
"So I have one more prayer to ask of you"
"¡Por favor, que me transformen en perro!"
"Please may I be changed into a dog!"
El Rishi comprendió la difícil situación del gato.
The Rishi understood the cat's plight.
Le echó un poco de agua bendita al gato.
He threw some holy water on the cat.
Y el gato instantáneamente se convirtió en perro.

And the cat instantly became a dog.

Ella vivió como perro por algunos días.
She lived as a dog for some days.
Pero una noche ella habló con el Rishi.
But one night she spoke to the Rishi.
"No puedo agradecerle lo suficiente a su reverencia"
"I cannot thank your reverence enough"
"Has sido muy amable conmigo"
"You have been most kind to me"
"Yo no era más que un pobre ratón"
"I was but a poor mouse"
"No sólo me diste el habla"
"You not only gave me speech"
"Pero también me convertiste en gato"
"But you also turned me into a cat"
"Y tu bondad no terminó ahí"
"And your kindness didn't end there"
"Entonces me convertiste en perro"
"Then you changed me into a dog"
"Como perro, sin embargo, sufro mucho"
"As a dog, however, I suffer greatly"
"No tengo suficiente para comer"
"I do not get enough to eat"
"Mi único alimento es lo que me dejas"
"My only food is what you leave me"
"Eso estaba bien cuando era un ratón"
"That was fine when I was a mouse"
"Pero me has hecho mucho más grande "
"But you have made me much larger"
"Y no me basta con llenar la boca"
"And it is not enough to fill my mouth"
"Oh, su reverencia, cómo envidio a esos monos"
"OH your reverence, how I envy those monkeys"
"Saltan de árbol en árbol"
"They jump about from tree to tree"
"¡Comen todo tipo de frutas deliciosas!"

"They eat all sorts of delicious fruits!"
"Por favor, que la reverencia no se enoje"
"Please may reverence not get angry"
"Rezo para que me transformen en mono "
"I pray to be changed into an monkey"
El sabio era un hombre muy comprensivo.
The sage was a very understanding man.
Su corazón estaba lleno de paciencia.
His heart was filled with patience.
Estaba feliz de conceder el deseo de su mascota.
He was happy to grant his pet's wish.
Le echó un poco de agua bendita al perro.
He threw some holy water on the dog.
Y el perro instantáneamente se convirtió en mono.
And the dog instantly became an monkey.

Nuestro mono al principio estaba loco de alegría.
Our monkey was at first wild with joy.
Ella saltó de un árbol a otro.
She leaped from one tree to another.
Ella chupó cada fruta deliciosa.
She sucked every luscious fruit.
Pero su alegría nuevamente duró poco.
But her joy was short-lived again.
El verano había traído consigo su sequía.
Summer had brought with it its drought.
A los monos les resulta difícil bajar.
Monkeys find it hard to climb down.
Entonces ella no podía beber del río.
So she couldn't drink from the river.
Ella vio cómo vivían los jabalíes.
She saw how the wild boars lived.
Todo el día chapotearon en el agua.
All day they splashed in the water.
Ahora ella envidiaba su vida.
She envied their life now.
¡Oh, qué felices están esos jabalíes!

"Oh how happy those wild boars are!"
"Todo el día sus cuerpos se enfrían"
"All day their bodies are cooled"
"Todo el día se refrescan con agua"
"All day they are refreshed by water"
"Cómo me gustaría ser un jabalí"
"How I wish I were a wild boar"
Esa noche ella fue a ver al Rishi.
That night she went to the Rishi.
Ella le contó sus problemas.
She recounted her troubles to him.
Ella le contó todo sobre los jabalíes.
She told him all about the wild boars.
"¡Oh, qué agradables deben ser sus vidas!"
"Oh how pleasant their lives must be"
Y ella pidió que la cambiaran otra vez.
And she begged to be changed again.
"Rezo para que me transformen en jabalí"
"I pray to be changed into a wild boar"
La bondad del sabio no conocía límites.
The sage's kindness knew no bounds.
y cumplió con la petición de su mascota.
and he complied with his pet's request.
Le echó un poco de agua bendita al mono.
He threw some holy water on the monkey.
Y el mono instantáneamente se convirtió en un jabalí.
And the monkey instantly became a wild boar.

Nuestro jabalí ahora estaba muy contento.
Our boar was now very content.
Ella mantenía su cuerpo empapado.
She kept her body soaking wet.
Todos los días ella iba al río.
Every day she went to the river.
Ella chapoteó en su elemento favorito.
She splashed about in her favorite element.
Pero la vida no es segura para los jabalíes.

But life is not safe for wild boars.
Un día el rey estaba cazando.
One day the king was out hunting.
Estaba montado en un elefante adornado.
He was riding on an adorned elephant.
Sólo por suerte nuestro jabalí logró escapar.
Only by luck did our wild boar escape.
Pensó mucho sobre su experiencia.
She thought a lot about her experience.
Ella reflexionó sobre los peligros de su vida.
She dwelt on the dangers of her life.
Y ella envidiaba al majestuoso elefante.
And she envied the stately elephant.
El elefante tuvo más suerte que ella.
The elephant was more fortunate than her.
Él tuvo que cargar al rey sobre su espalda.
He got to carry the king on his back.
Ahora ella anhelaba ser un elefante.
Now she longed to be an elephant.
Y por la noche ella suplicó al Rishi.
And at night she besought the Rishi.

Nuestro elefante estaba vagando por el desierto.
Our elephant was roaming the wilderness.
En sus aventuras vio al rey.
On her adventures she saw the king.
Nuestro elefante se dirigió hacia la suite del rey.
Our elephant went towards the king's suite.
Ella tenía toda la intención de ser atrapada.
She had every intention of being caught.
El rey vio el elefante desde lejos.
The king saw the elephant from a distance.
No pudo evitar admirar su belleza.
He couldn't help but admire her beauty.
Él dio órdenes a sus sirvientes.
He gave his orders to his servants.
"Atrapa y domestica a este elefante"

"Catch and tame this elephant"
Nuestro elefante fue atrapado fácilmente.
Our elephant was easily caught.
La llevaron a los establos reales.
She was taken into the royal stables.
Y ella fue domesticada sin ningún problema.
And she was tamed without any trouble.

Un día la reina tuvo un deseo.
One day the queen had a wish.
Ella deseaba ir al sagrado Ganges.
She wished to go to the holy Ganges.
Ella deseaba bañarse en las aguas sagradas.
She wished to bathe in the holy waters.
El rey quería acompañar a su esposa.
The king wanted to accompany his wife.
Así que dio órdenes a sus sirvientes.
So he made his orders to his servants.
"Traednos el elefante recién capturado"
"Bring us the newly caught elephant"
El rey y la reina montaron en su espalda.
The king and queen mounted on her back.
Nuestro elefante había cumplido su deseo.
Our elephant had gotten her wish.
Bueno... parecía que su deseo se había cumplido.
Well... she seemed to have gotten her wish.
El rey había montado en su espalda.
The king had mounted on her back.
Pero no, el elefante no consiguió su deseo.
But no, the elephant didn't get her wish.
Ella se consideraba una bestia señorial.
She looked upon herself as a lordly beast.
Ella no podía llevar a una mujer montada en su espalda.
She could not a woman riding on her back.
No bastaba con que fuera reina.
It wasn't enough that she was a queen.
Ella no podía soportar esa idea.

She could not bear the idea of it.
Ella sintió que había sido degradada.
She felt she had been degraded.
Ella saltó tan violentamente como pueden hacerlo los elefantes.
She jumped up as violently as elephants can.
Tanto el rey como la reina cayeron al suelo.
Both the king and queen fell to the ground.
El rey recogió con cuidado a la reina.
The king carefully picked up the queen.
Tomó a la reina en sus brazos.
He took the queen in his arms.
Él le preguntó si había resultado herida.
He asked her whether she had been hurt.
Él limpió el polvo de su ropa.
He wiped off the dust from her clothes.
Y la besó tiernamente cien veces.
And he tenderly kissed her a hundred times.
Nuestro elefante fue testigo de las caricias del rey.
Our elephant witnessed the king's caresses.
Y ella salió corriendo hacia el bosque.
And she scampered off to the woods.
Ella corrió tan rápido como sus piernas pudieron llevarla.
She ran as fast as her legs could carry her.
Mientras corría, pensaba para sí misma:
As she ran, she thought within herself;
"He experimentado muchas vidas diferentes"
"I have experienced many different lives"
"Y he experimentado una felicidad diferente"
"And I have experienced different happiness"
"Pero esas vidas no se pueden comparar"
"But those lives cannot be compared"
"Una reina es la criatura más feliz de todas"
"A queen is the happiest creature of all"
¡De qué infinita consideración es ella objeto!
"Of what infinite regard is she the object of!"
"El rey la levantó del suelo"

"The king lifted her off the ground"
"Y la tomó con cuidado en sus brazos"
"And he carefully took her in his arms"
"Le hizo muchas preguntas tiernas"
"He made many tender inquiries to her"
"Y le limpió el polvo de la ropa"
"And he wiped off the dust from her clothes"
" ¡Y la besó cien veces!"
"And he kissed her a hundred times!"
"¡Oh, la felicidad de ser reina!"
"Oh, the happiness of being a queen!"
"¡Debo pedirle al Rishi que me haga reina!"
"I must ask the Rishi to make me a queen!"

El sol estaba a punto de ponerse.
The sun was just about to set.
Nuestro elefante regresó a la cabaña.
Our elephant made it back to the hut.
El Rishi acababa de terminar sus devociones.
The Rishi had just finished his devotions.
Ella cayó al suelo a sus pies.
She fell on the ground at his feet.
Ella seguía siendo el pequeño ratón.
She was still the little mouse.
Y él seguía siendo el santo sabio.
And he was still the holy sage.
"¿Qué hay de nuevo?" preguntó el Rishi.
"What's the news?" inquired the Rishi.
"¿Por qué has abandonado el palacio del rey?"
"Why have you left the king's palace!"
Nuestro elefante pensó en sus palabras.
Our elephant thought about her words.
"¿Qué le diré a vuestra reverencia?"
"What shall I say to your reverence!"
"Has sido muy amable conmigo"
"You have been very kind to me"
"Has concedido todos mis deseos"

"You have granted every wish of mine"

"Yo era un ratón y me diste el habla"

"I was a mouse and you gave me speech"

"Pero como ratón mi vida estaba en peligro"

"But as a mouse my life was in danger"

"Me salvaste convirtiéndome en gato"

"You saved me by turning me into a cat"

"Pero como gato mi vida no era más segura"

"But as a cat my life was no safer"

"Y me ayudaste a convertirme en perro"

"And you helped me become a dog"

"Pero como era perro no tenía lo suficiente para comer"

"But as a dog I had not enough to eat"

"Me proveíste de nuevo"

"You provided for me again"

"Y me convertiste en un mono"

"And you turned my into a monkey"

"Comí todo lo que pude desear"

"I had all I could wish to eat"

"Pero no tenía forma de enfriar mi cuerpo"

"But I had no way of cooling my body"

"Me ayudaste con esto también"

"You helped me with this too"

"Y me convertiste en un jabalí"

"And you turned me into a wild boar"

"Los jabalíes tienen una vida cómoda"

"Wild boars have a comfortable life"

"Pero no viven sin peligro"

"But they don't live without danger"

"Y otra vez me protegiste"

"And again you protected me"

"Y me convertiste en un elefante"

"And you turned me into an elephant"

"Ser un elefante ha aumentado mi volumen"

"Being an elephant has increased my bulk"

"Pero ser un elefante no ha aumentado mi felicidad"

"But being an elephant has not increased my happiness"

"Tengo un favor más que pedirte"
"I have one more boon to ask of you"
"Será el último favor que pido"
"It will be the last boon I ask for"
"Ahora veo quién es la criatura más feliz"
"I see now who the happiest creature is"
"Una reina es la más feliz del mundo"
"A queen is the happiest in the world"
"Santo Padre, por favor hazme reina"
"Holy father, please make me a queen"
"Niño tonto", respondió el Rishi.
"Silly child," answered the Rishi.
"¿Cómo puedo hacerte reina?"
"How can I make you a queen!"
"¿Dónde puedo conseguir un reino para ti?"
"Where can I get a kingdom for you!"
"¿Dónde encontraría un marido real?"
"Where would I find a royal husband!"
Pero el Rishi todavía era paciente.
But the Rishi was still patient.
"Hay una cosa que puedo hacer por ti"
"There is one thing I can do for you"
"Puedo convertirte en una hermosa chica"
"I can change you into a beautiful girl"
"Serás tan hermosa como una reina"
"You will be as beautiful as a queen"
"Poseerás todos los encantos que necesitas"
"You will possess all the charms you need"
"Tus encantos pueden cautivar el corazón de un príncipe"
"Your charms can captivate a prince's heart"
"Pero debes esperar lo que decidan los dioses"
"But you must wait for what the gods decide"
"Te concederán una entrevista"
"They will grant you an interview"
¡Tendrás tu oportunidad con un príncipe!
"Tou will have your chance with a prince!"
Nuestro elefante aceptó el cambio.

Our elephant agreed to the change.
La bestia fue transformada por el Rishi.
The beast was transformed by the Rishi.
Y ahora ella era una hermosa joven.
And now she was a beautiful young lady.
El santo sabio la llamó Postomani.
The holy sage named her Postomani.
Su nombre significaba "la dama de las semillas de amapola".
Her name meant 'the poppy-seed lady'.

Postomani vivía en la cabaña del Rishi.
Postomani lived in the Rishi's hut.
Ella pasó su tiempo cuidando las flores.
She spent her time tending the flowers.
Y regó las plantas del jardín.
And she watered the plants in the garden.
Un día ella estaba sentada en la cabaña.
One day she was sitting at the hut.
El Rishi estaba en el sagrado Ganges.
The Rishi was at the holy Ganges.
Un hombre ricamente vestido se dirigió hacia la cabaña.
A richly dressed man came towards the cottage.
Ella se levantó para darle la bienvenida al hombre.
She stood up to welcome the man.
Y ella le preguntó al extraño quién era.
And she asked the stranger who he was.
"¿A qué has venido?" preguntó.
"What have you come for?" she asked.
"He estado de cacería"
"I have been on a hunt"
"Pero perseguimos al ciervo en vano"
"But we chased the deer in vain"
"Ahora tengo sed por el calor"
"Now I am thirsty from the heat"
"Pensé que aquí vivía un Rishi"
"I thought that a Rishi lives here"
"Había venido a pedirle agua"

"I had come to ask him for water"
"Pero ahora te veo vivir aquí"
"But now I see you live here"
Postomani le respondió al extraño.
Postomani answered the stranger.
"Considera esta cabaña como tuya"
"Look upon this hut as your own"
"Lo siento, pero somos pobres"
"I am sorry, but we are poor"
"No podemos ofrecerte ningún entretenimiento"
"We cannot offer you any entertainment"
"Pero déjame hacer que tu visita sea cómoda"
"But let me make your visit comfortable"
"Porque creo que eres un rey"
"Because, I believe you are a king"
"Si no me equivoco", añadió.
"If I am not mistaken," she added.
El extraño sonrió en reconocimiento.
The stranger smiled in recognition.

Luego Postomani trajo una olla con agua.
Postomani then brought a pot of water.
Ella fue a lavar los pies de su invitado real.
She went to wash her royal guest's feet.
Pero el visitante no la dejó hacerlo.
But the visitor did not let her do this.
"Santa doncella, no me toques los pies"
"Holy maid, do not touch my feet"
"Soy sólo un Kshatriya", confesó.
"I am only a Kshatriya," he confessed.
"Y tú eres la hija de un sabio santo"
"And you are the daughter of a holy sage"
"Noble señor", empezó a confesar Postomani.
"Noble sir;" Postomani begun to confess.
"No soy la hija del Rishi"
"I am not the daughter of the Rishi"
"¿Y yo tampoco soy una muchacha brahmán?"

"And am I not a Brahmani girl either"
"No hay daño en que toque tus pies"
"There is no harm in me touching your feet"
"Además, eres mi invitado"
"Besides, you are my guest"
"Y yo estoy obligado a lavarte los pies"
"And I am bound to wash your feet"
"Perdona mi impertinencia", deseó el rey.
"Forgive my impertinence," the king wished.
¿A qué casta perteneces?, preguntó.
"What caste do you belong to?" he asked.
"Sólo sé lo que me dijo el sabio"
"I only know what the sage told me"
"Escuché que mis padres eran kshatriyas"
"I heard my parents were Kshatriyas"
El extraño quería saber más.
The stranger wanted to know more.
"¿Puedo preguntar si tu padre era rey?"
"May I ask whether your father was a king!"
"Tienes una belleza poco común", dijo.
"You have an uncommon beauty," he said.
"Y posees un porte majestuoso"
"And you possess a stately demeanor"
**"Estas cualidades no se pueden adquirir mediante el trabajo
"**
"These qualities cannot be worked for"
"Se nota que naciste princesa"
"It shows that you were born a princess"
Postomani evitó responder la pregunta.
Postomani avoided answering the question.
En lugar de eso, entró en la cabaña.
Instead she went inside the hut.
Ella sacó una bandeja de deliciosas frutas.
She brought out a tray of delicious fruits.
Y puso los frutos delante del rey.
And she set the fruits before the king.
El rey, sin embargo, no tocó las frutas.

The king, however, did not touch the fruits.
Esperó hasta que su pregunta fuera respondida.
He waited until his question was answered.
"Sólo sé lo que dice el santo sabio"
"I only know what the holy sage says"
"Dice que mi padre era rey"
"He says that my father was a king"
"Pero fue vencido en una batalla"
"But he was overcome in a battle"
"Entonces él, con mi madre, huyó al bosque"
"So he, with my mother, fled into the woods"
"A mi pobre padre se lo comió un tigre"
"My poor father was eaten by a tiger"
"Mi madre cerró los ojos mientras yo abría los míos"
"My mother closed her eyes as I opened mine"
"Había una colmena en el árbol"
"There was a bee-hive on the tree"
"Me acosté al pie de ese árbol"
"I lay at the foot of that tree"
"Gotas de miel cayeron en mi boca"
"Drops of honey fell into my mouth"
"La miel mantuvo la chispa dentro de mí"
"The honey maintained the spark inside me"
"Y entonces el amable Rishi me encontró"
"And then the kind Rishi found me"
"El santo sabio me llevó a su choza"
"The holy sage brought me into his hut"
"Esta es la sencilla historia de esta desdichada muchacha"
"This is the simple story of this wretched girl"
"La muchacha que ahora está ante el rey"
"The girl who now stands before the king"
«No te llames miserable», respondió el rey.
"Call not yourself wretched," replied the king.
"Eres la más bella de las mujeres"
"You are the most beautiful of women"
"Y tú eres la más hermosa de las mujeres"
"And you are the loveliest of women"

"Adornarías los palacios más grandiosos"
"You would adorn the grandest palaces"

Postomani había conseguido su entrevista.
Postomani had gotten her interview.
Ella se enamoró del rey.
She fell in love with the king.
Y el rey se enamoró de ella.
And the king fell in love with her.
El Rishi los unió en matrimonio.
The Rishi joined them in marriage.
Postomani se convirtió en la reina favorita del rey.
Postomani became the king's favourite queen.
Y la ex reina cayó en desgracia.
And the former queen was in disgrace.
Pero la felicidad de Postomani duró poco.
But Postomani's happiness was short-lived.
Un día, mientras estaba de pie junto a un pozo,
One day as she was standing by a well.
Un momento de vértigo la invadió.
She was overcome by a moment of giddiness.
La fortuna la hizo caer al agua.
Fortune had her fall into the water.
Y ella murió en el agua del pozo.
And she died in the water of the well.
Entonces el Rishi se presentó ante el rey.
The Rishi then came to the king.
"Oh rey, no te aflijas por el pasado"
"O king, grieve not over the past"
"Lo que el destino fija, debe suceder"
"What is fixed by fate must come to pass"
"La reina se ahogó en tu pozo"
"The queen drowned in your well"
"Pero ella no era de sangre real"
"But she was not of royal blood"
"Ella nació en una familia de ratones"
"She was born to a family of mice"

"Todas las noches ella venía a mi cabaña"
"Each evening she came to my hut"
"Y le di el poder de la palabra"
"And I gave her the power of speech"
"Con la palabra podía expresar sus deseos"
"With speech she could express her wishes"
"La cambié según sus deseos"
"I changed her according to her wishes"
"Como un ratón temía al gato"
"As a mouse she feared the cat"
"Y entonces la convertí en gata"
"And so I changed her into a cat"
"Como gata temía a los perros"
"As a cat she feared the dogs"
"Y entonces la convertí en un perro "
"And so I changed her into a dog"
"Como perro no tenía lo suficiente para comer"
"As a dog she had not enough to eat"
"Y entonces la convertí en un mono"
"And so I changed her into a monkey"
"Como mono no soportaba el calor"
"As a monkey she couldn't bear the heat"
"Y entonces la convertí en un jabalí"
"And so I changed her into a wild boar"
"Como un jabalí su vida no estaba segura"
"As a boar her life was not safe"
"Y entonces la convertí en un elefante"
"And so I changed her into an elephant"
"Ese era el elefante que atrapaste"
"That was the elephant you caught"
"Pero como elefante no era amada"
"But as an elephant she was not loved"
"Y así la cambié una última vez"
"And so I changed her one last time"
"La convertí en una hermosa niña"
"I changed her into a beautiful girl"
"Esa es la chica con la que te casaste"

"That is the girl that you married"
"Y esa es la niña que se ahogó"
"And that is the girl that drowned"
"Toma en tu favor a tu antigua reina"
"Take into favor your former queen"
"Y no te preocupes por mi hija"
"And don't worry for my daughter"
"Haré que su nombre sea inmortal"
"I will make her name immortal"
"Que su cuerpo permanezca en el pozo"
"Let her body remain in the well"
"Llenad el pozo con tierra"
"Fill the well up with earth"
"En su carne hay una semilla"
"In her flesh there is a seed"
"De sus huesos crecerá un árbol"
"From her bones a tree will grow"
"Le pondremos su nombre a este árbol"
"We will name this tree after her"
"El árbol se llamará 'Posto'"
"The tree shall be called 'Posto'"
"Esto significa 'el árbol de la amapola'"
"This means 'the Poppy tree'"
"De este árbol saldrá una droga"
"From this tree there will come a drug"
"Esta droga se llamará opio"
"This drug will be called opium"
"El opio será una medicina poderosa"
"Opium will be a powerful medicine"
"La gente consumirá opio en todas las épocas"
"People will consume opium in every epoch"
"El opio se ingiere o se fuma"
"Opium will either be swallowed or smoked"
"Y el opio será un narcótico maravilloso"
"And opium will be a wonderful narcotic"
"El opio se seguirá utilizando hasta el fin de los tiempos"
"Opium will be used till the end of time"

"Reconocerás al fumador de opio"
"You will recognize the opium smoker"
"Tendrá muchas cualidades diferentes"
"He will have many different qualities"
"Una cualidad para cada uno de los animales"
"One quality for each of the animals"
"Los animales en los que Postomani había vivido"
"The animals which Postomani had lived as"
"Será travieso, como un ratón"
"He will be mischievous, like a mouse"
"Le gustará la leche, como a un gato"
"He will be fond of milk, like a cat"
"Será pendenciero, como un perro"
"He will be quarrelsome, like a dog"
"Estará sucio, como un mono"
"He will be filthy, like a monkey"
"Será salvaje, como un jabalí"
"He will be savage, like a boar"
"Estará seguro, como un elefante"
"He will be confident, like an elephant"
"Y tendrá un carácter altivo, como una reina"
"And he will be high-tempered, like a queen"

Huelga, pero escucha primero
Strike, but Listen First

Había una vez un rey que tenía tres hijos.
There was once a king who had three sons.
Un día sus súbditos reales acudieron a él y le dijeron:
His royal subjects came to him one day and said;
¡Oh, encarnación de la justicia! Escucha nuestra súplica.
"Oh incarnation of justice! hear our plea"
"El reino está infestado de ladrones y salteadores"
"The kingdom is infested with thieves and robbers"
"Nuestra propiedad no está a salvo de sus robos"
"Our property is not safe from their thievery"
"Rogamos a Su Majestad que capture a estos ladrones"
"We pray your majesty to catch hold of these thieves"
"Les rogamos que los castiguen con todo el peso de la ley"
"We beg you punish them to the full extent of the law"
El rey dijo a sus hijos: «Oh, hijos míos, soy viejo».
The king said to his sons, "Oh, my sons, I am old"
"Pero todos ustedes están en la flor de la edad adulta"
"But you are all in the prime of manhood"
"¿Cómo es que mi reino está lleno de ladrones?"
"How is it that my kingdom is full of thieves?"
"Espero que atrapes a estos ladrones"
"I look to you to catch hold of these thieves"
Los tres príncipes entonces tomaron una decisión.
The three princes then made up their minds.
Iban a patrullar la ciudad todas las noches.
They were going to patrol the city every night.
Instalaron un puesto de vigilancia en las afueras de la ciudad.
They set up a watch out in the outskirts of the city.
Ya había llegado la primera parte de la noche.
The early part of the night had arrived.
Entonces el príncipe mayor asumió sus funciones.
So the eldest prince took on his duties.
Cabalgó a caballo por toda la ciudad.

He rode upon his horse through the whole city.
Pero no vio un solo ladrón por dondequiera que miró.
But did not see a single thief anywhere he looked.
Regresó a la comisaría.
He came back to the policing station.
La mitad de la noche había llegado.
The middle part of the night had arrived.
Entonces el segundo príncipe asumió sus funciones.
So the second prince took on his duties.
Y él también recorrió toda la ciudad.
And he too rode through every part of the city.
Pero no vio ni oyó hablar de ningún ladrón.
But he did not see or hear of a single thief.
También regresó a la comisaría.
He came also back to the policing station.
La última parte de la noche había llegado.
The latter part of the night had arrived.
Entonces el príncipe más joven asumió sus funciones.
So the youngest prince took on his duties.
Se acercó a la puerta del palacio de su padre.
He went near the gate of his father's palace.
Allí vio a una hermosa mujer saliendo del palacio.
There he saw a beautiful woman leaving the palace.
El príncipe le preguntó a la mujer: ¿Quién eres tú?
The prince asked the woman, "who are you?"
"¿A dónde vas a estas horas de la noche?"
"Where are you going at this hour of the night?"
La mujer respondió al joven príncipe.
The woman answered the young prince.
"Soy Rajlakshmi, la deidad guardiana de este palacio"
"I am Rajlakshmi, the guardian deity of this palace"
"El rey será asesinado esta noche"
"The king will be killed this night"
"Por lo tanto, no soy necesario aquí"
"I am therefore not needed here"
"Y por eso me voy"
"And that is why I am going away"

El príncipe no sabía qué hacer con este mensaje.
The prince did not know what to make of this message.
Después de un momento de reflexión, le dijo a la diosa:
After a moment's reflection he said to the goddess;
"Pero, supongamos que el rey no muere esta noche"
"But, suppose the king is not killed tonight"
"¿Tienes alguna objeción a regresar al palacio?"
"Have you any objection to return to the palace?"
"No tengo ninguna objeción", respondió la diosa.
"I have no objection," replied the goddess.
El príncipe entonces le rogó a la diosa que regresara.
The prince then begged the goddess to go back.
Y prometió hacer todo lo posible para proteger al rey.
And he promised to do his best to protect the king.
Entonces la diosa entró nuevamente al palacio.
Then the goddess entered the palace again.
En un momento desapareció en el palacio.
Within a moment she disappeared into the palace.

El príncipe también entró directamente en palacio.
The prince went straight into the palace too.
Y entró en el dormitorio de su real padre.
And he went into the bedroom of his royal father.
Allí yacía su padre sumido en un sueño profundo.
There his father lay immersed in deep sleep.
El rey tenía una segunda esposa, más joven.
The king had a second, younger wife.
Esta mujer era la madrastra de nuestro príncipe.
This woman was the stepmother of our prince.
Ella estaba durmiendo en otra cama de la habitación.
She was sleeping in another bed in the room.
Había una luz que ardía tenuemente.
There was a light that was burning dimly.
¡Pero entonces el príncipe vio algo que lo sorprendió!
But then the prince saw something that surprised him!
Una cobra enorme girando una y otra vez alrededor de la cama dorada.

A huge cobra going round and round the golden bedstead.
La cama en la que dormía su padre.
The bedstead on which his father was sleeping.
El príncipe con su espada cortó la serpiente en dos.
The prince with his sword cut the serpent in two.
Pero no se conformó con matar a la cobra.
But he was not satisfied with killing the cobra.
Entonces cortó la cobra en cien pedazos.
So he cut the cobra up into a hundred pieces.
Y puso los pedazos de la cobra dentro de una sartén.
And he put the pieces of the cobra inside a pan.
Pero mientras cortaba la cobra ocurrió una desgracia.
But while cutting the cobra a misfortune happened.
Una gota de sangre cayó sobre el pecho de su madrastra.
A drop of blood fell on the breast of his stepmother.
El príncipe estaba muy angustiado por lo sucedido.
The prince was in great distress by what had happened.
"Salvé a mi padre, pero maté a mi madrastra"
"I have saved my father, but killed my stepmother"
¿Cómo podría sacar la gota de sangre de su pecho?
How could he remove the drop of blood from her breast?
**Envolvió sobre su lengua un trozo de tela siete veces
doblado.**
He wrapped round his tongue a piece of cloth sevenfold.
Y con el paño lamió la gota de sangre.
And with the cloth he licked up the drop of blood.
Pero el sueño de su madrastra no era tan profundo.
But his stepmother's sleep was not so deep.
Y en su intento de salvarla la despertó.
And in his attempt to save her he awoke her.
Al abrir los ojos vio que era su hijastro.
When opening her eyes she saw it was her stepson.
El joven príncipe salió corriendo de la habitación.
The young prince rushed out of the room.
La reina odiaba a su hijastro, el príncipe más joven.
The queen, hated her stepson, the youngest prince.
Y ella tenía toda la intención de arruinar su reputación.

And she had every intention to ruin his reputation.
Ella llamó a su marido: «¡Señor mío, señor mío!»
She called out to her husband, "My lord, my lord"
¿Estás despierto? ¿Estás despierto? ¡Despierta!
"Are you awake? are you awake? Rouse yourself up"
"Aquí hay una buena noticia para ti"
"Here is a nice piece of news for you"
El rey al despertar preguntó qué pasaba.
The king on awaking inquired what the matter was.
"¿Qué sucede, mi señor? Déjeme decirle."
"What the matter is, my lord, let me tell you"
"Tu digno hijo acaba de estar aquí en esta habitación"
"Your worthy son was just here in this room"
"El príncipe más joven, del que hablas tan bien"
"The youngest prince, of whom you speak so highly"
"Lo pillé tocándome el pecho"
"I caught him in the act of touching my breast"
"No dudo que viniera con malas intenciones"
"I don't doubt he came with wicked intents"
El rey quedó horrorizado por lo que oyó.
The king was horror-struck by what he heard.
El príncipe regresó al lugar donde sus hermanos estaban de guardia.
The prince went back to where his brothers kept watch.
Pero no les contó nada de lo sucedido.
But he told them nothing of what had happened.

Temprano por la mañana el rey llamó a su hijo mayor.
Early in the morning the king called his eldest son.
"Confío mi vida y mi honor a los hombres"
"I entrust my life and my honor to men"
"¿Pero qué pasa si uno de estos hombres resulta infiel?
"But what if one of these men prove faithless?
"¿Cómo se debe castigar a un hombre así?"
"How should such a man be punished?"
El príncipe mayor respondió a su padre, el rey.
The eldest prince replied to his father, the king.

"Sin duda, a un hombre así habría que cortarle la cabeza"
"Doubtless such a man's head should be cut off"
"Pero primero debes establecer los hechos"
"But first you should establish the facts"
"Debes ver si el hombre es realmente infiel"
"You must see whether the man is really faithless"
¿Qué quieres decir?, preguntó el rey.
"What do you mean?" inquired the king.
"Que su majestad se complazca en escuchar"
"Let your majesty be pleased to listen"
Érase una vez un orfebre.
Once upon on a time there lived a goldsmith.
Este orfebre tenía un hijo que tenía esposa.
This goldsmith had a son who had a wife.
Su esposa tenía la rara facultad de comprender a las bestias.
His wife had the rare faculty of understanding beasts.
Pero ella nunca le contó a nadie acerca de su don poco
común.
But she never told anyone about her uncommon gift.
Ni siquiera su marido sabía que ella podía entender a los
animales.
Not even her husband knew she could understand animals.
Una noche ella estaba acostada en la cama junto a su marido.
One night she was lying in bed beside her husband.
Desde el río cerca de su casa escuchó el aullido de un chacal.
From the river by their house she heard a jackal howl.
"Ahí va un cadáver flotando en el río"
"There goes a carcass floating on the river".
"Hay un anillo de diamantes en el dedo del muerto"
"There's a diamond ring on the dead man's finger"
"¿Alguien tomará el anillo y me dará el cadáver?"
"Will anyone take the ring and give me the corpse?"
La mujer entendió el lenguaje del chacal.
The woman understood the jackal's language.
Ella se levantó de la cama y fue a la orilla del río.
She got up from bed and went to the river-side.
El marido no había dormido profundamente.

The husband had not been in deep sleep.
Entonces, con los movimientos de su esposa, él también se despertó.
So with his wife's movements he woke up too.
Y siguió a su mujer para ver a dónde iba.
And he followed his wife to see where she went.
Pero él mantuvo la distancia para poder observarla.
But he kept his distance, so that he could observe her.
La mujer se metió al agua al lado de su casa.
The woman went into the water next to their house.
Ella arrastró el cadáver flotante hacia la orilla.
She tugged the floating corpse towards the shore.
Y vio el anillo de diamantes en el dedo.
And she saw the diamond ring on the finger.
Ella no pudo aflojar el anillo con su mano.
She was unable to loosen the ring with her hand.
Porque los dedos del cadáver se habían hinchado.
Because the fingers of the dead body had swelled.
Entonces se mordió el dedo con los dientes.
So she bit off the finger with her teeth.
Y puso el cadáver en tierra, para el chacal.
And she put the dead body upon land, for the jackal.
Luego regresó a la cama, donde ya estaba su marido.
Then she returned to bed, where her husband already was.
El joven orfebre yacía casi petrificado por el miedo.
The young goldsmith lay almost petrified with fear.
Estaba convencido de que estaba acostado al lado de un Rakshasi.
He was convinced he was lying next to a Rakshasi.
Pasó el resto de la noche dando vueltas en la cama.
He spent the rest of the night tossing in his bed.
Y muy de mañana habló con su padre.
And early in the morning spoke to his father.
"La mujer que me has dado no es una mujer de verdad"
"The woman thou hast given me is not a real woman"
"La mujer que me has dado por esposa es una Rakshasi"
"The woman thou hast given me to wife is a Rakshasi"

"Anoche estuve acostado en la cama con ella"
"Last night I was lying in bed with her"
Junto al río oí el aullido de un chacal.
"By the river I heard the howl of a jackal"
"Mi esposa también escuchó el aullido del chacal"
"My wife too, heard the howl of the jackal"
Creyendo que dormía, se dirigió hacia el aullido.
"Thinking I was asleep; she went towards the howl"
"Me sorprendió verla salir de la cama sola"
"I was surprised to see her go out of bed alone"
Sospechando que algo malo ocurría, la seguí afuera.
"Suspecting some sort of evil, I followed her outside"
"Pero ella no podía ver que la había seguido"
"But she could not see that I had followed her"
¿Qué crees que hizo? ¡Oh, horror de los horrores!
"What did she do, do you think? O horror of horrors!"
"Del arroyo sacó un cadáver"
"From the stream she dragged a dead body out"
"¿Y qué crees que hizo con el cadáver?"
"And what do you think she did with the dead body?"
"¡No perdió tiempo en devorar al muerto!"
"She wasted no time devouring the dead man!"
"Todo esto tuve la desgracia de verlo con mis propios ojos"
"All this I had the misfortune to see with my own eyes"
"Mientras ella se daba un festín con el cadáver, volví a la cama"
"While she feasted on the carcass I went back to bed"
"A los pocos minutos ella también volvió a la cama"
"In a few minutes she also returned to bed"
"Cerró la puerta con pestillo y se acostó a mi lado"
"She bolted the door shut, and lay beside me"
"Oh, padre mío, ¿cómo puedo vivir con un Rakshasi?"
"Oh my father, how can I live with a Rakshasi?"
"Seguro que me matará y me comerá una noche"
"She will certainly kill me and eat me up one night"
Podéis imaginaros el shock del viejo orfebre.
You can imagine the shock of the old goldsmith.

Tanto el padre como el hijo estuvieron de acuerdo sobre lo que debía hacerse.

Both father and son agreed about what should be done.

La mujer debería ser llevada a lo profundo del bosque.

The woman should be taken deep into the forest.

Y ella debería ser abandonada a las fieras para que la devoren.

And she should be left for wild beasts to devoured.

En consecuencia, el joven orfebre habló con su esposa.

Accordingly, the young goldsmith spoke to his wife.

"Mi querido amor", le dijo a su esposa.

"My dear love," he said to his wife.

Será mejor que no cocines mucho esta mañana.

"You had better not cook much this morning"

"Hierve un poco de arroz y quema una berenjena"

"Boil a little rice and burn a brinjal"

"Porque hoy vamos a ver a tus padres"

"Because today we are going to see your parents"

"Tu madre y tu padre se mueren por verte"

"Your mother and father are dying to see you"

La mujer estaba llena de alegría ante la noticia inesperada.

The woman was full of joy at the unexpected news.

A ella le encantaba volver a la casa de su padre.

She loved returning to her father's house.

Y terminó la cocción en poco tiempo.

And she finished the cooking in no time.

El marido y la mujer tomaron un desayuno apresurado.

The husband and wife snatched a hasty breakfast.

Y poco después del desayuno comenzaron su viaje.

And soon after breakfast they started their journey.

El camino a la casa de su padre era a través de una densa jungla.

The way to her father's house was through dense jungle.

Era el lugar perfecto para abandonar a su esposa.

It was the perfect place to abandon his wife.

Estaba destinada a ser devorada por las bestias salvajes allí.

She was bound to be eaten up by wild beasts there.

Pero mientras caminaban la mujer escuchó una serpiente.
But while they were walking the woman heard a snake.
"Oh, transeúnte, en aquel agujero hay una rana"
"Oh passer-by, in yonder hole there is a frog"
"Qué agradecido estaría si atraparas la rana"
"How thankful I would be if you caught the frog"
"Y el agujero está lleno de oro y piedras preciosas"
"And the hole is full of gold and precious stones"
"Dame la rana y quédate con el tesoro"
"Give me the frog, and take the treasure for yourself"
La mujer se dirigió inmediatamente al agujero de la rana.
The woman forthwith went to the frog's hole.
Y comenzó a cavar el hoyo con un palo.
And she began digging the hole with a stick.
El joven orfebre ahora temblaba de miedo.
The young goldsmith was now quaking with fear.
Pensó que su esposa Rakshasi estaba a punto de matarlo.
He thought his Rakshasi-wife was about to kill him.
Y entonces su esposa le llamó para que la ayudara.
And then his wife called for him to help her.
"Toma todo este oro y estas piedras preciosas"
"Take all this gold and these precious stones"
El orfebre no comprendió su petición.
The goldsmith did not understand her request.
Tímidamente se dirigió al lugar donde ella había cavado el hoyo.
Timidly he went to where she had dug the hole.
Pero quedó infinitamente sorprendido por lo que vio.
But he was infinitely surprised by what he saw.
El agujero estaba lleno de oro y piedras preciosas.
The hole was full of gold and precious stones.
"¿Cómo supiste que había un tesoro aquí?"
"How did you know there was a treasure here?"
Y finalmente su esposa le contó su regalo.
And finally his wife told him of her gift.
"Puedo entender a todas las bestias del bosque"
"I can understand all the beasts in the forest"

"Justo allí hay una serpiente enroscada"
"Just over there, there is a snake coiled up"
"Ella me había dicho que había un tesoro aquí"
"She had told me there was a treasure here"
El marido ahora se sentía muy bendecido con su esposa.
The husband now felt very blessed with his wife.
"Amor mío, hoy se ha hecho muy tarde"
"My love, it has gotten very late today"
"No creo que lleguemos a la casa de tu padre"
"I don't think we will reach your father's house"
"La noche nos atrapará antes de que lleguemos"
"Nightfall will catch us before we get there"
"Si nos quedamos , podríamos ser devorados por bestias salvajes"
"If we stay we might be devoured by wild beasts"
Propongo, pues, que ambos volvamos a casa.
"I propose therefore that we both return home"
Se puede imaginar la decepción de la esposa.
You can imagine the wife's disappointment.
Pero ella estuvo de acuerdo con la evaluación de su marido.
But she agreed with her husband's assessment.
Les tomó mucho tiempo llegar a casa.
It took them a long time to reach home.
Estaban cargados con una gran cantidad de oro.
They were laden with a large quantity of gold.
Y llevaban muchas piedras preciosas.
And they were carrying many precious stones.
Pero finalmente llegaron cerca de su casa.
But eventually the got close to their home.
—Querido mío, ve por la puerta trasera —dijo el orfebre.
"My dear, go by the back door," said the goldsmith.
"Pasaré por la puerta principal y veré a mi padre"
"I will go by the front door and see my father"
"Y le mostraré todo este tesoro"
"And I will show him all this treasure"
Entonces entró a la casa por la puerta trasera.
So she entered the house by the back door.

Pero el viejo orfebre también tenía motivos para estar allí.
But the old goldsmith had reason to be there too.
Había ido allí a recoger un martillo.
He had gone there to collect a hammer.
El viejo orfebre vio a su nuera Rakshasi.
The old goldsmith saw his Rakshasi daughter-in-law.
Concluyó que ella se había tragado a su hijo.
He concluded she had swallowed up his son.
Y entonces la golpeó con el martillo.
And he therefore struck her with the hammer.
El golpe mató inmediatamente a su nuera.
The blow immediately killed his daughter-in-law.
En ese momento el hijo entró en la casa.
At that moment the son came into the house.
Pero ya era demasiado tarde para explicarlo.
But it was too late for him to explain.
Y así concluyó la historia del príncipe mayor.
And so the eldest prince's story concluded.
"Quizás tengas que cortarle la cabeza a un hombre"
"You might have to cut a man's head off"
"Pero primero debes establecer los hechos"
"But first you should establish the facts"
"Debes ver si el hombre es realmente infiel"
"You must see whether the man is really faithless"

Entonces el rey llamó a su segundo hijo.
The king then called his second son to him.
"Confío mi vida y mi honor a los hombres"
"I entrust my life and my honor to men"
"¿Pero qué pasa si uno de estos hombres resulta infiel?
"But what if one of these men prove faithless?
"¿Cómo se debe castigar a un hombre así?"
"How should such a man be punished?"
El segundo príncipe respondió a su padre, el rey.
The second prince replied to his father, the king.
"Sin duda, a un hombre así habría que cortarle la cabeza"
"Doubtless such a man's head should be cut off"

"Pero primero debes establecer los hechos"
"But first you should establish the facts"
¿Qué quieres decir?, preguntó el rey.
"What do you mean?" inquired the king.
"Que su majestad se complazca en escuchar"
"Let your majesty be pleased to listen"
Érase una vez un rey.
Once upon a time there reigned a king.
A este rey le gustaba mucho salir de caza.
This king was very fond of going out hunting.
Un día su caballo lo llevó a un bosque denso.
One day his horse took him into a dense forest.
Se alejó de sus seguidores y se adentró en el bosque.
He went far from his followers, deep into the woods.
Cabalgó una y otra vez por el bosque interminable y silencioso.
He rode on and on through the endless, quiet forest.
No vio ni pueblos ni ciudades, sólo árboles.
He saw neither villages nor towns, only trees.
En el largo y solitario viaje tuvo mucha sed.
On the long, lonely journey he became very thirsty.
No podía ver ningún estanque, ni lago, ni arroyo.
He could see no pond, nor lake, nor stream.
Pero entonces vio algo goteando de un árbol.
But then he saw something dripping from a tree.
Concluyó que se trataba de agua de lluvia retenida en una cavidad.
He concluded it was rainwater resting in a cavity.
Estaba de pie a caballo bajo el árbol, con la copa en la mano.
He stood on horseback beneath the tree, cup in hand.
Recogió las gotas que caían lentamente en la pequeña taza.
He caught the drops slowly dripping into the small cup.
El agua, sin embargo, no era lluvia del cielo.
The water, however, was not rain from the sky.
Una cobra enorme estaba sentada en la cima del árbol alto.
A huge cobra sat on top of the tall tree.

La serpiente había golpeado el árbol con furia con sus afilados colmillos.
The snake had struck the tree in rage with its sharp fangs.
El veneno de la serpiente salió y cayó hacia abajo en pesadas gotas.
The snake's poison came out and fell downward in heavy drops.
El rey pensó que el líquido que caía era simple agua de lluvia.
The king thought the falling liquid was simple rainwater.
El caballo percibió el peligro y trató de advertirle.
The horse sensed the danger and tried to warn him.
La copa estaba casi llena con el mortal veneno de serpiente.
The cup was nearly filled with the deadly snake-poison.
El rey levantó la copa y se preparó para beber.
The king raised the cup and prepared to drink.
Pero el caballo se movía salvajemente, con el rey sobre su lomo.
But the horse moved wildly, with the king on its back.
La copa cayó de su mano y el veneno se derramó.
The cup fell from his hand, and the poison spilled.
El rey se enojó y golpeó el cuello del caballo.
The king became angry and struck the horse's neck.
El golpe de espada mató inmediatamente a su caballo.
The blow from the sword immediately killed his horse.
Y así concluyó la historia del segundo príncipe.
And so the second prince's story concluded.
"Quizás tengas que cortarle la cabeza a un hombre"
"You might have to cut a man's head off"
"Pero primero debes establecer los hechos"
"But first you should establish the facts"
"Debes ver si el hombre es realmente infiel"
"You must see whether the man is really faithless"

Entonces el rey llamó a su tercer hijo más joven.
The king then called to him his third youngest son.
"Confío mi vida y mi honor a los hombres"

"I entrust my life and my honor to men"
"¿Pero qué pasa si uno de estos hombres resulta infiel?
"But what if one of these men prove faithless?
"¿Cómo se debe castigar a un hombre así?"
"How should such a man be punished?"
"Sin duda, a un hombre así habría que cortarle la cabeza"
"Doubtless such a man's head should be cut off"
"Pero primero debes establecer los hechos"
"But first you should establish the facts"
¿Qué quieres decir?, preguntó el rey.
"What do you mean?" inquired the king.
"Que su majestad se complazca en escuchar"
"Let your majesty be pleased to listen"
Hace mucho tiempo reinaba un rey sabio y noble.
Once long ago there reigned a wise and noble king.
En su palacio tenía un pájaro de la especie Suka.
In his palace he kept a bird of Suka species.
Un día el pájaro salió a volar hacia los campos.
One day the bird went out flying into the fields.
Allí vio a su padre y a su madre llamándolo desde arriba.
There he saw his father and mother calling from above.
Le pidieron que viniera a visitarlos a su nido.
They asked him to come visit them in their nest.
El nido estaba lejos, en una tierra lejana y oculta.
The nest was far away in a distant hidden land.
El Suka dijo: "Iré si consigo el permiso del rey".
The Suka said, "I'll come if I get king's leave"
"Hablaré con el rey hoy y volveré mañana "
"I'll speak to the king today and return tomorrow"
"Por favor, espere en este mismo lugar por la mañana"
"Please wait at this same spot in the morning"
Ese mismo día, Suka habló con el gentil y amable rey.
That very day, Suka spoke with the gentle, kind king.
El rey dio permiso para que el pájaro saliera.
The king gave permission for the bird to leave.
Aunque le entristeció separarse de su pájaro.
Although he was sad to part with his bird.

A la mañana siguiente, Suka volvió a encontrarse con sus padres.

The next morning, Suka met his parents again.

Voló con ellos hasta su nido en un árbol alto.

He flew with them to their nest on a tall tree.

Los tres pájaros vivían juntos felices y en pacífica alegría.

The three birds lived together happily in peaceful joy.

Así permanecieron durante quince días maravillosos.

They stayed like this for a fortnight of lovely days.

Pero incluso esos días tranquilos y agradables tuvieron que terminar.

But even those quiet and pleasant days had to end.

Suka dijo: "Amados padres, el rey me dio dos semanas"

Suka said, "Beloved parents, the king gave me two weeks"

"Ese tiempo ya pasó, así que debo regresar mañana"

"That time is now over, so I must return tomorrow"

Su padre y su madre estuvieron de acuerdo y bendijeron su decisión.

His father and mother agreed and blessed his decision.

Le dijeron que llevara un regalo para el rey.

They told him to carry a gift for the king.

Después de conversar un rato, eligieron una fruta como regalo.

After some talk, they chose some fruit as a gift.

La fruta había crecido del Árbol de la Inmortalidad.

The fruit had grown from the Immortality Tree.

Temprano a la mañana siguiente, Suka fue al árbol.

Early the next morning, Suka went to the tree.

Y arrancó una fruta mágica y brillante.

And he plucked a magical glowing fruit.

Sostuvo la fruta suavemente en su pico, lleno de cuidado.

He held the fruit gently in his beak, full of care.

La fruta era pesada y ralentizaba su rápido ritmo de vuelo.

The fruit was heavy and slowed his swift flying pace.

No pudo llegar a la ciudad antes de que llegara la noche.

He could not reach the city before night arrived.

Suka se detuvo a descansar en un árbol en el camino.

Suka stopped to rest in a tree along the way.
Temía que la fruta se cayera mientras dormía.
He feared the fruit might drop while he slept.
Si guardaba la fruta en el pico, ésta podría caerse.
If he kept the fruit in his beak, it could fall.
Pero vio un agujero en el tronco del árbol.
But he saw a hole in the trunk of the tree.
Colocó la fruta de forma segura dentro del árbol oscuro.
He placed the fruit safely inside the dark tree.
Pero dentro del agujero, vivía una serpiente negra venenosa.
But inside the hole, there lived a poisonous black snake.
Por la noche, la serpiente mordió la fruta con veneno.
In the night, the snake bit the fruit with venom.
Y la fruta quedó manchada con veneno mortal.
And the fruit became smeared with deadly poison.
Al amanecer Suka volvió a tomar la fruta en su pico.
At dawn Suka took the fruit back in his beak.
Voló de nuevo en su viaje hacia el palacio del rey.
He flew again on his journey to the king's palace.
Cuando llegó al palacio, el rey estaba sentado con los ministros.
As he reached the palace the king was sitting with ministers.
El rey se alegró mucho al ver a Suka regresar una vez más.
The king was overjoyed to see Suka return once more.
Él admiró mucho el hermoso y brillante regalo de fruta.
He greatly admired the beautiful, shining fruit gift.
La fruta era hermosa de mirar y admirar.
The fruit was lovely to look at and admire.
Era la fruta más fina que se encontraba en toda la tierra.
It was the finest fruit found across the earth.
Y a quien comió del fruto le fue concedida la inmortalidad.
And anyone who ate the fruit was granted immortality.
El rey estaba a punto de comer la hermosa fruta.
The king was about to eat the beautiful fruit.
Pero sus ministros le advirtieron que la fruta podría estar envenenada.
But his ministers warned him the fruit might be poisoned"

"Sería mejor probar la fruta antes de comerla"
"It would be better to test the fruit before you eat it"
Le arrojó la fruta a un cuervo que estaba posado en el muro.
He threw the fruit to a crow sitting on the wall.
El cuervo comió la fruta y cayó muerto al instante.
The crow ate from the fruit, and dropped dead instantly.
El rey, pensando que Suka intentaba matarlo, se enfureció.
The king, thinking Suka tried to kill him, grew furious.
Él agarró el pájaro y lo mató con sus propias manos.
He seized the bird and killed him with his bare hands.
Ordenó que la semilla se plantara fuera de la ciudad.
He ordered the seed to be planted outside the city.
La semilla se convirtió en un árbol con el mismo fruto
brillante.
The seed became a tree with the same glowing fruit.
El rey temía que la fruta trajera más muertes.
The king feared the fruit would bring more death.
Así que hizo cercar el árbol y protegerlo.
So he had the tree fenced off and guarded.

En aquella ciudad vivía un brahmán anciano y pobre.
There lived in that city an old, poor Brahman man.
Él y su esposa sobrevivieron únicamente gracias a la caridad
de la ciudad.
He and his wife survived only on the town's charity.
Un día el brahmán lamentó su larga y miserable vida.
One day the Brahman mourned his long, miserable, life.
Él dijo: "En lugar de mendigar, comeré fruta venenosa".
He said, "Instead of begging, I will eat poison fruit."
"Terminaré mi vida bajo ese árbol mortal en silencio".
"I'll end my life beneath that deadly tree in silence."
Aquella misma noche se levantó silenciosamente y salió de
su casa.
That very night, he rose quietly and left his home.
Su esposa sospechó y lo siguió en silencio.
His wife suspected and followed behind in silence.
Ella había decidido morir también, junto a su triste marido.

She had decided to die too, alongside her sad husband.

Ella lo amaba profundamente y no quería quedarse atrás.

She loved him deeply and didn't wish to stay behind.

La guardia del palacio dormía esa noche, sin darse cuenta de que había visitantes.

The palace guard was asleep that night, unaware of visitors.

El brahmán llegó al jardín y arrancó una fruta que colgaba.

The Brahman reached the garden and plucked a hanging fruit.

La miró una vez y se comió la fruta entera.

He looked at it once and ate the entire fruit.

Su esposa lloró: "Si mueres, mi vida se convierte en nada".

His wife cried, "If you die, my life becomes nothing"

"Yo también comeré y moriré aquí contigo ahora"

"I will also eat and die here with you now"

Y diciendo esto, cogió una fruta y se la comió.

So saying she plucked a fruit and ate it.

Pensaron que el veneno actuaría lentamente durante la noche.

They thought the poison would act slowly through the night.

Entonces ambos volvieron a casa y se acostaron tranquilamente en la cama.

So they both went home and quietly lay down in bed.

Creían que nunca más volverían a levantarse del sueño.

They believed they would never again rise from sleep.

Para su sorpresa, se despertaron sintiéndose llenos de vida.

To their surprise, they woke up feeling full of life.

No sólo estaban vivos sino que eran jóvenes otra vez.

Not only were they alive, but they were young again.

Y eran fuertes y tenían una energía renovada.

And they were strong and had new found energy.

Los vecinos apenas los reconocieron, tan cambiados parecían.

Neighbors hardly recognized them, so changed they looked.

El viejo brahmán ahora era hermoso y lleno de juventud.

The old Brahman was now handsome and full of youth.

Su cabello gris desapareció y volvió a tener color.

His grey hair vanished, and had colour again.

Sus mejillas arrugadas se volvieron suaves y su piel brilló.
His wrinkled cheeks turned smooth, and his skin shone.
Y en cuanto a su esposa, ella se volvió extremadamente hermosa.
And as for his wife, she became extremely beautiful.
Ella parecía tan hermosa como cualquier dama de la corte.
She looked as beautiful as any lady of the court.
El rey se enteró de su milagrosa transformación.
The king heard of their miraculous transformation.
Pidió a sus guardias que le enviaran al Brahman.
He asked his guards to send the Brahman to him.
Y le preguntó al Brahman la fuente de su juventud.
And he asked the Brahman the source of his youth.
El brahmán le contó al rey cada detalle de la historia.
The Brahman told the king every detail of the story.
El rey entonces lloró por su pobre y leal mascota, el pájaro.
The king then wept for his poor, loyal pet bird.
Se arrepintió profundamente de haber matado a su fiel pájaro.
He deeply regretted killing his faithful bird.
Y deseó haber conocido la lealtad del pájaro.
And he wished he had known the bird's loyalty.
Y así concluyó la historia del segundo príncipe.
And so the second prince's story concluded.
"Quizás tengas que cortarle la cabeza a un hombre"
"You might have to cut a man's head off"
"Pero primero debes establecer los hechos"
"But first you should establish the facts"
"Debes ver si el hombre es realmente infiel"
"You must see whether the man is really faithless"
"Sé que Su Majestad sospechó de mí anoche por maldad"
"I know Your Majesty suspects me of evil last night"
"Por favor, permíteme explicarme antes de castigarme"
"Please allow me to explain myself before punishing me"
"Mientras hacía la ronda vi a una mujer salir del palacio"
"While making rounds I saw a woman leave the palace"
"La detuve y me dijo que se llamaba Rajlakshmi".

"I stopped her, and she said her name was Rajlakshmi"

"Ella afirmó ser la deidad guardiana del palacio"

"She claimed to be the guardian deity of the palace"

"Dijo que se iba porque la muerte estaba cerca"

"She said she was leaving because death was near"

"El rey", dijo, "sería asesinado más tarde esa noche".

"The king," she said, "would be killed later that night"

"Le rogué que volviera al palacio"

"I begged her to go back into the palace"

"Y prometí hacer todo lo posible para protegerte".

"And I promised to do my best to protect you."

"Corrí rápidamente a la habitación de Su Majestad sin demora".

"I ran quickly into Your Majesty's chamber without delay."

"Allí vi una cobra dando vueltas alrededor de tu lecho dorado".

"There I saw a cobra circling your golden bedstead."

"Luché contra la serpiente y la maté con mi espada".

"I fought the snake and killed it with my blade."

"Corté el cuerpo en exactamente cien pedazos."

"I chopped the body into many exactly one hundred pieces."

"Coloqué esos trozos dentro de la sartén como prueba".

"I placed those pieces inside the pan for proof."

"Pero algo ocurrió mientras cortaba la serpiente".

"But something occurred as I was cutting up the snake."

" Una gota de sangre cayó sobre el pecho de tu esposa".

"A drop of blood fell onto the breast of your wife."

"Temí haber salvado a mi padre, pero maté a mi madrastra".

"I feared I had saved my father, but killed my stepmother."

"Me envolví la lengua con fuerza con un paño siete veces".

"I wrapped my tongue tightly with cloth seven times."

"Luego lamí la gota de sangre venenosa".

"Then I licked up the drop of venomous blood."

"Mientras lamía la sangre, mi madrastra se despertó".

"While I was licking the blood, my stepmother awoke."

"Ella me vio y abrió los ojos confundida".

"She saw me and opened her eyes with confusion."

"Esta es la verdad de lo que hice anoche".

"This is the truth of what I did last night."

"Si Su Majestad lo ordena, entonces córtenme la cabeza ahora".

"If Your Majesty commands, then cut off my head now."

El rey, lleno de amor y alegría, abrazó a su hijo.

The king, full of love and joy, embraced his son.

Desde ese momento lo amó más que nunca.

From that moment, he loved him more than ever before.